Walzer-Herzen

Translated to German from the English version of Waltzing Hearts

Krish

Ukiyoto Publishing

Alle globalen Veröffentlichungsrechte liegen bei

Ukiyoto Publishing

Veröffentlicht im Jahr 2024

Inhalt Copyright © Krish

ISBN 9789362691545

*Alle Rechte vorbehalten.
Kein Teil dieser Veröffentlichung darf ohne vorherige Genehmigung des Herausgebers in irgendeiner Form auf elektronischem, mechanischem, Fotokopier-, Aufnahme- oder anderem Wege reproduziert, übertragen oder in einem Abrufsystem gespeichert werden.*

Die Urheberpersönlichkeitsrechte des Urhebers wurden geltend gemacht.

Dies ist ein Werk der Fiktion. Namen, Charaktere, Unternehmen, Orte, Ereignisse, Schauplätze und Vorfälle sind entweder das Produkt der Phantasie des Autors oder werden auf fiktive Weise verwendet. Jede Ähnlichkeit mit tatsächlichen Personen, lebenden oder toten, oder tatsächlichen Ereignissen ist rein zufällig.

Dieses Buch wird unter der Bedingung verkauft, dass es ohne vorherige Zustimmung des Verlegers in keiner anderen Form als der, in der es veröffentlicht wird, verliehen, weiterverkauft, vermietet oder anderweitig in Umlauf gebracht wird.

www.ukiyoto.com

Widmung

Das Buch Waltzing Hearts wurde durch den Enthusiasmus und die ständige Unterstützung meiner Familie ermöglicht. Ich bin meiner Mutter Swapna und meinem Vater Rabindra für ihre Fürsorge und ihr Verständnis bei der Erziehung zu Dank verpflichtet. Ich möchte meinen vier Schwestern Sarmista, Sharmila, Sushree und Sonali danken, die sich als maßgeblich am Schreiben dieses Buches beteiligt haben. Ich widme dieses Buch den Lesern, für die diese Geschichte geschrieben wurde. Schließlich meine herzliche Dankbarkeit an Ukiyoto Publishing und ihr unterstützendes Team, das Vertrauen in meine Arbeit gezeigt hat und mir geholfen hat, sie zu veröffentlichen.

Inhalt

Einbruch der Dunkelheit	1
Funkelnder Nebel	6
Lächeln und Rosen	12
Little Angels	16
Leitmusik	20
Ein Abschiedsgeschenk	25
Nachtigallmelodie	27
Sich verlieben	37
Martini-Effekt	46
Frozen Falls	59
Der Fahrgast	62
Zwei Leben	65
Pandämonium	67
Erwachen	69
Abschied	74
Nostalgie	81
Verstrickte Gefühle	85
Tagesausflug für Freunde	93
Bierfest	98
Der Zorn des Sensenmanns	107
Herzsaiten	117
Vorspiel zum Winter	120
Ein Pfeifenkuss	130
Polaris	147
Gelübde	165
März	172
Das verkippte Versprechen	181

Fehlerhafte Zeilen	192
Ein neues Leben	195
Ein Sommertreffen	200
Herbstsaison	204
Winterfrost	209
Eine Sackgasse	212
Herzschläge	213
Zwischenspiel	220
Erinnerungen neu entfacht	225
Phoenix Soul	230
Epilog	233

Einbruch der Dunkelheit

Es war Winter 2009. Shaira lag schneebedeckt. Alles war still. So still und friedlich. Es war der perfekte Ort. Denn Einsamkeit schien mir reichlich fröhlich. Und dieser Ort respektierte die Privatsphäre. Deshalb habe ich mich entschieden, hierher zu ziehen.

Bei starkem Schneefall im Freien verbrachte ich die meiste Zeit untätig. Ich hatte keinen Computer, kein Handy, keinen Fernseher. Ich lebte ein einfaches Leben. Das schien genug zu sein.

Heute war es nicht anders. Ich lag auf dem Sofa und las Sherlock Holmes. Er faszinierte mich, wie er es bei allen tat. Abzüge, methodisches Zeug, er war ziemlich gut.

Die Uhr schlug nach neun. Es war Zeit für das Abendessen. Nun, ein bisschen Brot, Butter und ein Glas Milch. Das genügte mir. Als ich die Stufen hinaufstieg, klopfte es an der Tür. Ich dachte, es wäre der Wind. Aber es schlug wieder zu.

Faul mit dem eleganten Tempo einer Schildkröte ging ich auf das quadratische Stück Holz zu. Ich entriegelte das Scharnier und hatte es gerade geöffnet, als ein kalter, fröstelnder Wind über mein Gesicht wehte.

Vor mir stand eine Gestalt wie ein Schneemann, der mit einem Mantel bekleidet war, dessen Wangen kaum sichtbar waren. Augen, die auf der Suche nach einer Antwort herausschauen.

»Komm bitte rein«, sagte ich zu dem Besucher.

Ohne zu antworten, bewegte es sich an mir vorbei, direkt zum Lagerfeuer vor mir und wärmte sich. Ich schloss die Tür dahinter und dachte über die Identität dieses verfrühten Besuchers nach.

Ein paar Minuten vergingen völlig still, bevor der Besucher sprach.

"Als.......nk du", hieß es. Das war die Stimme einer Frau, über die ich nachdachte. Es klang ein bisschen amerikanisch mit einem englischen Stil.

Sie zog ihren Mantel aus und legte ihn auf das Sofa in der Nähe. Dabei habe ich folgendes beobachtet:

Schlanker Körper, ziemlich groß, weiß gefärbt mit einem Tattoo von Auroborus auf der linken Hand. Eine Brünette mit einem Pferdeschwanz, der hinter ihrem schwarzen Hemd mit Schildkrötenkragen hängt. Schwarze, ziemlich teure Schneestiefel. Denim-Jeans und ein Ring am ersten rechten Finger.

Als sie sich mir zuwandte, sah ich ihr Gesicht. "Hübsch", um sie zu beschreiben. Aber es verwirrte mich, es zog einen Akkord in mein Gedächtnis und ich wusste nicht warum.

Sie wärmte sich immer noch in der Nähe des Feuers, das sie sprach.

"Ich bin Journalist,"

"Und du bist hier, um den Juancos zu filmen", folgerte ich.

"Ja..."

Juancos sind unbekannte Vögel, die hier im Winter fliegen. So seltsam es auch klingen mag, sie nisten hier einen Monat lang, bevor sie an einen anderen Ort fliegen, den niemand jemals kennt.

"Aber mein Auto ist kaputt gegangen und ich musste eine ganze Strecke laufen, bevor ich dieses Haus fand,"

"Dein Kameramann?" Fragte ich neugierig.

"Männer bremsen dich aus, das glaube ich..."

Das schien grob, aber wahr zu sein.

"Daher bin ich alleine gekommen,"

Ich wusste von da an, dass sie eine lebhafte Frau ist, mit der man streiten kann.

"Na gut..." Ich sagte, ich gehe zum Kühlschrank und suche nach etwas namens Essen. Ich hatte fünf Laibe Brot, ein halbes Dutzend Eier. Fügen Sie etwas Zwiebel hinzu, etwas Öl und Omelett ist fertig. Daswäre genug, dachte ich.

Ich stellte die notwendigen Gegenstände auf den Tisch und sagte mit einem Keuchen: "Hier ist dein Essen."

Sie sah etwas verwirrt aus. Aber ich redete trotzdem weiter.

"Ich gehe nach oben, um zu schlafen. Du kannst das Omelett essen und auf dem Sofa schlafen."

"Aber ich kann nicht kochen...", sagte sie, während ich die Treppe hinaufging.

"Und ich auch nicht. Abgesehen davon, dass du es schaffst, würde ich dich nur verlangsamen, nicht wahr?" Ich sagte, bevor ich die Tür zuschlug und sie fluchen ließ: "Askhole"

Und so lag ich hier auf meinem Bett, während ich darauf wartete, etwas Geräusch zu hören. Fünf Minuten vergingen, dann noch fünf, und schließlich ging mir nach einer halben Stunde die Geduld aus. Ich öffnete die Tür, nur um festzustellen, dass die Restaurants kalt auf dem Tisch lagen und das Mädchen eingeschlafen war.

Ich stieg aus, ging in die Küche und begann, das Omelett zu machen.

Fügen Sie etwas Öl hinzu, zerschlagen Sie das Ei und rühren Sie es gut in der Bratpfanne um. Etwas Salz zum Meißeln mit in dünne Scheiben geschnittenen Zwiebeln. Das Brot etwas erwärmen und heiß servieren.

Ich schleppte einen kleinen Tisch vor das Sofa und stellte den Teller dorthin. Die Arbeit ist erledigt. Aber das Mädchen schlief noch.

Sie muss wirklich müde gewesen sein. Aber ich musste sie aufwecken und es war eine ziemliche Anstrengung.

Ich stieß sie an die Schultern, versuchte sie anzurufen und machte schließlich den letzten Schritt. Gieße etwas Wasser auf das Gesicht der schlafenden Schönheit. Dabei erwachte sie überrascht und fluchend.

»Du bist ein...warum hast du das getan?«, schrie sie. Ich wandte mich ab und ging die Treppe hinauf mit den letzten Worten der Nacht,

"Iss es, sonst bekommst du eine Erkältung. Da ist eine Decke an deiner Seite. Es wird dir helfen, wenn du es brauchst."

Schließlich lag ich auf meinem Bett. Lass uns schlafen.

„Da war ein Schrei, voller Schrecken. Die Leute hatten sich versammelt. Ich sah und hörte hektische Stimmen, als es regnete, und ich rannte rücksichtslos weiter. Ein Auto hätte mich vielleicht umgeworfen, aber ich stand auf und rannte weiter. Endlich bin ich angekommen.

Als ich mich durchmachte, sah ich ein blutbeflecktes Messer auf der Straße liegen. Ach! Ich war zu spät..."

Ich wachte mit einem Keuchen auf und versuchte, mich zu beruhigen. Aber ich konnte nicht. Ich konnte sie einfach nicht loslassen. Ihre Erinnerungen verfolgten mich immer wieder. Weder Zeit noch Entfernung erleichterten die Schuld. Egal wie ich es sah, es vertiefte immer die Wunde.

Ich stieg aus dem Bett und ging die Treppe hinunter, um nach meinem unerwarteten Besucher zu sehen. Der Teller war leer, sie schlief und Luce, mein Hund und einzige Begleiterin lag neben dem Sofa.

Als sie mich sah, begann ihr Schwanz zu wedeln und sie sprang zu mir auf. Es ist eine Geste, die bedeutet, dass sie hungrig war. Daher nahm ich ihre Schüssel und goss sie über einige Kekse, bevor ich sie auf den Boden legte. Sie schluckte sofort diese Teile herunter und bellte. Es bedeutete, dass ich immer noch Hunger habe.

Diese Rinde weckte die schlafende Dame und sie stand überrascht und schreiend auf ihrem Sofa

»Heiliger Gott...dieser...Hund...gehört er dir?«, stotterte sie.

"Ja,"

"...Äh...Ich habe es letzte Nacht nicht bemerkt...Beißt es?"

"Zuallererst ist es eine sie und sie beißt,"

»Beißt«, rief sie.

"Ja, aber nur bei denen, die sich wie ein Possenreißer benehmen,"

"Sehr lustig...", sagte sie sarkastisch und starrte den Hund immer noch an.

Luce hatte inzwischen ihre Schüssel beendet. Sie warf einen Blick auf sie und tänzelte auf das Sofa zu.

Die Dame begann zu springen und zu streiten, während Luce aufstieg und anfing, ihre Hände zu lecken. Zuerst schrie sie, aber sie erkannte allmählich, dass Luce freundlich war.

Und so wich die Abneigung der Freundschaft, und sicherlich ängstlich, aber nicht verängstigt, streckte sie ihre Hände über Luces Kopf und tätschelte zum ersten Mal einen Hund.

»Siehst du, dass sie dich mag«, sagte ich.

"Ja...und danke für die letzte Nacht", antwortete sie höflich.

"Mach dir keine Sorgen,"

"Nun, es ist selten, dass ein Mann einem Fremden hilft,"

»Nein. Du bist kein Fremder. Dein Name ist Lisa Sparks. Du arbeitest für die Times. Und du bist temperamentvoll"

"Woher wusstest du...?"

"Der Name steht auf Ihrer Tasche mit dem Logo des Kanals. Und letzte Nacht, denke ich, rechtfertigt meine letzte Bemerkung,"

Lisa schämte sich ein wenig, aber trotzdem war sie mutig genug, sich zu entschuldigen.

"Tut mir leid, dass ich dich ein Loch genannt habe. Ich war frustriert und wütend. "

"Macht nichts. Willst du also etwas essen?" Sagte ich mit einem Lächeln.

Und so wurde der Vorfall abgewehrt.

Funkelnder Nebel

Nun, er ist ein Fremder. Dennoch ist er der freundlichste Mensch, den ich bisher getroffen habe. Du wirst denken, dass er langweilig ist. Aber sehr oft sind die Personen, die am zurückhaltendsten sind, die interessantesten.

Ja, ich möchte ihn wiedersehen, aber wir sind weit voneinander entfernt. Zu weit auseinander, dass wir nicht mehr reden.

Ich vermisse Shaira. So ein berauschender Ort und Christoff so liebevoll und hilfsbereit.

Sechs Jahre, das ist die Zeit, in der wir getrennt sind. Ich kam an diesen Ort, um Momente meines Lebens einzufangen, stattdessen verlor ich dort mein Herz. So ein Narr nein.

Nun, der erste Morgen, den ich mit ihm verbracht habe, ist in mein Gedächtnis eingebrannt. Der Sturm draußen hatte aufgehört. Der Himmel war klar und die Kälte nicht so stechend. Als ich mit Luce neben mir saß, kam er mit einer Platte aus der Küche.

"Hier ist dein Frühstück", sagte er und stellte das Gericht auf das Glas.

Als ich die Abdeckung abnahm, duftete mir ein herrlicher Duft von Kaffee, der mit Sahne bestreut war, und ein Duft von frisch gekochtem Lawquiti-Sandwich ins Gedächtnis.

Ich habe eine Ausgrabung gemacht. Und es war prächtig. Während ich mein Essen genoss, aß Christoff einen Apfel, während er aus dem Fenster starrte.

„Vielen Dank. Du kochst gut«, sagte ich herzlich.

"Schön, dass es dir gefallen hat", antwortete er.

Als ich dort saß und aß, beobachtete ich das einfache Haus, in dem Christoff lebte. Nun, zu sagen, dass es ein ruhiger Ort war, voller Ruhe, war nicht fair. Aber in nackten Worten war es faszinierend. Kein Fernseher, keine moderne Technologie außer dem Kochen. Es ist, als ob dieser Typ sich von der Außenwelt abschirmen wollte.

"Also Miss Sparks, wie wollen Sie diese Kreaturen filmen?", unterbrach er mich mit einem mystischen Lächeln in meine Gedanken.

"Nun, da ist meine Ausrüstung, verstehst du? Und ich habe diese winzige kleine Knopfkamera. Das sollte mir gut tun."

"Okay...aber ein Ratschlag. Geh nicht nachts zum Shaira-See,"

"Darf ich wissen, warum?" Fragte ich neugierig.

"Weil es da draußen sehr gefährlich wird, besonders in diesem Winter,"

"Äh, summ...Ich sehe, du versuchst, mich zu erschrecken", sagte ich herausgefordert.

"Nein...du bist nicht der Typ, der Angst bekommt. Du bist einfach zu naiv, um zu verstehen, was ich gerade gesagt habe. "

Und so verging die Zeit und bald kam dieser Moment.

Es war neun und ich musste los. Ich nahm meinen Mantel und meine Ausrüstung und ging zur Tür.

Christoff stand jedoch bewegungslos am Fenster.

Da ich es für unhöflich hielt, nahm ich eine Karte aus meiner Manteltasche und rief ihn an.

„Herr Myers, vielen Dank für alles. Wenn du meine Hilfe brauchst, ruf mich unbedingt an ", sagte ich und übergab meine Karte.

»Ja, sicher«, sagte er.

Und so ging ich hinaus, um die Juancos zu filmen.

Schnee bedeckte die Wege und das Treten war etwas schwierig. Aber als ich weiterging, entdeckte ich den Ort dort. Obwohl die Menschen hier nicht reich waren, hatten sie die Grundlagen des Lebens. Vor allem waren sie gastfreundlich genug, um die Straßen für Besucher von Schnee zu befreien.

Da ich nicht wusste, wann ich den Shaira-See erreichen würde, erwies sich die Reise als ermüdend. Gelegentlich saß ich vor der Tür eines Fremden und holte Luft.

Ich hatte meinen Assistenten bergauf gerufen, um mein Auto aus dem Schnee zu ziehen. Sorglos und selbstbewusst die Vögel zu filmen, auf denen ich marschierte.

Es gab jedoch ein kleines Problem. Ich kam an einer Kreuzung an und war mir nicht sicher, ob ich geradeaus oder links abbiegen sollte. Meine mobile Karte hat mir überhaupt nicht geholfen.

Während ich nachsann, traf mich etwas an der Schulter. Als ich mich umdrehte, sah ich einen Fußball auf der Straße liegen. Ein kleiner Junge, wahrscheinlich 11 Jahre alt, kandidierte dafür. Er war allein und spielte auf dem geräumten Gras neben der Straße.

»Tut mir leid, Schwester«, murmelte er.

"Es ist okay, Junge,"

Er nahm den Ball auf und begann die ganze Zeit zu dribbeln, während er alleine spielte.

Ich schaute mich um und sah ein Waisenhaus namens „Teresa". Eine Nonne stand an der Tür und wachte über alle Kinder, die vor ihr spielten.

Ich ging zu ihr hinüber, um Hilfe zu suchen.

"Schwester, ich habe mich hier ein wenig verlaufen,"

"Verloren. Niemand ist verloren, bis du die Hoffnung aufgibst ", sagte sie mit Gelassenheit.

„Ja, das stimmt. Kannst du mir den Weg zum Shaira-See sagen?"

"Der See....Ja, hier biegen Sie rechts ab und gehen dann geradeaus weiter, bis Sie eine Abzweigung erreichen. Biegen Sie links ab und Sie sind da,"

"Vielen Dank,"

"Gern geschehen, Kind,"

Mit dieser Bemerkung drehte ich mich um, um zu gehen, aber meine Neugier überwältigte mich und ich konnte nicht anders, als zu fragen

"Schwester, warum spielt der Junge dort allein?"

"Oh, das ist August. Er wohnt mit seiner Mutter im gegenüberliegenden Haus. Ich schätze, er ist ein bisschen schüchtern,"

"Schüchtern...huh", antwortete ich, bevor ich wieder wegging.

Endlich sah ich einen Blick auf den See. Es war zugefroren. Doch das Leben hatte seinen Weg unter diesen Eiszapfen gefunden. Die fröstelnden Grashalme, das Flattern seltsamer Blütenblätter und die Eintönigkeit und Ruhe dieses Ortes lagen da und winkten dem Frühling, in ihr Leben einzutauchen.

Der Anblick war ein Spektakel, das ich einfangen musste. Und kaum war meine Kamera in meinen Händen und klickte synchron auf Bilder.

Die Juancos waren nur nachts gemeldet worden. Also kampierte ich dort und wartete darauf, dass die Abenddämmerung umfällt. Ich wurde manchmal ungeduldig, hatte aber meinen iPod, um mich zu beruhigen. Zum Essen hatte ich ein paar Burritos, die mir Christoff gab, wenn ich sie brauchte.

Langsam und sicher fiel die Dämmerung um und die Melodie dieser unbemerkten Vögel entrückte das Seeufer. Mit Zehenspitzenfüßen stellte ich meinen Kamerahalter hinter eine Hecke in der Nähe und hockte mich erwartungsvoll auf meine Oberschenkel.

Es schien eine Ewigkeit zu sein, aber schließlich tauchte hinter einem Baum ein leuchtender blauer Schwanz auf, der von schwarzen Blitzen umrandet war. Ich beruhigte meine Aufregung, scheiterte aber, da mein Herzschlag zu schnell war. Nur ein bisschen mehr drängte ich den Vogel in meinem Kopf. Dann schlug plötzlich ein Blitz im See ein. Ein ohrenbetäubender Donner folgte ihm. Die Umgebung wurde von dichtem Nebel bedeckt, der meine Sicht blockierte.

"Mist", sagte ich und verfluchte mein Glück.

Dann folgte etwas Außergewöhnliches. Der Klang eines Schlafliedes wie von einem Klavier harmonierte in meinem Ohr, ich sah den Umriss eines riesigen Vogels, der aus dem Nebel auftauchte, bevor er seine enormen Flügel gegen den mondbeschienenen Himmel ausbreitete, meine Augen wurden müde, bis ich merkte, dass ich auf das Gras einschlief.

Morgensonnenstrahlen glitzerten auf meinem kalten Körper, als ich bewegungslos auf dem nassen Gras lag. Meine Ohren, Hände und Beine waren taub. Mein Gesicht hatte Frostbiss und es schmerzte. Der Morgenhimmel schien so ruhig zu sein, aber das war nicht mein Hauptanliegen.

"Was könnte dieses irisierende blendende blaue Licht geglänzt haben?" Ich dachte nach.

Mein Kamerahalter war noch an Ort und Stelle, aber ich bezweifle, dass er irgendetwas aufgenommen haben könnte. Als ich nachdachte, konnte man den Umriss eines Menschen auf mich zulaufen sehen, bevor ich wieder ohnmächtig wurde.

War ich tot? Nein, ich träume. Das muss es sein.

Das waren die Vorstellungen, die ich hatte, als ich zum ersten Mal meine Augen öffnete. Ich lag jedoch auf einem Bett mit einer Decke über mir. Neben mir saß ein Junge, der mir bekannt vorkam.

Als er bemerkte, dass ich wach war, rannte er aus dem Raum und stieg wahrscheinlich eine Treppe hinunter und schrie: „Mutter! Mutter! Sie ist wach. Die Dame ist wach,"

„Ruhig da August. Ich komme herauf, um sie zu sehen «, sagte eine sanfte weibliche Stimme.

Eine schöne Dame, wahrscheinlich in ihren Dreißigern, betrat den Raum. Sie war brünett und hatte eine charmante, süße Stimme.

»Wie geht es dir?«, fragte sie zärtlich.

"....Gut", versuchte ich mein Bestes, um zu sprechen.

"Es ist okay. Die Kälte hat deine Stimme gedämpft. Ruhen Sie sich jetzt aus."

Ich nickte mit dem Kopf, woraufhin sie den Raum verließ.

Alleine und krank konnte ich nur schauen. Ich lag in einem kleinen, aber wohlhabenden Zimmer. Einfach und gemütlich würde ausreichen, um die Dekorationen und den Nutzen zu beschreiben. Es gab jedoch dieses Bild, das mir ins Auge fiel.

Vor dem Bett an einer roten Wand stand ein Bild dieser Dame und seines Mannes. Sie hatte eine Bauchwölbung und sie sahen aus wie ein wirklich glückliches Paar. Als ich den Raum weiter untersuchte, war eine Stunde vergangen, bevor sie die Tür öffnete.

Sie hielt einen Teller in der Hand. Sie stellte es neben einen niedrigen Tisch neben dem Bett und setzte sich neben mich.

"Hier hast du etwas davon", sagte sie und hielt mir eine Schüssel hin.

Ich kauerte mich auf den Rücken zum Bett und aß die Suppe, die sie mir anbot.

Während ich die Suppe trank, plünderten viele Fragen mein leeres Gehirn. Mein Körper brauchte das Essen jedoch mehr als die Antwort auf die Frage: "Wie bin ich hierher gekommen?"

»Leg dich hin. Und ruh dich etwas aus «, sagte sie und begann zu gehen.

»Warte«, sagte ich.

»Ja. Brauchst du etwas?«, fragte sie fürsorglich.

"Wie heißt du?"

"Es ist Trisha,"

"Danke, dass du mir dort das Leben gerettet hast,"

"O! Ich bin es nicht, der dich hierher gebracht hat. Es war Christoff,"

»Christoff?«

»Ja. Er sah dich draußen in der Kälte liegen, als er zu diesem See ging, um ein paar Kräuter für mich zu sammeln,"

"Kräuter?"

"Ja, ich bin so etwas wie ein Arzt,"

„… dann trotzdem vielen Dank,"

"Gern geschehen", verabschiedete sie sich, als der Tag verging und Trisha sich um mich kümmerte.

Lächeln und Rosen

„Sehr oft fürchten wir Dinge, die wir nicht wissen. Konsequenzen, wenn und sollten sie alle durcheinander bringen und uns letztendlich verkrüppeln, um es zu wagen. Aber es ist besser, diese Worte gesagt zu haben und abgelehnt worden zu sein, als sein Leben für immer in Ungewissheit zu verbringen. "

"Solche Philosophie ist Schrott", kommentierte er.

»Nun, es ist wahr«, antwortete ich scharf.

"Stimmt das? Nun, dann hören Sie mir zu. Hier ist ein Kind, das seinen Nachbarn nebenan bewundert. Er weiß nicht, was Liebe ist. Er ist einfach fasziniert von ihrer Schönheit."

„Was bedeutet das?"

"Es bedeutet, dass er sich zu ihr hingezogen fühlt, aber seine Schüchternheit beunruhigt ihn. Ich will ihm deine Müllphilosophie nicht vortragen, ich will ihm nur eine Chance geben,"

"Chance, was zu tun?" Sagte ich sardonisch

"Um mit ihr befreundet zu sein,"

"Du denkst, er wird ein Wort vor ihr sprechen,"

»Nein. Das muss er nicht,"

"Okay, das wird irritierend. Sag mir, was du tun wirst,"

»Warte nur ab und sieh zu«, sagte er lächelnd.

Christoff ging weg und ich fragte mich, wie dieses Gespräch begonnen hatte.

Heute Morgen lag ich auf meinem Bett, als er an die Tür klopfte. Er trat mit einem ungezwungenen Lächeln ein und hielt einen Rosenstrauß in der Hand. Keine roten. Aber eisblaue. Ihre Farbe war seltsam, aber andererseits war das, was ich in der Nacht vor gestern sah, noch seltsamer.

Er stellte es in eine Vase am Bett und redete sehr ruhig.

"Deine Ausrüstungstasche ist unten, okay", sagte er

"Vielen Dank,"

"Nun... Dann habe ich einen kostenlosen Rat für dich."

»Was?«

"Filmen Sie diese Vögel nicht heimlich,"

»Warum nicht?« Sagte ich neugierig.

"Weil..."

Seine Aussage wurde durch die Ankunft von Miss Trisha unterbrochen.

»Es ist so nett von dir, hierher zu kommen«, sagte sie zu ihm.

"Ja, dieses Haus fühlt sich warm an, weißt du", sagte er.

"In der Tat warm, wenn die Liebe wohnt", sagte sie und sah mich an.

Moment mal. Sie denkt an mich und ihn. Das ist eklig.

"Nein...du hast dich geirrt", sagte ich beim Aufstehen.

"Ja, schrecklich falsch", unterstützte Christoff.

"Das tue ich. Warum dann die Brummenden Rosen«, fragte sie lächelnd.

»Brummende Rosen«, sagte ich verwirrt.

"Ja, diese wachsen nur einmal in vier Jahren, wenn die Juancos ihre Schlafmelodie summen,"

"Schlafen?"

"Okay, ich gehe besser", sagte Christoff

"Nun, nicht so viel Eile", sagte Trisha und hielt seine Hand.

»Du musst ihr helfen«, sagte sie mit einem Befehl in der Stimme.

»Das geht mich nichts an«, erwiderte er.

"Nun, sie kann sie nicht alleine ohne Hilfe filmen,"

Ich stürzte mich in ihr Gespräch und sagte: "Ich brauche seine Hilfe nicht."

Plötzlich erschien ein Temperament auf Miss Trishas eleganter Gelassenheit.

"Okay... ihr beide geht nach unten und wartet", sagte sie befehlend.

Ihre Kühnheit im Vergleich zu ihrer Ruhe erschreckte uns beide wirklich und wir antworteten unisono.

»Ja, Mam.«

»Besser«, bestätigte sie.

Während wir unten saßen, kam Trisha in ihre Küche und bereitete etwas vor.

Wir zwei saßen an den gegenüberliegenden Enden des Sofas, starrten aber aus demselben Fenster. August spielte wieder ganz alleine und warf gelegentlich einen Blick auf dieses Mädchen.

"Nun, das ist wirklich traurig", sagte ich unbewusst.

»Was ist traurig?«, fragte er.

»Trishas Sohn. Er mag das Mädchen da drüben, ist aber wirklich schüchtern ",

"Warte, August mag Eve. Das wird einige Zeit dauern, bis es untergeht."

"Dann heißt sie Eve. Woher weißt du das?"

"Ich besuche diesen Ort oft,"

"Ich wünschte, ich könnte ihm helfen,"

„Aber das Wünschen ändert nichts an der Realität,"

"Okay, was schlägst du vor?"

»Nichts. Ich mische mich nicht in Kindersachen ein,"

"Du bist nutzlos,"

"Nun, was schlägt schlafend tänzelnder Dummkopf vor?"

"Wie kannst du es wagen, mich so anzusprechen, dass du..."

"Okay, es tut mir leid, aber hast du gemerkt, was gerade passiert ist?"

"Nun, was ist passiert?"

„Ich habe dich angestachelt und du hast reagiert. Newtonsches Gesetz. Es ist in der realen Welt anwendbar."

Für einen Moment dachte ich wirklich, wer dieser Christoff eigentlich war. Er war unempfindlich, ein kompletter Buchse, und doch eine sehr aufschlussreiche und helfende Person.

»Das war 's. Ich hab 's. Lass uns ihm einen Rat geben «, sagte ich mit neuer Kraft, während eine Glühbirne in meinem Kopf aufleuchtete.

»Welchen Rat?« Sagte er verwirrt.

Und so wurden sich Lächeln und Rosen überhaupt erst anvertraut.

Little Angels

"Hey da, kann ich mit dir spielen,"

"....Klar,"

Er nahm den Ball und trat ihn auf mich zu.

Ich versuchte ein wenig zu dribbeln und es ging zwischen seine Beine. Trotzdem jagte er weiter, während ich den Besitz behielt.

"Ich sehe, du bist ein gutes Kind. Aber warum spielst du alleine?" Ich sagte Dribbeln.

"Ich kann keine Freunde finden,"

"Freunde finden? Das ist einfach,"

"Klingt einfach,"

"Okay, dann bringe ich es dir bei,"

"Unterrichten, aber was?"

"Dir beibringen, wie man mit diesem Mädchen spricht", sagte ich, den Ball zu stoppen.

Als er die Richtung meines Blicks sah, wurden seine Wangen ein wenig rot.

"Magst du sie?" Fragte ich.

»......Ja«, sagte er widerwillig.

Bevor wir weitermachen konnten, drang eine Stimme in mein Ohr und ich drehte mich um, um Trisha rufen zu sehen.

»Komm her. Das Frühstück ist fertig «, sagte sie zu ihm.

Er nahm den Ball mit und rannte wahrscheinlich zu schüchtern.

Ich begann zu gehen, aber für ihre Worte

»Du auch, Christoff«, sagte sie.

»Nein, ich glaube, ich passe«, erwiderte ich und ging.

Als ich durch dieses kalte Wetter ging, entfachten sich Erinnerungen vor meinen Augen.

Ich war ein Baby, als mich jemand vor der Haustür eines Waisenhauses stehen ließ. Dort fanden mich die Schwestern in einem rot umwickelten Korb liegend. Sie nahmen mich als ihr eigenes auf, nannten mich und früher als ich wusste, war ich ein Familienmitglied von "Little Angels", wie meine geliebte Großmutter uns nannte. Ich verbrachte meine Kindheit in der Gesellschaft meiner Freunde. Aber hin und wieder kam mir die Frage in den Sinn: „Warum haben sie mich verlassen?" und die Antwort kam nie.

Diese Erinnerung ließ mich Großmutter vermissen. Sie lebte nur zwei Blocks von mir entfernt, also beschloss ich, sie zu besuchen.

»Hier wollen wir unsere Gebete sprechen, bevor wir essen«, sagte Frau Trisha.

»Wo ist Christoff hin?« Fragte ich.

"Er ist gegangen", sagte sie und wir fingen an zu beten. Das Frühstück war üppig und ich war hungrig. Also aß ich von Herzen. Gelegentlich sprach Trisha über Shaira und seine Leute, aber meine Aufmerksamkeit richtete sich immer auf diesen Kerl.

"Woher kennst du Christoff?" Fragte ich neugierig.

"Nun, er ist ein Freund meines Mannes. Als wir vor 2 Jahren nach Shaira zogen, half er uns, uns einzuleben. Soweit ich ihn kenne, ist er ein bescheidener Mensch. Hilfreich auch,"

"Er passt aber nicht zu deiner Beschreibung", kicherte ich.

"Nein... Er ist immer so. Draußen wirkt er kalt, ist aber ein netter Mensch. "

"Also, was weiß er über diese Vögel?"

"Nun, er ist die einzige Person, die sie gesehen hat,"

"Moment... viele Reporter kommen hierher, und sogar einer von ihnen hat einen Artikel über sie geschrieben. Ja, wie heißt du?"

»C. Joel«, sie half mir aus.

"Ja, das ist richtig,"

"Nun, das ist das Pseudonym, unter dem Christoff den Artikel geschrieben hat,"

»Er hat es geschrieben«, sagte ich überrascht.

"Du siehst, dass viele Reporter hierher gekommen sind, aber alle sind so gelandet wie du. Sie schliefen ein, egal was sie taten. Einige versuchten sogar, die Kamera für eine Nacht dort zu platzieren, aber als sie am nächsten Morgen zurückkamen, funktionierten ihre Kameras nicht."

"Das ist gruselig,"

»So hört es sich an.«

Wir hatten unser Frühstück beendet, woraufhin ich meine Kamera überprüfte. Das Ergebnis war das gleiche. Es war alles weiß.

»Verfluche es«, sagte ich.

»Hab ich dir doch gesagt«, sagte Trisha.

"Okay, hast du seine Nummer?"

"Er hat keinen. Ich habe einmal sein Haus besucht. Er lebt ohne moderne Geräte außer den Kochgeräten."

"Er ist wirklich..."

"Seltsam richtig. Ein Typ wie er, keine Familie, keine Mitarbeiter. Ich frage mich, warum er sich dafür entscheidet, so zu leben,"

"Ja."

Ich hatte noch sieben Tage Zeit. Und jeder Versuch, diese Vögel zu filmen, würde sich als vergeblich erweisen, das wusste ich. Meine einzige Hoffnung war es, Myers davon zu überzeugen, mir zu helfen. Der Rückweg würde 3 Stunden dauern, so dass ich, sobald ich mit dem Essen fertig war, zu gehen begann.

»Viel Glück beim Filmen dieser Vögel«, sagte Trisha, als ich mich von ihnen verabschiedete.

Ich schleppte mich unaufhörlich vorwärts. Mein Assistent hätte das Auto rausgeholt, aber ich konnte es nicht riskieren, weiter stecken zu bleiben, denn die Autoreifen waren nicht für Schnee gemacht. Also hatte ich ihn angewiesen, bergauf in Unterkünften zu übernachten.

»Endlich«, rief ich erschöpft, als ich das vertraute Haus erreichte.

Ich ging die kleine Treppe hinauf auf die Holzveranda und klopfte an die Tür. Es gab keine Antwort. Danach wurde mir klar, dass er nicht zu Hause war. Ich ging hier und da herum, bis ich auf der niedrigen Holzbank am Fensterbrett Platz nahm.

Dort wartete ich und wartete noch mehr, bis der Schlaf über mich fiel.

Leitmusik

Eine Hand stieß an meine Schulter und ich begann mit einem Schrei
"Ahh...." Schrie ich.
»Jeese, du bist laut«, sagte Christoff.
"O! Du bist es, von dem ich dachte, es sei ein Schneemann. "
"Wie auch immer. Sag mir, warum du draußen sitzt,"
"Äh... Ich kam hierher und stellte fest, dass die Tür verschlossen war."
„Das kann ich ableiten. Ich meine, warum bist du hier?«, sagte er, während er den Schlüssel in das Schloss steckte.
»Nichts Bestimmtes«, sagte ich töricht.
"Okay", klickte die Tür auf "Komm einfach zuerst rein."
Wir traten ein und ich schweigte zum Kamin und setzte mich.
 Als ich auf dem Sofa saß, kam Luce hereingerannt und sprang auf, bis wir beide auf dem Sofa lagen. Da saß sie auf mir und leckte mein Gesicht.
"Ziemlich gut für jemanden, der Angst vor Hunden hat", sagte er.
"Ja...ich habe immer noch Angst vor ihnen, aber nicht vor diesem,"
Er ging nach oben und ließ sich dann in seiner Freizeitkleidung nieder.
»Trisha hat dich hergeschickt, nehme ich an«, sagte er.
"Ja,"
"Ich kann dir nicht helfen..."
„...aber warum nicht?"
»Hör zuerst zu!«, sagte er. »Ich kann dir nicht helfen, sie zu filmen. Aber ich kann dir sicher helfen, sie zu sehen. "
"Ich verstehe nicht,"

"Diese Kreaturen, die sie irgendwie kennen, wenn du versuchst, sie vor der Kamera einzufangen. Selbst wenn du eine Stiftkamera nimmst, würden sie es immer noch wissen,"

"Nun, wenn ja, wie hast du sie gesehen?"

"Nur zum Glück,"

"Kannst du nicht genauer sein,"

"Okay... Ich fuhr nachts auf der menschenleeren Straße am Seeufer, als plötzlich etwas Strahlendes vor dem Auto hervorsprang. Überrascht und erschüttert bremste ich mit aller Kraft. Als ich dann nach vorne ging, sah ich das Prächtigste, was ich je gesehen hatte. "

„Es war ein blauer, mittelgroßer Vogel, der vor Strahlkraft glühte. Sein Schnabel war kurz und schwarz. Der Schwanz war wie sein Körper mit ausgezeichneten blauen und schwarzen Schatten bedeckt. Seine Augen waren geschlossen und einer seiner Flügel hatte einen tiefen Schnitt. Als ich sah, dass ich den Erste-Hilfe-Kasten aus der Heckklappe des Autos nahm und seine Wunden einwickelte. Es lag still, atmete aber. Dann hielt ich es in den Armen und ging ans Seeufer. "

»Damals geschah das Wunderbarste. Ein Donner schlug mitten im zugefrorenen See ein. Funkelnder Nebel umgab mich. Eine schöne Stimme begann in der Nähe und wurde dann von zahlreichen ähnlichen gefolgt. Plötzlich begann mein Körper zu leuchten, als auch der Vogel in meinen Händen zu singen begann. Und dann sah ich eine riesige, vogelförmige Gestalt in der Mitte des Himmels aufsteigen, die ihre Flügel ausbreitete. Ich ging näher an den See heran und sah das unwissenschaftlichste Unerklärliche,"

Er hielt eine Minute inne und stellte mir dann eine einfache Frage: "Weißt du, was ein Vogelei zum Schlüpfen braucht?"

"Wärme", antwortete ich

"Ja, aber nicht die Juancos. Es ist genau das Gegenteil und noch mehr. Du siehst, als ich vorrückte, sah ich Hunderte von strahlenden blauen Vögeln, die alle synchron eine riesige Figur eines Vogels bildeten. Sie kamen alle aus dem Loch im gefrorenen See. Schließlich war sein Schwanz herausgekommen, und dann zerfielen die Vögel und flogen in getrennten Winkeln zu den verschiedenen Seiten des dichten

Waldes, der mich umgab. Es gab jedoch einen Vogel, der direkt in meine offenen Handflächen flog und anfing, den verletzten Vogel mit seinem Schnabel zu streicheln. Zu diesem Zeitpunkt hatte sich der Nebel geklärt und überall sah ich kleines leuchtendes blaues Licht, das den mondlosen Himmel beleuchtete. "

„Das Spektakel hat mich verzaubert. Die beiden Vögel flogen mir jetzt aus den Händen und ich sah unzählige Juancos an einem Ort davonfliegen, den die Menschheit nicht kannte."

Seine Erzählung hatte aufgehört. Und ich war sprachlos. Was er sagte, konnte eigentlich nicht möglich sein, aber dann habe ich letzte Nacht einen Teil davon miterlebt.

"Eine Sache, warum hat dein Körper angefangen zu leuchten?" Fragte ich

»Ich weiß nicht«, sagte er ehrlich, »aber in der Nacht, als ich gehen wollte, sah ich etwas Leuchtendes, das auf dem Boden lag. Es war offenbar die Feder des verletzten Vogels. Dann nahm ich es als Erinnerung an diese fantastische Nacht und ging,"

"Hast du es noch?"

"Ja,"

»Wo ist es?« Sagte ich aufgeregt.

"Oben,"

»Kann ich es sehen«, sagte ich wie ein Kind.

Wir gingen beide hinauf und dann nahm er aus einer seiner Schubladen eine Schachtel und gab sie mir. Ich öffnete es und da lag es. Leuchtet blau wie das Meer, wenn die Sonne am hellsten scheint.

"Meine Güte", sagte ich, "wie ist das alles möglich?"

„Ich habe selbst darüber nachgedacht und mir ein paar mögliche Antworten ausgedacht."

Als ich auf dem Esstisch saß, bereitete Christoff eine Delikatesse zu. Ich wartete so geduldig ich konnte, aber verdammt, ich war aufgeregt und konnte nicht anders, als direkt in die Küche zu gehen.

Dort sah ich ihn einen Schokoladenkuchen backen. Ich glaube, er hat mich bemerkt, aber seine Arbeit akribisch fortgesetzt.

"Hast du Geburtstag?" Fragte ich.

"Nein,"

"Ist es für einen Freund?"

"Ja,"

»Eine Freundin, nehme ich an«, fing ich an, ihn zu ärgern.

"Irgendwie,"

»Wie heißt sie?«

"Geht dich nichts an,"

»Weiß Trisha das?«

"Nein,"

„Heimlicher Verehrer. Das ist interessant,"

"In Ordnung. Hör auf mit deinem perversen Denken und gib mir diesen Sprinkler."

Er stellte den Kuchen in den Ofen und dann setzten wir uns beide an den Esstisch.

"Okay, hier ist, was ich erklären kann", sagte er.

„Die Vögel leuchten wegen der Bio-Lumineszenz. Nun zu ihnen, die aus dem Eis kommen. Laut Physik ist Wasser in einem See eingefroren, aber darunter ist es immer noch flüssiges Wasser. Irgendwann im Jahr legen sie ihre Eier ab und gehen. Jetzt ist der Shaira-See der perfekte Ort, da dort im Winter immer Blitze für statische Aufbauten einschlagen. Dadurch entsteht das Loch. Ich nehme an und ich wiederhole, ich nehme an, dass diese Eier nur schlüpfen, wenn ein Blitz einschlägt. Es bleibt also nur noch zu erklären: "

"Die Schlafmelodie, die große Vogelfigur und vor allem, warum sie Kälte zum Schlüpfen brauchen,"

"Richtig. Als der junge Vogel meine Handfläche berührte, war es extrem heiß. Wenn sie also in jungen Jahren ungewöhnlich hohe

Temperaturen haben, dann erklärt das, warum kaltes Wasser benötigt wird. "

„Hohe Wärmeaufnahmekapazität ohne Temperaturanstieg", sagte ich.

„Genau das reguliert die Temperatur des Vogels. Jetzt, da die Musik sie meiner Meinung nach in diese Formation bringt, damit sie in verschiedenen Winkeln zu ihrer Mutter oder ihrem Vater abheben können, was ich nicht weiß. Angenommen, jeder Vogel hat eine bestimmte Stimmqualität, die seine Jungen erkennen können, was ihnen hilft, ihre Babys zu finden, denke ich. "

"Aber warum bist du nicht eingeschlafen?"

"Siehst du, als ich die Feder berührte, nachdem sie gegangen waren, leuchtete mein Körper nicht. Es leuchtete nur, wenn ich den Vogel hielt und wenn er sang,"

"Du meinst, du warst immun gegen das Schlafen,"

"Ich schätze schon,"

"Okay, das reicht. Das ist eine verdammt gute Hypothese, aber ich denke, es ist die einzige, die möglich ist ",

"Und wahrscheinlich,"

Ein Piepton hallte im Raum wider und Christoff verabschiedete sich und sagte: "Voila, es ist fertig."

Während ich alleine saß, wurde mir klar, warum niemand diese Vögel jemals gefilmt hatte und warum niemand dies jemals tun konnte. Der Blitz und der Nebel in so kurzer Entfernung deaktivieren jedes Video-Fanggerät. Und dann schläft die hinreißende Melodie ein, während direkt davor ein Märchen blüht.

Ein Abschiedsgeschenk

»Du musst an ihm vorbei, Lisa«, sagte Ann besorgt.

"Ja, ich weiß, aber ich denke, ich werde ihn mit der Zeit vergessen", antwortete ich.

"6 Jahre sind eine lange Zeit,"

Darauf hatte ich keine Antwort.

"Ich denke, du solltest dich wieder verabreden", drängte sie mich.

Dieser Gedanke war mir schon einmal in den Sinn gekommen, aber wo auch immer und mit wem auch immer ich war, sein Gesicht drang immer in meinen Kopf ein.

"Nee. Es hilft nicht "

Als ich das sagte, brach ich das Gespräch ab und ging auf die offene Tür zu und ließ dann die Party in meinem Auto zurück und ließ meinen Freund in Sorge zurück.

„Christoff Myers", diese Person würde ich gerne wiedersehen. Aber ich weiß nicht, ob ich es jemals könnte.

Mein Leben war gedeiht, seit ich ihn getroffen hatte. Ich war jetzt der Herausgeber der Times, ich besaß ein großes Haus und war bequem weg. Allerdings war ich inmitten dieses geschäftigen Lebens der Stadt einsam.

Das Leben schien vorbei zu sein und meine Hoffnung, ihn zu sehen, lag im Sterben. Aber dann klopfte das Schicksal an meine Tür.

Es war Frühling. Die Arbeit war gering und ich hielt mich meistens drinnen auf. Der Tag war vorüber und die Nacht umhüllte mein Zuhause. Ich machte mich auf den Weg zu meinem Zimmer, aber ein Klopfen an der Tür hielt mich auf.

Als ich die Tür öffnete, stand ein Junge still.

»Ja, darf ich dir helfen«, sagte ich.

"Du erkennst mich nicht", sprach er mit einem Lächeln, aber seine Augen schienen traurig zu sein.

"Nein,"

"Nun, 6 Jahre sind eine lange Zeit,"

In dem Moment, als er diese Worte aussprach, begann mein Geist Ähnlichkeit mit diesem Gesicht zu finden.

»August!«

"Ja,"

Meine Reaktion war eine der Freude und Hoffnung.

»Treten Sie ein. Setzen Sie sich«, sagte ich ekstatisch.

Als er dort auf dem Sofa saß, bereitete ich ihm einen Kaffee zu.

"Hier hast du welche", sagte ich.

"Vielen Dank,"

"Du weißt, dass ich dir viele Fragen stellen muss. Aber zuerst freue ich mich wirklich, dich zu sehen."

"Dasselbe hier,"

"Also, wie geht es allen?"

Sein Gesicht war traurig geworden. Es folgte Schweigen, bis er schließlich mit schwerer Stimme sprach.

"Nun, ich bin hierher gekommen, weil sie mich darum gebeten hat. Hier, nimm das,"

Er reichte mir ein Tagebuch und ein rot eingewickeltes Geschenk, das er aus seinen Taschen nahm.

"Die Beerdigung fand vor einem Monat statt. Aber auf ihrem Sterbebett bat sie mich, dir das zu liefern. Sie sagte und ich zitiere: "Sag ihr, sie soll das lesen. Den Rest überlasse ich ihr."

Ein Schock erschütterte meine gute Laune. Und was danach folgte, veränderte mein ganzes Leben.

Nachtigallmelodie

Der Abend war gefallen und hatte sich in Shaira versenkt. Langsam blickten die Sterne heraus und beleuchteten die Straßen mit ihrem fröhlichen Tanz. Inmitten dieser bezaubernden Umgebung saß ich erstaunt über sein Haus.

Wir hatten den ganzen Nachmittag geredet, und er hatte zugestimmt, mir zu helfen. Im Moment saßen wir also in der Nähe des Kamins. Er saß zu meinem Gegenüber in seinem Schaukelsessel, während Luce und ich auf dem Sofa saßen.

"Nun, es wird drei Tage dauern", sagte er.

»Ich kann warten. Außerdem würde ich diesen Ort gerne besichtigen ", antwortete ich.

"Nun, das ist Shairas Charme. Es zieht alle an,"

Das Gespräch driftete in viele Ecken und subtil kam das Thema Liebe.

"Also liebst du diese Person?" Fragte ich.

»Ja. Sie ist alles für mich,"

"Alles huh. Also, wie heißt sie?" Fragte ich neugierig.

"Mary,"

„Mary. Dann ist der Kuchen für sie. Morgen ist ihr Geburtstag, schätze ich."

»Ja. Du kannst mitmachen, wenn du willst ", sagte er und neckte mich.

»Nein, ich bleibe hier. Ich will ihren besonderen Tag nicht behindern,"

"Vertrau mir. Sie wird sich freuen, jemanden neu zu sehen. "

"Da bist du dir sicher,"

"Ja,"

»Gut, wenn du darauf bestehst, begleite ich dich«, sagte ich ohne Aufregung.

Wir aßen für die Nacht, nach der er nach oben ging, um zu schlafen. Luce und ich waren jetzt allein im Zimmer. Ich rutschte auf das Sofa, während Luce auf einem kleinen Korbbett auf dem Herdteppich neben mir schlief. Bevor ich einschlief, kam mir eine Sache in den Sinn: „Mary huh. Sie hat wirklich Glück."

Die ersten Strahlen der Morgensonne trafen mein Gesicht durch das offene Fenster. Christoff war in der Küche und packte den Kuchen sorgfältig ein.

»Guten Morgen«, sagte ich.

"Das Gleiche hier. Mach dich besser bereit. Wir gehen in einer Stunde."

Er ging eilig nach oben und kam mit einem kleinen Geschenk in der Hand herunter.

Nachdem alles Notwendige drin war, begannen wir mit dem Haus und ja, Luce kam mit uns.

Wir gingen ziemlich weit, bevor wir vor einem großen Haus anhielten.

Er klopfte an die Tür, und als sie geöffnet wurde, starrte ich verlegen und überrascht beide gleichzeitig an.

Vor mir stand eine alte Dame, etwa sechzig Jahre alt, die mich mit einem Lächeln ansah.

"Ah, ich sehe, du hast eine Freundin mitgebracht", sagte sie zu Christoff in ihrer liebevollen Art und Weise.

"Ja, und alles Gute zum Geburtstag, Großmutter", sagte er und umarmte sie.

"Danke", sagte sie und wir beide betraten diesen schönen Ort von ihr.

Ich gebe zu, dass Christoff Recht hatte, als er mich einen Perversen nannte. Ich habe vergessen, dass Liebe von vielen Arten ist. Das war mein erster Moment der Verlegenheit inmitten der außergewöhnlichen Gefühle, die ich erleben wollte.

Oma Marys Haus war dem von Christoff sehr ähnlich. Sie behielt es jedoch makelloser und ästhetischer als er. Nun, das wurde von Frauen erwartet. Männer sind in solchen Angelegenheiten ungeschickt.

Während ich über diese Dinge nachdachte, hörte ich Christoff mich rufen.

"Macht es dir etwas aus, es anzuzünden?", fragte er, als er den Kuchen in die Mitte eines Glastisches stellte und eine Kerze darauf stellte.

»Nein. Es wäre mir eine Freude «, sagte ich, als ich auf einen Streichholz schlug.

Die Lichter waren ausgeblendet und in der Mitte des Raumes standen wir vier. Das Happy Birthday Song wurde rezitiert und um das hinzuzufügen, bellte Luce auch eine mysteriöse Sprache. Ich nehme an, es war mehr für den Kuchen, als ihr zu wünschen.

Oma nahm ein Stück Kuchen und gab es mir zuerst.

Es hat mich ein wenig überrascht. Sie kannte mich kaum, aber sie war so freundlich zu mir.

Als sie es mir gab, machte sie eine urkomische Bemerkung: "Weißt du, Christopher, zuerst die Dame,"

"Ja, Großmutter", antwortete er im gleichen Geist.

Christoff hatte inzwischen ein kleines Geschenk aus der Tasche genommen und an sic weitergegeben.

Sie lächelte mütterlich und sagte: „Was ist da drin?"

"Es ist etwas, das ich erhalten habe", sagte er.

Als sie das Geschenk auspackte, fiel ihr eine Nostalgie ins Gesicht und sie sagte: "Wo hast du es gefunden?"

"Jeffrey, ich habe es an unserem alten Ort gefunden. Ich hatte gedacht, es wäre bei deiner Ankunft hier verloren gegangen."

Das Geschenk war eine alte Brille, aber es war ihr wichtig.

In der Zwischenzeit bellte Luce.

"Wir haben dich nicht vergessen, Luce, bitte schön", sagte Oma, als sie ein Stück Kuchen auf einen Teller legte und auf das Linoleum legte.

»Du hast wohl nicht gefrühstückt«, sagte Christoff.

"Nein, das werde ich nicht tun. Es ist der einzige Tag im Jahr, an dem ich das Essen essen kann, das du kochst ", sagte sie freundlich.

"Nun, ihr beide könnt euch hier hinsetzen, ich gehe und bereite etwas vor. Ich zeige dir Oma, meine kulinarischen Fähigkeiten haben sich verbessert", sagte er und ging in die Küche.

Es gab zwei Sofas, die einander gegenüber lagen. Ich setzte mich und sie auch.

Wir saßen eine Minute still, bevor sie sprach.

»Du wohnst an der Riviera«, sagte sie.

"Ja, woher wusstest du das?"

"Ihr Ring hat ein Etikett darauf,"

Dieser Kommentar verwirrte mich. Auch ohne Brille hatte sie ein gutes Sehvermögen.

Sie stellte sich jedoch klar: „Siehst du, diese Brille gehört meinem Mann. Er starb vor etwa 30 Jahren, und ich bewahrte es während dieser Zeit bei mir. Aber bei unserer Ankunft hier ist es verloren gegangen,"

"Es tut mir leid,"

"Es ist nicht deine Schuld. Er hatte Krebs, und der Kampf hat ihn schließlich besiegt. "

Darauf hatte ich keine Antwort.

»Also Lisa, was machst du?«, fragte sie und wechselte das Thema.

"Nun, ich bin Reporterin,"

"Dann versuche ich, die Juancos zu filmen,"

"Ja und leider gescheitert,"

"Ah, das passiert. Ich bin sicher, Christopher würde dir helfen. "

"Ja, er sagte, er würde,"

"Also hast du Shaira besichtigt?"

"Nein, aber ich hoffe es in diesen drei Tagen,"

"Ich bin sicher, du wirst es einen schönen Ort finden. Es ist ruhig, ruhig und die Nachbarn sind sehr freundlich. "

"Ja, das stimmt."

Großmutter schaute dann in die Küche und wandte sich dann mir zu.

"Du weißt, dass ich mir Sorgen um mein kleines Kind hier mache,"

"Christoff, aber warum, er scheint ein glücklicher Kerl zu sein,"

"Ja, das ist das Problem. Er zeigt es nie vor mir, aber ich weiß, welchen Schmerz er trägt."

»Schmerzen?«

"Ja, er gibt sich die Schuld für alles, was in der Vergangenheit passiert ist,"

Bevor wir weiter plaudern konnten, betrat Christoff den Raum mit der Essenstablett.

Wir setzten uns an den Tisch und begannen nach unserem Gebet zu essen.

Ich hatte das Essen gegessen, das er zuvor gekocht hatte, aber das war etwas anderes.

"Du hast dich sicherlich verbessert, Christopher", sagte sie zu ihm.

„Ja, es schmeckt viel besser als früher", schloss ich mich ebenfalls an.

"Nun, lass uns die Formalitäten überspringen und essen", antwortete er.

Luce schloss sich ebenfalls an, und insgesamt fühlte es sich exquisit an, mit Freunden zusammenzusitzen und ein ruhiges Frühstück zu genießen.

"Darum geht es also in der Familie?" Ich dachte und erinnerte mich an Mama und Papa.

Mein Vater war der typische Workaholic-Typ, während Mutter eine freie Seele war. Sie lebte das Leben zu ihren eigenen Bedingungen, grenzenlos und sorglos von allen Verpflichtungen. Insgesamt habe ich sie nie leichte Gespräche führen sehen, noch haben sie sich jemals einander geöffnet.

Außer der Tatsache, dass sie sich Mühe gegeben haben, mich aufzuziehen, schulde ich ihnen keine andere Dankbarkeit. Sie sehen, wir sind eine entfremdete Familie. Ich denke selten an sie, und sie rufen mich selten an, um meinen eigenen Geburtstag zu retten.

Aber heute habe ich sie aus irgendeinem Grund mehr vermisst. Vielleicht ist es nur ein vorübergehender Gedanke oder ein ignoriertes Gefühl. Jedenfalls zuckte ich mit den Schultern und genoss die Gesellschaft meiner Freunde.

Inzwischen hatten wir gefrühstückt und ruhten uns aus, als uns eine schicksalhafte musikalische Stunde zuwinkte. Ein Klavier wurde an der Ecke des Raumes platziert, und Großmutter bestand darauf, dass ich es spiele.

„Tut mir leid, dass ich gerade angefangen habe, Klavier zu lernen. Ich bin nicht gut darin«, sagte ich zu ihr.

"Egal, es ist viel besser, es zu versuchen, als etwas aus Angst nicht zu versuchen. Außerdem wird Christopher dir helfen, wenn es nötig ist."

Nach langem Überreden setzte ich mich auf die lange Bank und versuchte, den Rhythmus abzuleiten, woraufhin ich die Melodie spielte. Anfangs habe ich es gut gemacht, aber dann fing ich an zu stocken.

Gerade als ich aufgeben wollte, verriegelte sich Christoffs Finger mit meinem und ich konnte seinen warmen Atem auf meinem kalten Gesicht spüren. Mein Herz begann schneller zu schlagen und meine Wangen wurden rot. Er leitete meine Bewegungen mühelos, und aus völliger Uneinigkeit spielte ich jetzt eine hinreißende Melodie. Er lehnte sich nach vorne an meine Schultern und flüsterte mir in die Ohren: „Denk hier nicht nach, spüre die Musik. Alles wird gut."

Diese Worte waren vertrauensvoll. Ich hatte begonnen, die Bewegungen einzufangen, und nach und nach zog sich Christoff zurück und ich spielte jetzt die ruhigste, bezauberndste Musik, die ich je in meinem Leben gehört hatte.

Während ich spielte, kam auch der Klang der Geige hinzu. Ich sah Christoff es völlig vertieft spielen, aber mit seinen nachdenklichen Augen auf mich zu. Unsere Blicke waren für einige Zeit verschlossen und ein Lächeln war auf unseren beiden Gesichtern. Wir beglückwünschten uns im Tandem. Das Paar war so perfekt, dass Oma aufstand und applaudierte, als wir fertig waren.

»Ihr zwei seid ein schönes Paar«, sagte sie lächelnd.

Als wäre das nicht schon peinlich genug, schloss sich auch Luce mit ein paar Bellen an.

Wir zuckten beide unisono mit den Schultern: "Nein, du hast dich geirrt."

So komisch war unsere Antwort, Großmutter lachte herzlich und sagte: "Kommt her, ihr zwei,"

Wir setzten uns neben sie und sie sprach: „Weißt du. Diese Melodie, die du gespielt hast, ist die Melodie der Nachtigall. Es ist schwierig, es beim ersten Mal richtig zu machen. Aber du hast es einwandfrei gespielt,"

„Das heißt nicht, dass wir ein Paar sind", sagten wir noch einmal unisono

"Nein, bist du nicht. Aber dein Großvater und ich auch nicht. Wir trafen uns auf einer Party. Er war einsam und spielte Klavier in einem Raum. Da ich Geiger bin, habe ich auch mitgemacht. Und von da an hat sich unser Leben verändert. "

"Heißt das, es ist ein gutes Omen?" Fragte ich.

»Ich weiß es nicht. Sie sagen, dass alles aus einem bestimmten Grund passiert. "

"Wessen sie?" Fragte Christoff.

"Die weisen Männer und Frauen,"

"Ah, huh. Ich bin sicher, das schließt dich und Opa ein", sagte er.

Großmutter lächelte leicht und sagte: "Ich weiß, dass ihr zwei jung seid, aber glaubt mir, wenn ich sage, dass alles aus einem bestimmten Grund passiert."

"Nein", missbilligte Christoff, "der Zufall des Lebens ist nie vorherbestimmt",

"Und so sollte es auch sein. Man braucht im Chaos des Lebens keinen Grund zu finden. "

"Großmutter, du meinst nicht, dass zufällige Dinge einfach zur richtigen Zeit perfekt passen, oder?"

"Das tue ich. Aber nur, wenn du die Form deines Lebens richtig gestaltest, Christoff,"

"Das ist tiefgründig", antwortete ich, "aber so wie du es sagst. Es könnte wahr sein."

Während wir uns unterhielten, klopfte es an der Tür.

»Ich öffne es«, sagte ich.

„Lisa, was machst du hier?", sagte Trisha, als sie mit August auf der Veranda stand und ein Geschenk hielt.

"Ich bin hier mit Christoff", antwortete ich, "Bitte komm rein,"

Sie traten beide ein und wurden von Oma mit Freude begrüßt.

"O! Mein kleiner Junge ist so groß geworden «, sagte Maria und kuschelte ihn.

"Alles Gute zum Geburtstag", antwortete das Kind und gab ihr das Geschenk.

»Danke«, sagte sie.

Sie schaute dann Trisha an, bevor sie sprach: „Du bist nur ein bisschen zu spät gekommen, um die Melodie zu hören."

Trisha war ein bisschen überrascht: "Wer hat es gespielt?"

»Das taten die beiden«, sagte sie uns zugewandt.

»Wirklich«, sagte sie und sah mich an.

»Ja, ein bisschen«, antwortete ich.

Trisha sah dann Christoff an und lächelte.

„Kann ich dich kurz sprechen, Christoff?", fragte sie ihn.

"Sicher", sagte er, als sie uns verließen. In der Zwischenzeit war Oma nach oben gegangen und hatte August verlassen, Luce und ich saßen auf dem Sofa und der Junge schwieg.

Ich hielt es für die perfekte Gelegenheit, mit ihm über Eva zu sprechen, wurde aber durch ein weiteres Klopfen zurückgehalten.

"Dieser Ort ist heute sicherlich geschäftig", sagte ich, bevor ich zur Tür ging.

Auf der Veranda stand ein kalter Mann, der fest auf einen Brief in seiner Hand starrte.

"Wen suchst du?" Sagte ich zu ihm.

"Christoff Myers. Ist er hier?"

"Nun, er ist oben. Du kannst drinnen auf ihn warten. Ich rufe ihn an."

Der Besucher setzte sich ungeschickt neben August und starrte immer noch auf diesen Brief.

"Das sind gute Nachrichten, Trish,"

"Sie sagen, er erholt sich sehr schnell. Vielleicht noch ein paar Monate und er wird wiederkommen. "

"... .Es tut mir leid für all die Mühe,"

"Sei es nicht. Es war nicht deine Schuld,"

Als ich den Raum betrat, sah ich für einen Moment Christoffs trauriges Gesicht, bevor es wieder ruhig wurde.

"Es gibt einen Besucher, der nach dir fragt,"

"Für mich?"

"Er wartet unten. Vielleicht willst du nach ihm sehen."

"Sicher,"

Als Christoff ihn begrüßte, lächelte der junge Mann schief und sagte: "Du erinnerst dich nicht an mich, oder?"

"Nein. Aber von dem Paket, das du trägst, nehme ich an, dass du bei den Barrows arbeitest."

"Du hast recht. Ich bin Jack Grenings, der leitende Techniker der Firma. "

"Was ist drin?"

"Es ist ein Geschenk von Mr. Jeffrey",

"Mr. Jeff. Das ist interessant. Dieser faule Idiot ist jetzt der Manager geworden?"

"Ja. Wenn du das akzeptierst, werde ich vielleicht von meinen Pflichten entbunden. "

"Zu sehen, wie schwindlig du aussiehst. Irgendwelche spezifischen Anweisungen für mich,"

„4 Tage. Das hat er gesagt."

"Fantastisch. Grüß Jeff von mir,"

"Sicher", sagte er, bevor er ging.

In der Zwischenzeit unterhielten sich Trisha und Mary am Esstisch. August saß allein am Sofa, bevor ich mich ihm anschloss.

"Weißt du, August..." Ich hatte gerade angefangen, bevor Christoff hereinkam.

"Nicht hier", sagte er und signalisierte mir Maria. Ich habe das Thema verstanden und gewechselt.

"Also, wer war dieser Kerl?"

"Mein Büroangestellter,"

"Er sah nervös aus,"

"Es wird erwartet, wenn Sie bereits für eine Zugfahrt zu spät kommen,"

Es waren nur ein paar Minuten vergangen, bevor Mary Christoff anrief.

"Weißt du, Trisha und ich dachten, wenn du Lisa heute hierher bringen und ihr Shaira zeigen könntest,"

»Heute? Ich werde sie morgen besuchen ", antwortete er.

"Ja, es ist in Ordnung", schloss ich mich ebenfalls an.

»Nein. Ich werde kein Nein hören. Du wirst sie direkt zu Isens Unterkunft bringen, einen Brougham mieten und ihr diese Stadt zeigen. "

"Aber heute ist dein..."

Trisha unterbrach ihn und sagte: „Tu es einfach, Christoff. Du weißt, dass Mary kein Nein als Antwort akzeptiert,"

Der Blick in ihren beiden Augen war so streng auf Christoff gerichtet, dass er schließlich einwilligte. Und dann waren wir bei Isen.

Sich verlieben

Während wir ganz allein durch den Schnee gingen, herrschte Stille zwischen uns. Aber diese Stille war mir zu laut, weil mir seltsame Gedanken in den Sinn gekommen waren.

»Warum schweigt er so? Denkt er darüber nach, was Maria gesagt hat? Nein, das ist nicht möglich. Oder ist es, dass er...hat er angefangen, mich zu mögen?"

Mein Geist fühlte sich verkrampft an und ich schrie: "Hör auf!"

Diese Worte überraschten Christoff.

»Geht es dir gut?«, fragte er.

»Ja , ja, alles in Ordnung«, stolperte ich in meinen Worten, als ich ihn ansah.

"Du denkst nicht darüber nach, was Großmutter gesagt hat. Bist du das?«, sagte er.

Das überraschte mich. „Nein, nein, absolut nicht. Ich werde mich nie in dich verlieben,"

»Das dachte ich mir«, sagte er und begann wieder zu laufen.

Dieser ruhige Spaziergang mit Schnee von oben und der Wind, der uns zittern ließ, ließ mich warm werden und ich werde es jetzt nicht leugnen: " Ich fing an, mich in ihn zu verlieben",

»Wir sind hier«, sagte Christoff, während wir vor einem kleinen Gasthaus standen.

Er klopfte an die Tür und heraus kam ein Mann mittleren Alters mit einem französischen Bart. Er hatte ein rötliches, grobes Gesicht, das seinen kräftigen Körper und seine schwere Stimme ergänzte. Seine Augen hingen und ein alkoholischer Geruch strömte aus seinem Mund, als er sich an die Wand lehnte.

"Du suchst nach etwas, hm", sagte er unwillkürlich.

»Isen...Maria hat mich hergeschickt«, sagte Christoff.

In dem Moment, in dem er diesen Namen gehört hatte, knallten seine Augen auf und sein schlampiger Gang richtete sich gerade auf. Er sah ihn an und stieß ihn dann auf die Schulter.

"Oh, mein Gott. Du bist es wirklich ", sagte er laut.

"Ja, ja, wasch dir zuerst das Gesicht und komm raus,"

Innerhalb kürzester Zeit stand Isen draußen bei uns völlig ordentlich und sauber, sowohl von seinem Aussehen als auch von seinem Geruch.

"Ich brauche einen Brougham und du natürlich. Wir werden Shaira besichtigen,"

"El Pasio?" Fragte Isen.

"Ja,"

"Warten Sie einen Moment hier,"

Isen ging dann um die Ecke der Straße und ließ uns in Ruhe.

"El Pasio, es ist wohl ein Pferd?" Fragte ich neugierig.

»Du wirst sehen und übrigens nicht in seine Augen starren«, sagte er ernst.

»Warum?«

"Denn wenn du das tust, wird dich dieses perverse Tier für den Rest seines Lebens verfolgen, es sei denn, es findet etwas attraktiveres,"

»Perverses Pferd, das ist das erste Mal, dass ich das höre«, sagte ich lachend.

Mein ganzes Lachen und mein Humor waren jedoch verzaubert, als ich diese Kreatur sah. Ich habe schon einmal Pferde gesehen, aber noch nie so. Es war schwarz wie die Nacht, seine Augen waren blassweiß mit braunen Pupillen und vor allem waren seine Hufe groß und ich wage zu sagen, ob ich jemals ein größeres Pferd gesehen habe. Es zog die Kutsche mit Anmut und Eleganz eines Königs. Dahinter, auf dem Fahrersitz, saß eine völlig entgegengesetzte Figur und glauben Sie mir, wenn ich sage, dass die Schönheit durch die weniger schönen verstärkt wird.

»Steig ein«, sagte Isen, als er den Brougham stoppte.

Wir traten ein und saßen in plüschgrünen Kissensitzen, mit Glasfenstern auf beiden Seiten und auch auf der Rückseite.

»Nach Jericho Garden«, sagte Christoff zu Isen und schob den kleinen Holzauslass vor sich her.

„Ein Garten, im Winter. Ich bezweifle, dass es unsere Reise wert wäre ", sagte ich.

»Es ist mehr als ein Garten«, sagte er lächelnd.

Und los ritten wir.

Es klingt im 21. Jahrhundert seltsam, einen Brougham zu finden, und noch seltsamer, sich in einem zu befinden. Aber das ist Shairas Schönheit, es ist ein sehr seltener Ort, den man finden kann.

Während wir in der Kutsche saßen, kamen Ströme von Holzhäusern an uns vorbei, bis das Land steiler wurde und wir einen Hang hinaufstiegen. Wir unterhielten uns während der gesamten Reise, aber er sprach kein einziges Mal über sich selbst. Es verging einige Zeit, bis wir an diesem mystischen Ort ankamen.

Ich stieg aus und sah ein großes Holzhaus namens Jericho Garden. Seine Aussichten enttäuschten meine gute Laune und ich sagte

"Es ist kein Garten, den ich sehe, sondern ein großes gewöhnliches Haus,"

»Du bist ungeduldig. Geh einfach rein ", sagte Christoff, "Und du , Isen, parkst den Brougham und schließt dich uns auch an. "

Ich stapfte den Weg entlang, der zum Haus führte, und öffnete seine Tür. Drinnen war es dunkel und man konnte kaum etwas sehen.

Ich stand da, bevor Christoff und Isen mitmachten.

»Hier ist nichts«, sagte ich.

"Okay, warte einfach. Isen, dreh den Spiegel ", sagte er.

Isen ging in die linke Ecke und verschwand komplett.

"Was macht er?" Fragte ich

"Das Licht lenken,"

Sobald er fertig war, erhellte ein großer Glanz den gigantischen Raum. Und da stand es. Zahlreiche, bunte Bäume und Pflanzen. Aber es waren keine gewöhnlichen. Jeder von ihnen wurde mit großer Sorgfalt in die Realität umgesetzt. Das heißt, sie wurden vollständig aus Glas hergestellt.

»Seht den Glasgarten von Jericho«, sagte Christoff laut.

Betäubt war ich und doch lag es vor mir.

Ich ging auf dem Weg, der mit einem Stein bedeckt war, der immer wieder glühte, als ich vorbeiging und den Weg vor mir beleuchtete.

"Was ist das? Irgendein Sensor«, fragte ich.

„Nein, bei jedem Schritt dreht sich ein Hebel, der eine farbige Glasplatte unter diesen transparenten Boden bringt."

Ich kümmerte mich wenig um die Antwort, denn als ich die blendend braune Rinde eines Baumes berührte, bewegte sich ein Eichhörnchen an meiner Hand vorbei.

»Ah...etwas hat sich bewegt«, rief ich.

"Mach dir keine Sorgen, dass es auch aus Glas besteht und von Riemenscheiben angetrieben wird, die in dieser Rinde eingebettet sind."

Überall, wo ich sah, fand ich Schattierungen von Grün, Braun, Rot und einen Farbton unerklärlicher Farben.

Christoff ging dann an mir vorbei und pflückte eine Glasblume, die an einer Pflanze hing. Dann ging er auf mich zu und sagte:

"Halte es fest an deinem Herzen,"

Ich tat, was er mir sagte, und plötzlich öffneten sich die geschlossenen Blütenblätter der Blume zu einer rot glänzenden Rose.

"Wie ist das passiert?" Fragte ich.

"Jericho hat das aus Resonanz gemacht. Es empfängt deinen Herzschlag und verstärkt dann diesen Klang, um die Teile im Inneren dazu zu bringen, zu einer Blume zu blühen."

„Ich bin wirklich erstaunt. Ich hätte nie gedacht, dass es so etwas geben könnte."

"Aber es tut", sagte er und rief laut, "Isen, lass es funkeln,"

Plötzlich verschwand die Decke aus Holz und ich konnte den offenen Himmel sehen. Vögel flogen hinüber und dann erschien plötzlich am Ende des Raumes eine Dame.

Sie war wie ein Engel gekleidet. Und ihre Haut leuchtete wie die Sonne. Sie sprach mit Liebe und winkte mir zu.

Ich bewegte mich neugierig auf sie zu und dann passierte es. Glasflügel erschienen von ihren Schultern, und dann verschwanden die Lichter. Nur sie funkelte vorne, und sie hob zum Himmel ab und verschwand.

"Wie hast du dich gefühlt?" Fragte Christoff.

Aber ich habe nicht geantwortet.

"Das ist der Engel von Shaira. Es wurde von Jericho für ihre Frau hergestellt. Sie ist Shaira und diese Stadt ist ihr Vermächtnis."

"Aber wie ist das passiert?" Fragte ich stumm begründet.

„Das kann ich mir leider nicht erklären. Es ist etwas, das niemand jemals kann. Es ist eine optische Täuschung, sagen einige, aber egal wie oft ich es gesehen habe, ich kann es nicht herausfinden. Vielmehr bin ich sicherer, dass es existiert."

"Aber der Himmel,"

"Das. Die Holzdecke ist eine Fälschung. Es besteht aus Glas. Als ich Isen sagte, er solle es funkeln lassen, wollte ich die Lichter darauf richten. Von außen sieht es aus wie Holz, aber sein Glas,"

»Die Vögel. Der Engel flog, ich habe es selbst gesehen,"

Da erschien Isen aus der Dunkelheit und sagte: „Seine Halluzinogene. Der Engel wurde von diesem Haus initiiert, als die echte Decke erschien,"

"Nun, das war's", sagte Christoff, "man kann herumlaufen und andere Dinge sehen, aber die Hauptshow ist gerade vorbei,"

"Vielleicht ist es vorbei, aber ich hätte gerne ein paar Fotos von diesen Dingen gemacht", seufzte ich.

"Weißt du,...dein Verstand ist die größte Leinwand, die Gott gegeben hat, und jedes Mal, wenn du etwas Neues siehst, wird es auf mysteriöse Weise gemalt,"

Dieser Kommentar von ihm rief ein seltenes Wort von mir hervor.

„Wow, ..." Ich antwortete, hielt aber kurz inne.

»Wow, was?«, fragte er neugierig.

"Nein", lächelte ich und sagte: "Es ist nur so, dass ich nie gedacht hätte, dass so ein...... absurder Stümper wie du wie ein Philosoph klingen könnte", sagte ich und neckte.

Das hätte ihn ein wenig reizen sollen, dachte ich, aber stattdessen trat er zurück.

"Weißt du, was wir Leute nennen, die über absurde Dinge philosophieren wie ein Stümper,"

"Nein..." Ich antwortete neugierig und wartete auf eine Antwort

Stattdessen öffnete er einfach die Tür und ging weg. Ich folgte ihm auch und was als nächstes passierte, ist urkomisch.

»Wie lautet die Antwort?« Rief ich ihm zu.

»Ein Reporter«, kicherte er zurück und ging weiter.

"Du Narr..." Ich antwortete kribbelnd, aber er würde nicht aufhören und ich würde mich nicht beruhigen.

"Was kann ich tun, damit er aufhört?" Ich dachte eine Weile nach.

.....Gerade dann leuchtete eine Glühbirne in meinem Kopf, und meine Augen funkelten wie ein Kind.

Und dann rief ich ihm zu: "Christoff..."

Kaum drehte er sich zu mir um und sagte: "Was nun...", warf ich einen Schneeball direkt auf ihn

Und "Schlag", es ihm ins Gesicht und er zitterte vor Qual, während ich mir das Herz auslachte.

"Wer ist jetzt ein Stümper?" Ich sagte neckend.

Als Antwort begrüßte er mich jedoch mit meinem eigenen Gerät.

Er sammelte den Schnee und stürzte auf mich zu, als er seine Schneebälle für den Angriff vorbereitet hatte.

Ich hingegen war von seiner Schnelligkeit überrascht und rannte auf der Suche nach Deckung umher.

Als ich mich umdrehte , schaute ich rückwärts und „Puh". Ein Schneeball flog über meinen Kopf.

"Ich kann nicht einmal ein Ziel treffen", rief ich ihm immer noch ausweichend zu.

Diese Maus- und Katzenjagd ging noch eine Weile weiter, bis ich schließlich in der Lage war, ihm zu entkommen und mich hinter dem Brougham zu verstecken.

Ein paar Minuten später kam Christoff um die Ecke gerannt, fand aber niemanden in der Nähe. Er ging herum und überblickte die Gegend, gab aber schließlich die Ahnungslosigkeit auf und ging auf El Pasio zu.

»Sie hat Glück«, murmelte er zu dem leichtgläubigen Pferd, während ich hinten stand. Dann wandte er sich von meiner Richtung ab und begann, zum Haus zu schauen und versuchte, zu Atem zu kommen.

Da fand ich die Gelegenheit, mich mit meinen Zehenspitzenfüßen um das Pferd zu schleichen.

Ich war nur einen Fuß von ihm entfernt und wollte gerade den Schneeball auf seinem Kopf zerschlagen, als mir plötzlich ein warmer Atemzug ins Ohr flüsterte und ein sanfter Stoß mich nach hinten stieß. Ich spürte ein schleichendes Gefühl an meinem Hals und stieß einen plötzlichen Schrei aus, bevor ich das Gleichgewicht verlor.

Christoff drehte sich um und in diesem Sekundenbruchteil stolperte ich über ihn.

Dort landete ich auf ihm, als mein Gesicht gegen seins prallte. Er stieß einen Schmerzensschrei aus, wie man es tun sollte, wenn dich jemand auf den Bauch beugt. In diesem Moment waren unsere Blicke miteinander verflochten und sein Herzschlag schwang mit meinem mit. Mein Körper fühlte sich nervös an und als ich mein Gesicht zurückzog, verstrickten meine Locken sein Gesicht. Ich versuchte aufzustehen, wurde aber wieder nach vorne gedrückt. Und so fiel ich noch einmal hin, aber dieses Mal, mit fest zusammengepressten Lippen, endete ich... ihn auf die Lippen zu küssen.

Er muss vor Qual geweint haben, wenn er die Gelegenheit dazu hatte. Denn seine Kiefer müssen wirklich wehgetan haben, genau wie meine. Aber wie es alles passierte, lagen wir beide auf dem Schnee, in dieser unangenehmen Situation, die nur durch El Pasio verschlimmert wurde, der über uns stand und meine Haare mit seiner Schnauze streichelte.

Als ich auf Christoff lag und keine Ahnung von dieser Tatsache hatte, schob er mich zur Seite und ich landete hart auf meinem Gesicht.

"Oooh....also ist es so kalt", bemerkte ich in eisigen Schmerzen.

In der Zwischenzeit schlug Christoff das guckende Pferd auf das rechte und sagte: "Du perverses Pferd...Du kannst nicht einmal mit dem Geruch einer Dame umgehen."

Aber genau wie ein echter Perverser würde das Pferd keine Antwort geben. Stattdessen richtete es seine ganze Aufmerksamkeit auf mich, als es mich an den Armen streichelte.

"Christoff..." Sagte ich sanftmütig.

"Ich habe dir gesagt, dass du ihm keinen Anreiz geben sollst. Aber nein... ihr Mädels hört nie zu ", sagte er aufzustehen.

»Warte hier, ich hole Isen«, sagte er und machte sich auf den Weg.

"Nein...lass mich nicht so...", schrie ich zurück, bevor das Pferd mich ins Gesicht streichelte.

"Du bist mit diesem perversen Pferd viel sicherer als mit einem Bluthund", antwortete er, bevor er wegging.

Ein oder zwei Augenblicke vergingen, bevor Isen die Szene betrat und das Pferd mitnahm.

Christoff streckte seinen Arm aus und ich packte ihn, als er mich hochzog.

"Er ist wirklich...ein perverses Tier", sagte ich stumm gegründet.

»Hat er etwas getan?« Sagte er neugierig.

»Offensichtlich nicht«, sagte ich hochmütig.

"Meine Güte. Er hat nichts getan...", sagte er scherzend, "Ich dachte, dein Channel-Parfüm hätte sich für ihn als unwiderstehlich erwiesen...Verdammt, das Pferd ist anständig als jeder Mann, den ich kenne,"

»Sehr witzig«, sagte ich, als ich den Brougham hinaufstieg.

Martini-Effekt

"Wo gehen wir jetzt hin?" Fragte ich Christoff, als wir Jericho Garden hinter uns ließen.

»Fühlst du dich nicht hungrig?«, fragte er.

"Ja, ich bin hungrig...Also gehen wir irgendwo essen?"

"Ja. Es ist ein Gasthaus. Nur ein bisschen weit von hier entfernt,"

»Wie heißt er?« Fragte ich neugierig.

»Das erfährst du, wenn wir dort ankommen«, sagte er mit einem geheimnisvollen Lächeln.

So breitete sich unser kleines Abenteuer in weitere Bereiche aus, und während wir uns unterhielten, beunruhigte mich immer eine Sache. Es schlängelte sich im Hinterkopf, bis ich es schließlich aussprach.

"Christoff,....." Ich sprach zögernd.

»Ja…«, sagte er und drehte sich zu mir um.

Allerdings konnte ich diese Worte nicht herausbekommen. Vielleicht war es mir etwas peinlich. Aber dann hat er mir geholfen.

"Wenn es um diesen Kuss geht, dann vergiss es. Es war nur ein Unfall«, sagte er beiläufig.

Seine Bemerkung linderte meine Nervosität ein wenig und ich antwortete zuversichtlich: "Du hast recht....Außerdem werde ich mich nie in dich verlieben."

"Aber........du wirst auf mich fallen", sagte er und bestrafte mich.

"Hey... das war ein Unfall...ich habe keine Gefühle für dich", rächte ich mich.

»Ich auch nicht. Aber eine Frage. Hast du heute Lippenstift aufgetragen?«, fragte er.

"Ja, habe ich, warum?"

»Weil mein Mund gerade nach Erdbeere schmeckt«, sagte er lächelnd.

Diese Bemerkung rief in mir ein seltenes Gefühl hervor. Es war temperamentvoll. Doch es brachte eine seltsame Freude auf mein Gesicht.

»Lächle so viel du kannst, denn es passiert nie wieder«, sagte ich zu ihm und drehte mich zum Fenster.

"Ich weiß", antwortete er, "lass uns weitermachen,"

Wir überquerten eine kleine Brücke und hatten die schneebedeckten Wiesen, die von Eiben gesäumt waren, überwunden, bevor wir zum Stillstand kamen.

Christoff stieg aus und ich folgte ihm in seine Fußstapfen. Als wir dort auf dieser schmalen Straße standen, lag zu unserer Linken ein dichter Wald zu uns, während auf der rechten Seite ein kleines, dürftig aussehendes Gasthaus lag.

"Ist das der Ort?" Fragte ich.

"Ja", lächelte er.

Als wir uns dem steinernen Pfad näherten, war ein Wegweiser zu sehen.

»The Rum Pot Inn«, las ich die Briefe laut vor, während Isen bereits eingetreten war.

»Ja, hier findest du alle Betrunkenen von Shaira«, sagte Christoff.

"Warte", sagte ich zum Stillstand kommend, "ich gehe nicht rein,"

»Warum?«

"Warum fragst du? Warum sollte ich an einen Ort gehen, an dem Männer ihr Leben im alkoholischen Geruch in Ohnmacht fallen lassen?"

"Gut, dann bleib hier...", sagte er und ging weg.

"Ja, das werde ich", antwortete ich unnachgiebig.

"...und...warte auf die hungrigen Wölfe, die hierher kommen und nach Nahrung suchen. Ich wette, sie können Erdbeere nicht widerstehen ", sagte er in einem erschreckenden Ton.

Bevor ich antworten konnte, ertönte ein heulender Schrei in der Umgebung und erfüllte die Luft mit mürrischer Trauer.

In dem Moment, als ich es hörte, eilte ich auf Christoffs Seite zu.

"Bei genauerer Überlegung sind Betrunkene nicht so schlechte Menschen", antwortete ich.

"Lügner", sagte er zu mir.

Wir standen auf der hölzernen Veranda und spähten in die offene Tür, als sich ein Spektakel vor uns entfaltete.

Zwei Männer waren in eine Schlägerei verwickelt und kämpften darum. Es wurden Wetten an der Theke platziert und Bierkrüge flogen hoch.

»Sie gehört mir«, sagte der Raufbold.

"Nein...sie gehört mir", antwortete die andere.

Und knallten, schüttelten sie sich auf sehr höfliche Weise die Hände und stießen sich gegenseitig an. Der Mob jubelte ihnen zu, und als wir eintreten wollten, verstummten sie alle, alle starrten uns an.

Die Raufbolde hielten auf halbem Weg an und hielten dort unordentliche Halsbänder fest, während die Leute auf halbem Weg beim Trinken innegehalten hatten.

»Was ist los? Warum starren sie uns an?" Flüsterte ich Christoff ins Ohr.

"Sie starren uns nicht an. Aber auf dich ", antwortete er.

"Ich?" Rief ich.

"Ja, du bist die zweite Dame, die diese Rum-Töpfe in ihrem Leben gesehen haben,"

"Zweitens? Ich frage mich, wer die Tannen... ", kicherte ich, blieb aber auf halbem Weg stehen.

Eine auffallend hübsche Frau kam rot gekleidet auf uns zu. Sie war fair, um es gelinde auszudrücken, und ihre Locken schmückten ihr schönes Gesicht in schimmernden, kaskadierenden Locken. Sie trug ein Kleid, und ich wage zu behaupten, dass ich jemals jemanden gesehen habe, der in meinem ganzen Leben lasziver und eleganter war.

»Jungs, sagt den Kampf ab«, sagte sie mit gebieterischer Stimme und alle gehorchten.

Dann stand sie vor uns und sah Christoff an, der sie mit diesen killergrünen Augen ansah. „Wessen sie?", sagte sie mit ihrer charmanten Stimme.

"Sie ist eine Freundin,"

"Freundin...", sagte sie mit einem Schimmer in den Augen, "Und darf ich wissen, was dich hierher bringt?"

"Ich habe heute gehört, dass du kostenlose Getränke servierst", sagte er zuversichtlich.

"Frei? Wann bist du ein Säufer geworden?"

„Gerade heute.... Jetzt Isabell, lass uns die Hochzeitsgespräche beenden", sagte er freundlich und lächelnd.

Der Ausdruck der Dame änderte sich plötzlich freundlich und sie nahm uns beide bei den Armen und führte uns hinein.

»Kostenlose Getränke für alle«, rief sie laut, und ein Gebrüll explodierte im Haus.

Als ich eintrat, wurde mir klar, dass das Gasthaus viel größer war, als ich erwartet hatte. Sowohl im Namen als auch in der Größe. Es breitete sich auf dem Linoleum aus, und hölzerne Treppen, die in den ersten Stock führten, waren von Bannistern aus Teakholz ausgekleidet. Die Wände waren rot verputzt, und ein schwach beleuchtetes Licht trug zu Inns Charme bei, der nur durch die schöne, sich langsam bewegende Musik verstärkt wurde, die in deine Ohren stimmte und die Umgebung beruhigte.

Die Menschen, sowohl Männer als auch Frauen, hatten eine wunderbare Zeit an ihren Tischen, als sie darüber sprachen und lachten oder vielmehr lächelten. Sie haben nicht getrunken. Essen Sie stattdessen gut gekochtes Essen und hören Sie gute Musik.

"Ich dachte, du hättest gesagt, dass dies ein Ort für Betrunkene ist", sagte ich zu Christoff, als die Dame uns nach oben führte.

"Nun, das ist es, aber nicht alles. Nur ein Teil des Erdgeschosses erfüllt die Kriterien...Kennen Sie die Bedeutung von Rum-Pot?", sagte er.

"Wörtlich bedeutet es Alkohol, aber im übertragenen Sinne denke ich, dass es Freunde bedeutet... Gute Freunde «, sagte ich, nachdem ich eine Weile nachgedacht hatte.

"Ja. Dieses Gasthaus gehört Isabell Foster, der Dame, die vor uns hergeht. "

"Ist sie eine Freundin von dir?" Sagte ich, als wir einen großen Korridor entlang gingen, bevor wir eine Gasse betraten.

»Folge mir weiter«, sagte die Dame und drehte sich zu uns um.

"....Ja, das ist sie. Und sie ist diejenige, die in diesem Gasthaus für Ordnung sorgt «, flüsterte Christoff leise.

" Wow, eine hübsche Dame wie sie kann mit solchen Gaunern umgehen. Aber wie?" Fragte ich neugierig.

"Geh nicht auf ihr Aussehen. Ich weiß, dass sie heiß ist. Aber nicht in diesem Sinne. Als wir Kinder waren, verprügelte sie die Personen, die uns schikanierten, mit einem..."

Aber bevor er weiter sprechen konnte, öffnete sich eine Tür, und wir befanden uns in einer riesigen Halle.

Vor uns stand ein Podium, ganz hinten, wo eine Band eine romantische, optimistische Melodie spielte. Kurz vor der Bühne gab es eine große Plattform, auf der man die Leute im Rhythmus tanzen sehen konnte. Die Decke war mit unzähligen Dämmerlichtern verziert, die sich kreuz und quer zu einem Abnähermuster kreuzten. Als wir auf unsere Seite schauten, bemerkten wir Menschen, die an den weißen runden Tischen saßen und ein fröhliches Essen genossen.

»Willkommen auf dem Boulevard«, sagte Isabell.

"Es ist..." Ich klapperte eine Weile erstaunt und sprach: „Wunderschön",

Sie führte uns dann zu unseren Plätzen und verschwand in einer Seitentür und ließ uns zwei zurück.

"Nun...ich hätte nie gedacht, dass dieses Gasthaus so bezaubernd ist", sagte ich zu Christoff.

"Nun...das war unser Plan, als wir zum ersten Mal den Grundstein legten,"

"Warte...du hast diesen Ort gebaut", fragte ich überrascht.

"Ja, Isen, Isabell und ich, wir drei. Wir sind Freunde aus Kindertagen... Als wir das erste Mal hierher kamen, fehlte Shaira ein richtiger Speisesaal und auch ein trinkbarer. Also haben wir uns entschieden, diesen Ort zu bauen... Der Name Rum-Pot Inn ist, wie Sie sehen, nach uns drei Freunden benannt. "

„Aber warum das schlichte Äußere?"

„Um unnötige Aufmerksamkeit zu vermeiden. Wenn du in der Stadt lebst, dann solltest du das wissen. Ein Ort ist so schön, solange er nicht kommerzialisiert wird. "

"...Es ist wahr", antwortete ich.

Ein paar Minuten später betrat Isabell die Szene und schloss sich uns ebenfalls an. Das Essen wurde serviert und seine Aura wirkte köstlich und köstlich.

"Weißt du, ich frage mich, wo Isen sitzt. Er ist als Erster hineingegangen, nicht wahr?" Fragte ich.

"Er ist ein nüchterner Kerl. Der Rum ist sein liebster Kumpel. Er wird nicht die Treppe hinuntergehen und hierher kommen", sagte Isabell lächelnd.

»Ja«, Christoff nickte zustimmend mit dem Kopf.

"Also Lisa...du bist eine Reporterin?" Fragte Isabell.

"Ja..."

"Konntest du diese Vögel filmen?"

"Nein... Aber Christoff sagte, er würde mir helfen, sie zu sehen. "

"Hilfe, und er. Wirklich, Christopher «, sagte sie und sah ihn mit blickenden Augen an.

Er hingegen war in sein Essen vertieft. Und als er aufblickte, hingen ihm die gekochten Spaghettinudeln am Mund.

Wir lachten beide darüber, bevor er den Rest hereinstürzte und unschuldig fragte: "Was ist passiert?"

»Nichts...Aber wie läuft es?«, sagte Isabel.

"Gut...wie immer...", antwortete er.

»Gut. 4 Jahre Christoff, und es ist gut...«, fragte sie feierlich.

Dieser Kommentar von ihr machte mich neugierig und ich hörte aufmerksam ihrem Gespräch zu.

»Fang jetzt nicht damit an, Isabell«, sagte er und aß weiter.

"So kannst du nicht weitermachen..."

"Ich kann...Außerdem", sagte er und wechselte das Thema, "Hast du das Essen gekocht?"

Daraufhin seufzte Isabell traurig und antwortete: "Ja....Ist es nicht gut?"

"Nein...ich dachte nach so vielen Jahren, du hättest dich wirklich verbessert. Aber es ist immer noch...", hielt er absichtlich inne.

»Was noch?«, fragte sie hochmütig.

„Immer noch gut.... Und ich bin froh, dass du dich nicht verändert hast «, sagte er und sah sie an.

»Du auch nicht«, sagte sie lächelnd.

In dem Moment, als sich die beiden ansahen, bemerkte ich eine Chemie zwischen ihnen. Es war jedoch einseitig.

Christoff verließ uns danach auf die Toilette, während wir unser Gespräch fortsetzten.

"Du magst ihn", fragte ich Isabell

"Ja....aber nur als lieber Freund,"

"Also, worüber hast du vorhin gesprochen?"

"Nichts...Es ist nur die Vergangenheit", versuchte sie, dem Thema auszuweichen, und mir wurde auch klar.

Eine Minute später hörte die Musik auf und die Lichter gingen aus. Dann fiel plötzlich das Rampenlicht auf das Podium und ein Paar machte sich auf den Weg auf die Bühne.

"Meine Damen und Herren", sagten sie einstimmig, "wir bitten Sie alle, aufzustehen und sich in die Türen zu begeben, die Ihnen unsere Assistentin zeigt. Dort bekommt ihr jeweils ein Kleid, und bitte trage das. Es ist für eine Veranstaltung, die wir organisieren. Und es wird in Kürze beginnen,"

Alle, die das hörten, waren etwas verwirrt. Aber dann stand Isabell von ihrem Platz auf und nahm ein Mikrofon und verkündete: "Jeder, bitte tritt in deine Türen ein."

Im nächsten Moment fand ich die Leute, die den Flur verließen, und während sie das taten, wurden die Tische aus dem Raum geräumt.

"Wofür ist das alles?" Fragte ich sie.

"Heute ist ein besonderer Tag", lächelte sie mich an, nahm mich am Arm und führte mich durch eine Tür in einen kleinen Raum.

"Warte", sagte ich zum Stillstand kommend, "Wofür ist all diese Aufregung?"

Aber sie antwortete nicht. Stattdessen reichte sie mir eine Tasche.

"Was ist da drin?" Fragte ich.

»Öffne das und trage es«, sagte sie mit lebhafter Stimme.

Als ich sie öffnete, stieß ich einen Schrei des Erstaunens aus.

Vor meinen Augen stand ein wunderschönes weißes Kleid. Es war vollärmelig und hatte einen seidenen Körper. Hell und farbig wie die Taube sank sie in einem Kaskadenmuster herab und hatte einen hohen Rücken. Zusammenfassend war es exquisit.

"Trage es", sagte Isabell wieder.

Ich tat, was sie fragte, und innerhalb von fünf Minuten stand ich vor einem Spiegel, und Isabell arrangierte meine Haare zu Zöpfen und Locken.

„Wie sehe ich aus?" Fragte ich sie.

"Schön", sagte sie lächelnd, "aber warte, etwas fehlt. Ah, hier ist es,"

Sie gab mir ein passendes Paar atemberaubende Sandalen und sagte: „Perfekt. Lassen Sie uns ausrollen,"

Als ich die Tür öffnete und ausstieg, begrüßte mich eine luzide Dunkelheit. Ich ging ein wenig vorwärts, aber dann passierte alles.

Plötzlich fiel ein Licht auf mein Gesicht, und als ich in seine Richtung schaute, beruhigte sich eine Stimme in den Saal und sagte dies laut,

"Meine Damen und Herren, bitte begrüßen Sie... Miss Lisanna Sparks,"

Dann schalteten sich alle Lichter ein, blendeten mich und ich sah die Umrisse von Leuten, die mich ansahen, als sie unisono sagten: ".....Happy Birthday, Lisanna,"

Dann fiel mein Blick auf die Bühne und ich sah Christoff, immer noch in seinen üblichen Kleidern gekleidet, mich anlächeln.

Isabell ging von hinten nach draußen und hielt meinen Arm, sie brachte mich zum Podium.

»Komm mit mir«, flüsterte sie.

Als ich mich auf den Weg zur Bühne machte, war ein roter Teppich gelegt worden, während eine einladende Musik gespielt wurde. Als ich schließlich diese Stufen hinaufstieg und vor dem Mikrofon stand, holte ich tief Luft und sagte:

„Vielen Dank. Vielen Dank an alle,"

Christoff ging dann auf meine Seite zu und hielt das Mikrofon in der Hand und verkündete: " Okay Leute, lass die Party beginnen."

Kaum war diese Ansage erfolgt, brach ein Schaukeln und groovende Musik auf dem Dach der Halle aus. Alle Lichter gingen zurück und die Leute um sie herum begannen zu tanzen.

"Wie hast du es herausgefunden?" Fragte ich mit sanfter Stimme.

»Deine Mutter hatte heute Morgen angerufen, während du geschlafen hast. Und da Sie die Angewohnheit haben, eingehende Anrufe mit Ihrem Handy aufzuzeichnen, habe ich zufällig einen davon gehört ", sagte Christoff.

"Und nur um es dich wissen zu lassen, es war Großmutter, die das alles geplant hat. Nicht ich,"

„...Trotzdem danke", sagte ich zu Christoff.

Während wir uns unterhielten, ging Isabell auf die Bühne und sagte: „Warum redet ihr beide? Geh da runter und tanz,"

"Nun, ich glaube nicht, ich kann in diesem Kleid", antwortete ich.

Daraufhin warf sie Christoff einen wissenden Blick zu und er antwortete: "Komm schon... sieh mich nicht an. Du tust das,"

»Nein...wenn nicht, rufe ich Mary...«, sagte sie mit ernster Stimme.

»Gut... Sie muss nicht jedes Mal benutzt werden...«, sagte er seufzend.

Danach ging Isabel ein paar Schritte von mir weg und ich fragte sie verwirrt: "Was ist passiert?"

Aber dann zündete Christoff einen Zigarettenanzünder an und zeigte die Flamme in Richtung des weißen Kleides, das auf den Boden fiel.

Ich stieß einen Schrei der Überraschung aus, als mein Kleid Feuer fing. Dies zog wiederum die Aufmerksamkeit der Menge auf sich und sie sahen mich verblüfft an.

Nein,..... Ich brannte nicht. Stattdessen, genau wie du ein Papier an seiner einen Ecke anzündest und es langsam in der Flamme verdorrt, verbrannte mein weißes Kleid, als die Flamme langsam auf meinen Zeh zukam. Die Vorhänge, die einst auf dem Boden lagen, blieben nicht mehr zurück.

Während die Flamme über meine Beine ging, begann mein weißes Kleid rot zu werden und brannte weiter, aber diesmal in einem Muster. Ausgehend von einem Fuß über meinem linken Zeh wirbelte die Flamme in Richtung und setzte sich schräg rund in einer spiralförmigen Spirale fort, bis sie einige Zentimeter über meinem rechten Knie erreichte. Danach kräuselte es sich nach hinten, glitt meine Rückenschulter hoch und flammte das hohe Hinterteil weg und enthüllte mein Schulterblatt. Dann wölbte er sich in Richtung meines Halses, stieg meine Hände hinunter und verbrannte alle Ärmel. Schließlich, als mein Kleid von unten rot wurde, wölbte sich die schwelende Flamme über meine Brust und verwandelte mein Kleid in einen atemberaubenden roten schrägen Rock, bis es schließlich am Steuer meines Halses erlosch, wo mein Medaillon hing.

»Voila...Es ist vollbracht«, sagte Christoff und alle klatschten applaudiert in die Hände.

Mein weißes Kleid hatte sich in diesem Moment in einen lebhaften roten schrägen Rock verwandelt, sowohl ärmellos als auch mit einem niedrigen Rücken. Mit seiner spiralförmigen Helix am Knie waren meine Beine der öffentlichen Kontrolle ausgesetzt, während ich ahnungslos da stand.

Isabell ging zu mir und flüsterte mir ins Ohr: „Nervös?"

„Ja…Wie sehe ich aus?" Fragte ich sie.

»Heiß rauchen und bereit zum Töten«, sagte sie mit einem Lächeln.

Christoff nahm dann das Mikrofon und sagte den Musikern, sie sollten die optimistische und groovende venezianische Melodie spielen.

Dann ging er zu mir und bot seine Hand an und fragte: "Willst du tanzen, Miss Sparks?"

"…Ja…." Sagte ich leise und nahm seine Hand an.

Dort stiegen wir die Treppe hinunter und machten uns auf den Weg zur Tanzfläche, während uns alle weiter anstarrten.

"Das gefällt mir nicht. Sie starren uns an ", sagte ich zu Christoff, als er mich an der Taille festhielt und wir in schnellen Schritten mitmachten.

"Nicht wir. Aber du «, sagte er, bevor er mich von ihm wegwirbelte und mich zurückzog.

Ich kam zu seinen Armen zurück, ohne zu wissen, was er meinte. Dann umklammerte er seine linke Hand mit meiner und hielt mich rechts an der Taille fest, drehte sich um mich und wechselte ein kurzes Wort: " Du siehst wunderschön aus."

"Tue ich das?" Fragte ich zweifelnd. Aber anstatt zu antworten, beugte er mich zum Boden, bis mein rechtes Bein mitten in der Luft stand. Dann beugte er sich vor, bis Zentimeter zwischen uns blieben, und stand da und starrte mir in die Augen.

Als er mich in dieser tränenlosen Ohnmacht hielt, hatten alle angefangen, uns zu beobachten. Es war ihm jedoch egal. Er schaute mich einfach weiter an.

„Christoff…zieh mich zurück…" Flüsterte ich eilig. Er antwortete nicht.

"Christoff, hörst du m..." Aber bevor ich meinen Satz vollenden konnte, zog er mich plötzlich zurück. Dann hielt er mich an der Taille und warf mich in die Luft.

Ich weinte leicht, als ich mitten in der Luft war. Dann, als ich nach unten stieg, schloss ich meine Augen und die Musik hörte auf einmal auf.

Eine Sekunde später, als ich sie öffnete, sah ich rote und weiße Ballons überall in der Halle fliegen. Dann drehte ich meinen Blick nach vorne und bemerkte, dass Christoff mich in seinem Griff hielt und seine Arme um meine Taille schmiegten.

»Zeit, den Kuchen zu schneiden«, sagte er und senkte mich.

»Danke«, erwiderte ich, während sich meine Wangen rosa färbten.

»Gern geschehen«, sagte er und ließ mich mit dem Kuchen in der Mitte in der umkreisenden Menge zurück.

»Das ist das erste Mal seit Yew, dass ich ein echtes Lächeln auf deinem Gesicht gesehen habe«, sagte Isabell, als wir um die Ecke standen.

»Ja, sie hat recht, Christoff«, sagte Isen, der sich gerade angeschlossen hatte.

»Vielleicht hast du recht…Aber trotzdem ändert das nichts«, sagte ich zu ihnen.

"Nichts, huh. Dieses Wort sagt alles ", antwortete sie.

Der Kuchen wurde geschnitten und die Lieder rezitiert. Inbrunst und Begeisterung ergriff den Boulevard und als schließlich alles vorbei war, war es Zeit für uns, das Rum-Pot Inn zu verlassen.

»Danke für die Gastfreundschaft«, sagte ich zu Isabell.

»Du bist immer willkommen, Lisa«, antwortete sie.

»Wie haben wir recht?«, scherzte Christoff.

"Ja, aber es gilt nur für Isen..... Und was dich betrifft, zeig mir nicht dein Gesicht, bis du einen Seelenverwandten findest...", sagte sie mit einer wirklich beängstigenden Stimme.

"Wenn ich das tue, dann...", sagte er neckend.

" Dann ... werde ich dieses Lächeln mit meinem Hockeyschläger von deinem hübschen Gesicht zerschlagen,"

„Wow, das ist zutiefst tröstlich", antwortete Christoff, bevor er sich verabschiedete.

Frozen Falls

Als wir in unserer Kutsche fuhren, vergingen ein paar Minuten, bevor ich Christoff mit all meinen neugierigen Fragen plünderte und er sie mit Geduld beantwortete.

"Wie kommt es also, dass das rote Kleid, das ich jetzt trage, aus der Flamme entstanden ist, die du angezündet hast?"

"Es heißt Martini-Effekt....Das weiße Kleid, das Isabell dir gegeben hat, bestand aus 2 Schichten. Der innere war der rote schräge Rock, den du trägst , während der äußere aus Flash-Papier bestand. Nicht gewöhnliche, sondern aus seidenem Papier...Damals, als ich die Flamme entzündete, zeigte ich sie nur der Außenschicht. Sein Zündpunkt war erreicht und er verschwand in dünner Luft und enthüllte das eigentliche Kleid. "

"Wow, das ist genial. Aber was wäre passiert, wenn du die Flamme der inneren Schicht gezeigt hättest?" Fragte ich.

„...ich weiß nicht...aber der Effekt wäre der gleiche gewesen... Ich meine, wenn etwas schief gelaufen wäre, dann hättest du die Bühne immer noch angezündet...wenn auch buchstäblich,"

»Was? Ich hätte verbrannt werden können..." Fragte ich überrascht.

»Nein...ich hatte Vorsichtsmaßnahmen getroffen«, sagte er sicher.

"Vorsichtsmaßnahmen?"

"Ja, ich hatte einen Feuerlöscher, bereit an der Bühne", sagte er scherzend.

"......Sehr lustig...Du hast Glück, dass alles gut gelaufen ist", antwortete ich mit Strenge.

"Ja, zum Glück,..."

"... kehren wir also jetzt zu Marias Haus zurück?" Ich sagte, das Thema zu wechseln.

»Nein. Es gibt immer noch diese eine Sache, die du sehen musst " , sagte Christoff aufgeregt.

»Was ist das?« Fragte ich.

»Die Frozen Falls«, sagte er.

Es war spät am Abend, fast Nacht, als unsere Reise ihre Endphase erreichte. Isen hatte uns durch die Alpenfelsen gefahren, die einige geheimnisvolle Schnitzereien hatten, und uns dann über den Shaira-See geritten, eine ganze Strecke, bevor er zum Stillstand kam.

Als wir uns niederließen, war ich von den Wasserfällen so fasziniert, dass ich meine Jacke im Brougham vergaß und eilig in diesem fadenscheinigen roten Kleid ausstieg, auch bei kaltem Wetter.

Ich denke, es wird nicht übertrieben sein, wenn ich sage, dass die Wasserfälle der herausragendste Ort der Welt sind. Er erhebt sich sehr hoch und übertrifft leicht die höchsten Türme der Welt. Wenn Sie es betrachten, sehen Sie gefrorene Wassertröpfchen, die spitze Stacheln bilden. Aber seine Erhabenheit liegt in den Auroren, die darüber tanzen. Ihre Reflexionen fallen auf diesen Herbst und er schimmert in einer Regenbogenfarbe.

»Es ist großartig«, sagte ich.

»Na los, fassen Sie den gefrorenen Wasserfall an«, sagte Christoff.

Sobald ich es tat, bemerkte ich etwas Seltsames.

"Es ist warm", sagte ich, "und warte, ich sehe Muscheln darin,"

"Das sind die Juancos, die nicht schlüpfen konnten. Du siehst, die Natur hat seltsame Arbeitsweisen. Diese Granaten sind nicht verschwendet. Vielmehr verfestigen sie sich wie Magma und bilden Edelsteine. Diese wiederum regulieren die Temperatur der Frozen Falls und des Shaira-Sees und helfen den anderen beim Schlüpfen."

Ich stand einige Zeit auf dem gefrorenen Fluss, während Christoff und Isen dort standen und sich in der Nähe des Broughams unterhielten. So verging etwa eine halbe Stunde, in der ich das Werk der Natur bewunderte. Es wurde jedoch spät und widerwillig begann ich zu gehen.

Aber dann bebte der Boden und das Eis knackte. Ich hörte den Schrei des Pferdes und fand die spitzen Stacheln herunterfallen. Ich rannte sofort, aber es erwies sich als tödlich. Mein Bein rutschte aus und ich stürzte auf das Eis. Es brach und der jetzt aktive Wasserfall schickte mich flussabwärts.

Ich schrie, als das Eis, auf dem ich stand, brach und ich ins eiskalte Wasser fiel. Ich wurde mit einer großen Strömung bergab gespült und ging auf eine Klippe zu. Mein Kopf prallte gegen eine Eismasse und ich verlor alle Sinne.

Der Fahrgast

»Was war das?«, fragte Isen.

»Erdbeben«, rief ich entsetzt.

»O nein!«, sagte er umgedreht. Aber es gab keine Zeit zu verlieren.

Ich entzwängte das Pferd vom Brougham und hob ab.

»Isen, folge mir, wenn du kannst«, schrie ich.

»Ja, du gehst voran«, sagte er ernst.

Die Bank war wegen des Eises nicht untätig, um ein Pferd zu führen. Aber El Pasio hat es gut gemacht.

Neben mir sprudelte der Fluss mit enormer Geschwindigkeit vorwärts und Lisas Schrei hatte meine Ohren überschwemmt.

Aber was mich erschreckte, war das Schweigen, das folgte.

»Komm schon, Junge, schneller«, befahl ich.

Ich konnte sie aus einiger Entfernung nicht sehen, aber dann erhaschte ich einen Blick auf sie. Sie war sinnlos und strömte geradewegs auf die Klippe zu.

Ich hatte kein Seil, um mich zu stützen, also gab es nur eine Möglichkeit. Die Bank war sehr breit, aber Lisa war näher an meinem Ende. Ich musste springen, um zu ihr zu kommen.

Während das Pferd so schnell wie möglich rannte, stand ich auf, mein linkes Bein leicht an den Fersen geduckt und mein rechtes Knie meine Brust berührte. Dann wartete ich, um den Sprung zu timen.

»Nun«, sagte ich mir und sprang geradewegs hinunter in das wirbelnde Wasser und den brodelnden Schaum.

»Lisa…Lisa«, sagte ich, packte sie am Arm und zog sie zu mir. Aber es gab keine Antwort.

Jetzt blieb nur noch ein kleiner Ärger übrig. »Was nun? Da ist die Klippe."

Der Fluss drängte uns immer weiter nach vorne, und verdammt, es war kalt. Ich versuchte, hinüber zu schwimmen, aber ohne Erfolg.

Alle Hoffnungen schienen zu schwinden. Wir drifteten weiter und waren jetzt nur noch eine Minute von der Klippe entfernt.

Aber ich sah einen Steinfelsen, der kurz vor der Kante hervorragte. Ich schwamm mit der Strömung hinüber und packte den Felsen in meinem Ellbogen mit aller Kraft. Ich schätze, wir standen etwa fünf Minuten lang gegen das prasselnde Wasser. Aber mir ging die Kraft aus. Meine Finger verloren an Halt, ebenso mein Ellenbogen.

Aus dem tödlichen Zischen des Flusses kam eine vertraute Stimme: "Hier, schnapp dir das", rief Isen und warf ein Seil auf mich zu. Verdammt, wenn jemand auf der Erde mehr Pech hat, frag ihn einfach, ob er das jemals erlebt hat. Das Seil fiel Zentimeter aus meiner Reichweite.

Ich ließ den Felsen los und stürzte nach vorne, aber meine nassen Hände rutschten ab und Lisa stand kurz davor zu fallen.

„Nein, ..." Rief ich und griff mit der linken Hand, die das Seil hielt, nach ihr.

Ich packte sie an ihren Fingern, verriegelte ihre mit meinen und umarmte sie gegen mich, als Isen versuchte zu ziehen.

Eine gute Sache an Isen ist diese: "Er ist dumm. Und wisst ihr was, alle dummen Menschen sind eigensinnig in dem, was sie tun,"

Er zog uns wie den Hulk und aus dem Fluss in die Sicherheit des Ufers. Wir waren jetzt aus dem Fluss, aber eine unmittelbare Gefahr lag jetzt gegen uns. Lisas Kopf war verletzt, sie blutete und zu dieser Unterkühlung kam es offensichtlich. Das einzig Gute war, dass sie nicht ertrunken war.

Mein eigener Körper gab der Kälte nach, und ich konnte kaum laufen.

»Isen«, sprach ich flüsternd, »nimm das Pferd und reite es durch den Wald und direkt zu Omas Haus. Trisha ist da, sie wird helfen,"

»Aber was ist mit dir?«, fragte er.

"Siehst du nicht, Isen, dass der Brougham nicht durch den Wald fahren kann", sagte ich mit erhobener Stimme, "Zeit ist von wesentlicher Bedeutung, mein Freund. Geh jetzt. Mir geht es gut."

Meine Stimme war nie lauter und klarer. Isen setzte das Pferd ab und ritt eilig mit Lisa davon.

In der Zwischenzeit versuchte ich, auf den Brougham zuzugehen. Aber es hat nicht funktioniert. Ich bin einfach gestolpert und hinuntergefallen.

Als ich auf meinem Gesicht lag und Schnee fiel, war meine Lebenskraft erschöpft. Ich dachte, es wäre eine viel, viel bessere Erholung, als ich mir jemals hätte vorstellen können. Damit schloss ich endlich die Augen.

Zwei Leben

»Komm schon, Pasio. Lauf, schneller", befahl ich.

Wir durchquerten den Wald und waren nun auf der Hauptstraße. Das Adrenalin war hoch. Wer hätte gedacht, dass ein so schöner Tag zu einem Albtraum wird?

Zwei Leben standen auf dem Spiel. Eine von Miss Lisa und die andere von Christoff. Und ich konnte nur einen retten. Meine Aufgabe war es, sie in Sicherheit zu bringen, aber einen Freund zurückzulassen, tat nie mehr weh. Ich hoffe nur, dass er bis zu meiner Rückkehr durchhält. Aber mit jeder Sekunde schwanden meine Hoffnungen.

Wir überquerten die Nebenstraßen, die Gassen, die vereisten Felder und fuhren weiter, bis ich einen Blick auf Marias Haus erhaschte. Wir kamen mit rasender Geschwindigkeit an ihrer Tür an. Das Pferd hat einige Stopps eingelegt, aber es hat gut geklappt. Miss Lisa loszuwerden, klopfte ich eilig an die Tür.

»Isen…, Lisa…«, sagte Mary erschrocken, als sie das Blut betrachtete, das aus ihrem Kopf floss.

Ich brachte sie ins Haus und traf Trisha, die sich sofort um sie kümmerte.

»Wo ist Christopher?«, fragte Mary besorgt.

"Er ist draußen an den Frozen Falls. Er sprang in den Fluss, um sie zu retten...Ich erkläre es später, aber ich muss gehen..." und ich stieg rücksichtslos auf mein Pferd.

»Halte durch, Kumpel«, betete ich und ritt zu den Wasserfällen.

"Wird es ihr gut gehen?" Fragte Mary nachdenklich.

"Ja, ich habe ihre Wunde gereinigt und eingewickelt. Sie braucht Wärme, sonst ist Unterkühlung offensichtlich, und Oma..." , sagte Trisha.

"Ja..."

"Kochen Sie etwas Wasser. Ich gieße das in einen Beutel und lege es über ihre Decke. Das sollte vorerst reichen."

Sie tat, was Trisha sagte, und Lisa lag jetzt bewusstlos auf der Couch.

"Ich mache mir mehr Sorgen um Christoff, Großmutter", sagte Trisha, "er sprang in das eisige Wasser und liegt jetzt irgendwo in der Nähe der Wasserfälle. Und die Zeit, die Isen brauchte, um hierher zu kommen, könnte sich als tödlich erweisen."

„Ich schätze Ihren Rat als Arzt. Aber mach dir keine Sorgen um ihn, er wird sicher wiederkommen, glaube ich«, sagte Mary beruhigend, aber selbst sie wusste, in welchem Risiko Christoff steckte.

Pandämonium

»Gib schon auf!«, flüsterte mir eine Stimme zu.

"Hosse, "

»Ja, Christoff. Steh auf,"

"Ich kann nicht,"

»Warum?«

"Ich weiß nicht,"

"Ich weiß. Es ist wegen der Schuld, nicht wahr?"

"....Ja,"

"Nun, eine Person, die sterben würde, um einen geliebten Menschen zu retten, ist nicht schuldig,"

"Nein, es ist wegen mir passiert,"

»Hören Sie hier auf. Du liebst sie. Nicht wahr?"

"Ja,"

"Dann lebe für sie... Gib niemals auf", sagte die Stimme und verblasste.

Ich öffnete langsam meine Augen. Mir war kalt und schwach. Ich versuchte aufzustehen, aber mein Körper wollte sich nicht fügen. Diese Stimme ließ mich jedoch erkennen, dass ich eine Verantwortung hatte. Ich konnte nicht sterben, noch nicht.

Ich drückte also meine Hände gegen den Schnee. Aber ich fiel auf mein Gesicht.

»Versuch es noch einmal«, drängte ich mich.

Langsam stand ich auf, aber meine taub gewordenen Füße stürzten mich hinunter.

"Versuchen Sie es, versuchen Sie es noch einmal", schrie ich qualvoll, als ich mich aufdrängte.

Ich bewegte mich ein wenig vorwärts und fiel hart hin. Dieser Kampf wurde nicht einfach. Ich habe es versucht und bin gescheitert. Wieder versuchte ich es und scheiterte. Aber ich habe nicht aufgegeben. Schließlich stand ich nach einem langen Kampf gegen meinen Körper auf und ging auf die Stelle zu, wo der Brougham geparkt war.

Dort setzte ich mich auf die Schritte des Broughams und atmete schwer. Das kalte Glasfenster kondensierte. Ich wischte die Tropfen ab und erhaschte einen Blick auf eine Jacke.

»Es gehört Lisa«, sagte ich mir und durchsuchte ihre Taschen nach allem, was mir helfen könnte.

Dann ergriff ich eine eigenartig aussehende Nadel.

Es hatte einen isolierten Holzsockel mit einem Druckknopf. Seine Enden waren spitz und auf der Holzabdeckung waren in minutiösen Buchstaben geschrieben: "Nicht stechen"

Meine Sicht begann wieder verschwommen zu werden. Ich musste eine Wahl treffen. Ich könnte warten, bis Isen zurückkehrt, vor dem ich aller Wahrscheinlichkeit nach tot wäre, oder ich könnte dieses Ding benutzen.

Es bedurfte einiger Überlegungen, aber dann entschied ich mich. Ich drückte den Druckknopf und hielt ihn gedrückt, ich stach mir in die Brust. Plötzlich flüsterte ein wimmerndes Geräusch in mein Ohr, und mein Körper spürte ein Kribbeln. Der Schmerz ließ nie nach, aber bevor ich es merkte, schlief ich ein.

Erwachen

Mein Geist fühlte sich schwer an und ich konnte kaum sehen. Ich erinnerte mich jedoch daran, in den Fluss gefallen zu sein. Ich versuchte, meine Hand zu bewegen, aber nur meine Finger reagierten mit einem Wackeln.

»Du bist wach«, sagte eine vertraute Stimme, »sprich jetzt nicht. Ruhen Sie sich aus,"

Diese Worte trösteten mich und ich öffnete meine Augen vollständig, um Trisha an meinem Bett zu sehen.

"Trisha, wie bin ich hier?" Fragte ich flüsternd.

»Christoff hat dich gerettet«, sagte sie.

"Das hat er. Wo ist er?" Fragte ich neugierig.

"Er schläft,"

"O...wie lange bin ich schon so?"

»Anderthalb Tage«, sagte sie

„Das ist schlimm, morgen geht meine Zeit hier zu Ende,"

"Musst du gehen?"

"Ja,"

"Ich habe nur gehofft, die Juancos zu sehen, aber das scheint jetzt ein Traum zu sein,"

"Keine Sorge, wenn Christoff wach ist, werde ich es ihm sagen,"

"Vielen Dank,"

Sie ließ mich für einen weiteren Tag in dem Raum zurück, in dem ich im Bett lag. Am nächsten Morgen, als ich wieder etwas Kraft gewonnen hatte, stand ich müde auf und ging zum Flur.

Ich stand eine Weile da, fand aber niemanden. Dort sah ich aus einem halb geschlossenen Raum ein Licht auf den Boden fallen. Ich ging darauf zu, und als ich den Raum betrat, fand ich Trisha, die Christoff etwas Serum injizierte, während er schlief. Oma saß auf einem Stuhl neben seinem Bett, und Isen stand in einer Ecke.

Mein Gesichtsausdruck war von Schuld und Traurigkeit geprägt. Christoff war in einem so erbärmlichen Zustand, dass ich ihn kaum beschreiben konnte.

»Es ist meinetwegen passiert«, sagte ich mit knackender Stimme.

Tränen rollten mir über die Augen, und ich konnte mich nicht dagegen wehren.

"Wenn er es nicht getan hätte,... dann wäre es ihm gut gegangen,"

"Sag das nicht, und weine nicht", sagte Großmutter, als sie mich umarmte und tröstete.

"Es war nicht deine Schuld. Er ist so. Er würde alles für einen geliebten Menschen tun ", sagte sie mir.

»Ja. Christoff ist so. Wenn du dir selbst die Schuld gibst, erniedrigst du die Anstrengungen, die er unternommen hat, um dich zu retten ", sagte Trisha.

Die ganze Zeit stand Isen in dieser Ecke und sprach nie ein Wort.

Ich ging auf ihn zu und konnte die Sorge in seinen Augen sehen.

"Es tut mir leid, Isen...." Sagte ich zu ihm.

"Sei es nicht. Wenn du nicht gewesen wärst, wäre er nicht am Leben. "

"...Für mich,"

»Ja. Ich fand dieses Ding in seiner Brust und deine Jacke in seiner Nähe. Er hat sich damit selbst erstochen,"

Er reichte mir meine Betäubungspistole und sagte: "Der Stromschlag hat sein Herz schlagen lassen."

Ich antwortete nicht, sondern setzte mich ans Bett und sah ihn an.

»Wenn du dich um ihn kümmerst, gehen wir und bereiten etwas zu«, sagte Trisha.

»Ja«, sagte ich zu ihr.

»Ich weiß, dass auch du kommst«, sagte Oma.

Und sie ließen die Tür hinter sich schließen.

Er schlief, aber sein Gesicht war nie ausdrucksstärker. Eine Unschuld zeigte sich in ihm und seine Kürze, nein, das passt nicht, seine Rücksichtslosigkeit, mich zu retten, zeigte sich an seinen Wunden.

Ich legte meine Handfläche auf sein Gesicht und streichelte ihn.

"Er hat mich zweimal gerettet", dachte ich, "und er hat es ohne Grund getan."

„Wer bin ich für ihn? Ich bin ein völlig Fremder, aber er hat sein Leben für mich in Gefahr gebracht."

"Ich hingegen war verstrickt in seine Unschuld und seine Fürsorge für seine Lieben. Oma hat versucht, mir von seiner Vergangenheit zu erzählen, aber das war mir jetzt egal. Für mich war sein Geschenk das, was mich interessierte."

Emotionen überfielen mich, ich konnte nicht anders, als mich zu seinem Gesicht zu beugen und ihn zu küssen. In den Momenten, in denen unsere Lippen verschlossen waren, schloss ich meine Augen und eine Träne fiel über sein Gesicht, das von meinen Haaren umgeben war. Ich wünschte, die Zeit würde aufhören, dieses Gefühl von Wärme und Komfort würde niemals enden, aber das sollte nicht sein.

Während wir uns küssten, öffneten sich seine Augen allmählich und sahen mein Gesicht. Ich zog mich zurück und hörte ihn sagen: "Lisa...du bist in Sicherheit."

Einerseits musste ich dieses Gefühl loslassen, andererseits war ich in meinem ganzen Leben nie glücklicher.

Ich wollte meine Tränen nicht wegwischen. Ich lächelte einfach und sagte: „Ja, wir sind wach."

"Wie geht's..."

Ich legte meinen Finger auf seine Lippen und sagte: „Rede jetzt nicht, ruhe dich aus. Ich komme gleich wieder."

Ich verließ den Raum ekstatisch und ging die Treppe hinunter in die Küche, »Er ist wach«, sagte ich fröhlich.

Diese Worte erhellten ihre besorgten Gesichter, und wir eilten nach oben, um ihn zu sehen.

Alle begrüßten ihn entzückt und er redete, als wäre nichts geschehen. Danach flüsterte er Isen etwas ins Ohr. Es brachte ein Lächeln auf ihre Gesichter. Seine Brust schmerzte ein wenig, als er lachte, aber er hörte nicht auf.

»Lass uns zum Esstisch gehen und essen«, sagte Christoff zu allen.

"Nein... du bleibst hier", sagten wir alle unisono.

»Nein. Werde ich nicht. Heute ist Lisa letzter Tag hier. Geben wir es nicht untätig aus. Isen, heb mich auf.«

Unser Beharren war vergeblich, und Isen und ich unterstützten ihn, als wir die Treppe hinuntergingen.

Luce, die am Feuer lag, sah Christoff und eilte auf ihn zu.

Er sagte uns, wir sollten mit den Beinen von ihm weggehen, als er in die Hocke ging und sie tätschelte.

August saß am Esstisch, und auch er umarmte Christoff, „Danke. Es hat funktioniert,"

Christoff lächelte und sagte: "Gern geschehen, Kleiner."

Es war einfaches Essen, aber ich kann es in die ganze Welt hinausschreien, dass dies das beste Essen ist, das man jemals haben kann.

"Familie, das ist es, was das ist, huh", dachte ich nach.

Wir sprachen über die unbedeutendsten Dinge und lachten über unsere eigenen Fehler. Jeder teilte etwas aus seiner Vergangenheit, aber nicht Christoff. Er blieb in dieser Angelegenheit zurückhaltend und lächelte gelegentlich.

Nach dem Mittagessen begann Isen zu gehen und ich begleitete ihn vor die Tür.

»Danke«, sagte er.

"Gern geschehen..." Antwortete ich fröhlich.

Er drehte sich um und ging ein paar Schritte, bevor ich ihn rief: "Isen, kannst du mir etwas sagen?"

»Ja, fragen Sie, was Sie wollen«, sagte er.

"Was hat Christoff dir damals in diesem Raum erzählt?"

Sein Gesicht leuchtete auf und er lachte, bevor er sagte: „Oh, das. Er hat mir erzählt, dass er in der Jacke ein Kindheitsbild von dir gefunden hat."

"Das ist der Grund für dein Lachen,"

"Nein, nein, er hat gesagt, dass du aussiehst wie ein Eichhörnchen mit gebrochenen Vorderzähnen,"

"Das hat er dir gesagt!" Ich rief: "Ich werde diesen intelligenten Alec bekommen,"

»Sei vorsichtig mit ihm«, sagte Isen und ich verabschiedete mich von ihm.

Abschied

Ich trat ein und setzte mich neben Christoff am Feuer. Oma und Trisha unterhielten sich am Tisch und August spielte oben mit Luce.

»Ich sehe aus wie ein Eichhörnchen«, sagte ich ihm etwas abgehakt.

»O nein. Überhaupt nicht«, antwortete er überrascht.

»Mit gebrochenem Vorderzahn«, fuhr ich fort.

"Nein, es sah gut aus für dich,"

»Gut. Das ist der Grund, warum du lachst..."

Bevor ich fertig war, hatte Christoff angefangen, die Treppe hinaufzulaufen.

»Warte, Dummkopf«, sagte ich und rannte ihm hinterher.

"Oh, du hattest recht, sie streiten sich wie Kinder", hörte ich Trisha zu Großmutter sagen.

Trotzdem fuhr ich fort und wir betraten den Raum rennend.

Christoff ging um das Bett herum auf die andere Seite und blieb dort stehen.

"Hör zu, ich wollte nicht...", sagte er, als ich ein Kissen in die Hand nahm.

Ich rannte um die Ecke, aber er beeilte sich, das Bett zu zertrampeln," Lisa, beruhige dich..."

Das würde jedoch nicht passieren. Auch ich sprang auf das Bett und rannte darüber. Aber meine Füße rutschten aus und ich stürzte zu Christoff hinunter. Das Kissen flog mir von den Händen und fiel auf uns herab. Wir landeten beide auf dem Teppich, der über dem Boden lag.

Zum zweiten Mal lag ich mit dem Gesicht gegeneinander auf ihm. Ich konnte seinen Herzschlag spüren, wie er meinen. Wir starrten und starrten, bevor Christoff mein hängendes Haar streichelte, gegen meinen Hinterkopf. Es gab diese ungewöhnliche Stille, die immer da ist, wenn man sich nicht selbst entscheiden kann.

Dann lehnten wir uns beide aneinander, aber bevor wir uns küssen konnten, sah ich August mit Luce neben ihm an der Tür stehen.

Ich stand sofort auf, zertrat Christoffs Knie und rief: "August!"

Das Kind war unschuldig, aber klug. „Ihr zwei, bitte haltet die Türen geschlossen", sagte er uns, bevor er die Tür schloss.

Christoff hatte inzwischen das Bett aufgestanden und pflegte sein Knie.

»Es tut mir leid«, sagte ich zu ihm.

"Es ist in Ordnung", antwortete er.

»Lass uns nach unten gehen«, sagte ich hastig.

"Ja,"

Ohne weitere Umschweife saßen wir jetzt beide am Kamin.

"Ich habe oben ein lautes Geräusch gehört", sagte Großmutter,"ist alles in Ordnung?"

"Ja", sagten wir unisono und sie lächelte.

Wir saßen eine Weile still, bevor Christoff sprach: „Okay, jetzt. Da heute dein letzter Tag hier ist, lass uns zum Shaira-See gehen,"

»Du hast dich noch nicht ganz erholt«, sagte ich.

"Sagt wer. Derjenige, der mich mit einem Kissen schlagen wollte,"

"Ja, ja, aber ich sehe nicht aus wie ein Eichhörnchen,"

"Nein, tust du nicht. Du siehst hübsch, schlank, fair und all die anderen Adjektive aus. Aber ich habe dich ein Eichhörnchen genannt, weil du die interessanteste, neugierigste Person bist, die ich je in meinem Leben getroffen habe. "

"Du meinst wie ein Eichhörnchen,"

"Genau,"

»Na dann. Es tut mir leid,"

"Okay, lass uns diese Hochzeitsgespräche beenden. Wir gehen aus. Es ist schon 7. Wir sollten bis neun Uhr dort sein."

Als wir Mary und Trisha von unserer kleinen Reise erzählten, stimmten beide seltsamerweise zu, ohne sich zu beschweren. Den Grund dafür erfuhr ich jedoch, als ich die Tür dahinter schloss.

"Solange die beiden sich haben, haben wir nichts zu befürchten", sagte Mary zu Trisha und mir.

Während wir in einiger Entfernung von zu Hause waren, rief uns eine Stimme von hinten.

Als wir uns umdrehten, fanden wir August auf uns zulaufen. Er blieb stehen und ich bemerkte, dass er ein Papier in der Hand hielt.

»Kannst du ihr das geben?«, sagte er und drehte sich zu Christoff um.

"Sicher, jetzt geh schnell zurück, okay", antwortete er.

Und dann kehrte er zurück.

Wir haben uns über viele Dinge unterhalten, von denen eines für diese Geschichte von Bedeutung ist.

»Sie heißt also Eva«, sagte ich.

»Ja, Evelyn«, sagte Christoff lächelnd.

"Also, was hast du getan?"

»Nichts. Ich habe ihm nur die Worte gesagt: "

»Welche Worte?«

"Ich bin August, kann ich dein Freund sein?"

"Das ist alles,"

»Nein. Er war sehr nervös, diese Worte zu sprechen, also schrieb er sie auf und gab sie ihr. "

»Was hat sie gesagt?«

»Ja. Ich möchte dein Freund sein. Ich heiße Evelyn,"

"Ich kann nicht glauben, dass es funktioniert hat,"

"Ja, es hat funktioniert und sie sind Freunde,"

"Und diesen Brief hat er jetzt gegeben,"

„Na dann mal lesen,"

Es wurden nur drei freundliche Worte geschrieben

"Happy Birthday Eve,"

"Das ist süß", sagte ich

"Ja. Lass uns dieses Thema ausschneiden, wir werden es ihr geben, wenn wir dort ankommen."

Es war neun Uhr, als wir am Shaira-See ankamen, der mit Nebel bedeckt lag. Es hatte eine unheimliche Stille, aber wir beide wussten, dass die Melodie diesen Ort bald zum Leben erwecken würde.

»Hier, halte meine Hand«, sagte Christoff.

Ich tat, was er mir sagte, und wir rückten näher an den See heran. Christoff zog unterdessen eine Feder aus der Tasche und hielt sie in der Hand. Wir standen da und warteten, als die Zeit verging und ich ungeduldig wurde.

"Sieht so aus, als hätten sie den Ort verlassen", sagte ich.

"Geduld. Es fehlt dir wirklich ", sagte Christoff.

Bevor ich antworten konnte, füllte eine Melodie die Umgebung und unser eigener Körper begann zu leuchten.

»Es funktioniert«, sagte Christoff.

»Aber diesmal gibt es keinen Donner«, fragte ich.

»Nein. Dies ist das Fest der Shaira. Der Jubeltanz der Neugeborenen."

Plötzlich begannen leuchtende Gestalten aus den dunklen Bäumen zu fliegen, und dann flogen sie auf und funkelten wie die Sterne. Zwei Vögel aus entgegengesetzten Richtungen flogen aneinander vorbei, und der dritte flog aus ihrer Kreuzung. Es gab ein Muster dafür, und in kürzester Zeit stand der Engel, funkelnd gegen den dunklen Himmel, den ich im Jericho-Garten sah.

»Es ist Shaira«, rief ich geblendet.

»Ja. Jericho hat das gesehen und nach seiner Frau gebaut,"

Die Vögel standen etwa eine Minute lang da, bevor sie in verschiedene Richtungen flogen. Aber zwei Vögel flogen direkt auf uns zu. Einer war sehr klein, der andere mittelgroß.

Christoff öffnete seine rechte Handfläche und die große saß direkt darauf. Der Kleine saß mir jedoch gerade auf der Nase.

"Christoff...." Sagte ich in einem leisen Ton, ein bisschen verängstigt.

»Keine Sorge. Sie erinnern sich an dich,"

"Ich?"

"Ja, diese Vögel können sich an Gesichter erinnern. Dieser große hier war klein, als er vor etwa zwei Jahren hier in meiner Hand stand. "

„Man erkennt es,"

"Ja, ich habe eine kleine rote Schnur an die Zehe gelegt,"

Diese beiden Vögel flogen dann in einer Helix um uns herum und hielten vor uns an.

»Du kannst jetzt gehen«, sagte Christoff leise und los ging es.

Unser Körper hörte auf zu leuchten, und der Nebel klärte sich allmählich auf, und dann kehrten wir zu Marys Haus zurück.

Dieses Schauspiel hatte mich entzückt, und ich wünschte, für immer in Shaira zu bleiben. Aber ich konnte nicht, ich musste gehen. Am nächsten Morgen bereitete Oma ein üppiges Frühstück zu, um meine Abreise zu beglückwünschen. Es war schön und danach fing ich an, mich zu verabschieden.

"Wenn du jemals wieder in Shaira bist, komm uns besuchen", sagte Trisha.

"Ja, und ein sehr glückliches Leben für dich", sagte Großmutter fröhlich.

»Auf Wiedersehen«, sagte August.

»Wo ist Christoff?« Fragte ich, da ich ihn seit dem Frühstück nicht mehr gesehen hatte.

Vor Marias Haus stand ein Brougham, von dem Christoff abstieg.

"Wo warst du?" Ich sagte, ich stehe an der Tür.

»Zu mir nach Hause. Deine Reisetasche und andere Gegenstände waren da. Ich dachte, es wäre besser, sie hierher zu bringen. "

»Danke«, antwortete ich.

Ich verabschiedete mich von ihnen und betrat Isens Brougham. Christoff begleitete mich und dann fuhren wir bergauf zu den Unterkünften, wo meine Assistentin und mein Auto waren.

Während der gesamten Reise wurden keine Worte gesprochen. Es schien passend, weil wir beide damals nicht wussten, dass das, was zwischen uns existierte, Liebe oder Freundschaft war.

Als der Brougham herauszog, stiegen wir ab und ich dankte Isen für seine Hilfe. Und jetzt kam der schwierigste Teil. Abschied von der Person, für die meine Gefühle berechtigt, aber nicht sicher waren.

Wir standen völlig schweigend voreinander. Meine Augen zeigten offensichtlich meine Unentschlossenheit, aber seine waren unergründlich.

»Danke für alles«, sagte ich schließlich.

"Jedes Mal, wenn du hierher kommst, bist du immer willkommen", sagte er freundlich.

"Ich weiß,"

"Das ist es also,"

"Ja,"

»Dann tschüss, Lisa.«

Ich drehte mich um, um zu gehen, aber meine Gedanken beruhigten sich nicht. Ich war ein paar Schritte gegangen, als ich mich umdrehte, um seinen Rücken zu sehen, als er langsam auf den Brougham zuging.

»Christoff«, rief ich.

Er drehte sich sofort um und sagte: "Irgendetwas stimmt nicht."

"Ja, etwas Großes,"

»Was ist das?«, fragte er besorgt.

"Du,"

»Ich?«, sagte er verwirrt.

"Ja,"

»Was ist los mit mir?«, sagte er mit verwirrtem Gesicht.

»Die Rosen. Da in deinem Gehrock. Ist es für jemand anderen?" Fragte ich mit unschuldiger Stimme.

Er lächelte und sagte: „O das. Ich hab's vergessen,"

Er nahm es heraus und gab es mir.

"Ich habe das als Abschiedsgeschenk mitgebracht,"

"Die summenden Rosen", sagte ich, "es symbolisiert Liebe, weißt du, nicht wahr?"

»Nein, nicht ganz. Es symbolisiert Vernunft. Es begründet deine Handlungen. Hängt davon ab, wie du denkst..."

Sein Gesichtsausdruck kam mir sehr bekannt vor. Er hatte keine Antwort, also half ich ihm aus.

"Du musst jetzt nicht antworten", sagte ich und unterbrach ihn, "bis ich wieder hierher zurückkehre, lass es so sein,"

"Sicher,"

"Nie mehr", sagte ich und umarmte ihn.

Ein kalter Wind hatte begonnen zu strömen, und die Wolken wurden dunkler. Ich küsste ihn auf seine Wange und sagte:

"Auf Wiedersehen, Christopher,"

"Auf Wiedersehen Lisanna,"

Das war unser letztes Gespräch. Es war voller Unbeholfenheit und ein bisschen emotional. Aber wenn ich jetzt nachdenke, hätte ich mir gewünscht, diese drei Worte gesagt zu haben. Doch das Schicksal hatte etwas anderes geplant.

Ich bin also mit meinem Assistenten im Auto gefahren. Es hatte angefangen zu regnen und ich schaute nicht zurück, denn das würde meine Meinung ändern. Und schließlich verabschiede ich mich von Shaira.

Nostalgie

Ich drehte das Cover um und dort wurden in fetten Buchstaben gedruckt: "Vergiss den 29. März nicht"

Ich blätterte die Seite um und fand darin einen Brief: „Das gebe ich dir. Ich kann nicht mehr schreiben. Mein Gewissen lässt es nicht zu. PS: Ihr Christopher ", hieß es.

Ab Seite 1 war klar, dass es seine Memoiren waren. Ich fing an, es zu lesen, und das waren seine Worte.

Ich habe noch nie daran gedacht, ein Tagebuch zu schreiben. Aber nur so kann ich weiterleben. Das ist meine Vergangenheit, die meine Gegenwart vorwegnimmt. Meine Schuld, meine Nostalgie. Um es klar und deutlich zu sagen, ich fange ganz am Anfang meines Lebens an.

Ich war ein Baby, als mich jemand vor der Tür eines Waisenhauses stehen ließ. Dort fanden sie mich, und innerhalb kürzester Zeit war ich ein Teil von Little Angels. Oma Mary nannte mich Christopher, aber meine Freunde änderten es, indem sie mich Christoff nannten. Dort waren alle glücklich, völlig unwissend, dass sie einmal in ihrem Leben verlassen worden waren.

Meine Freunde waren mein Leben und da war dieses Mädchen, in das ich verknallt war. Ihr Name war Charloette. Früher gingen wir zusammen über den Gartenrasen, kletterten auf Bäume, um einen Blick auf das Vogelnest zu erhaschen, oder spazierten einfach nur leise. Wir hatten eine Bindung, aber in diesem Alter bezweifle ich, dass man es Liebe nennen könnte. Wie auch immer, 7 Jahre vergingen wie eine Laune, und wir wuchsen. Sie war sehr hübsch und nett, irgendwie wie meine beste Freundin.

Ich erinnere mich, dass es an einem Sonntagmorgen war, als wir auf dem Rasen spielten, als ich Mary und zwei Fremde sah, die uns vom Pierfenster aus beobachteten. Wir ignorierten ihre Blicke und setzten unsere kindlichen Sachen fort.

„Kennst du Christoff, heute ist welcher Tag?", sagte sie mit spielerischer Stimme.

"Nein, tust du?"

"Heutiger Freundschaftstag, Dummkopf,"

„Freundschaft. Ja, das habe ich vergessen. Ich habe ein Geschenk für dich mitgebracht,"

»Wirklich?«

"Ja, schließe deine Augen,"

Sie schloss die Augen und ich griff in meine Taschen und sagte: "Jetzt öffne sie."

In meinen Händen war ein Medaillon, das Mary und ich am Vortag mitgebracht hatten.

Ihr Gesicht wurde fröhlich und sie lächelte mich an. „Danke", sagte sie.

»Öffne das Medaillon«, sagte ich zu ihr.

Und als sie es öffnete, sah sie ein Bild von allen Menschen der kleinen Engel.

»Es ist so schön«, sagte sie.

"Behalte das bei dir,"

"Nun, ich habe auch ein Geschenk für dich,"

Sie gab mir eine Band mit dem Zitat: "Beste Freunde für immer,"

Wir jubelten beide und der Tag verging fröhlich. Es war, als wir eingeschläfert wurden, als das Ereignis eintrat.

Ich versuchte zu schlafen, als ich die Tür knarren hörte und Mary an der Tür fand. Sie ging direkt zu mir und sah, dass ich wach war.

„Christopher, du bist wach. Es ist gut ", sagte sie.

"Ja, Großmutter, warum tränen deine Augen so?" Fragte ich.

»Mein liebes Kind«, sagte sie und umarmte mich, »Charloette muss gehen. Die beiden Menschen, die du heute gesehen hast, wollen sie adoptieren. "

Daraufhin wurde mein Herz taub.

»Warum muss sie gehen?« Fragte ich in einem traurigen Ton.

"Oh Christopher. Sieh es so. Sie wird neue Eltern bekommen, die sich um sie kümmern werden. Du würdest sie nicht von diesem Glück abhalten wollen,"

Leider hatte Großmutter recht und schweren Herzens sagte ich: „Du hast recht. Wann geht sie?"

"Heute Abend", sagte sie,"dachte ich, es wäre angebracht, Ihnen das zu sagen, da Sie beide beste Freunde sind."

Danach führte mich Mary zum Außentor, wo sie mit ihren neuen Eltern stand.

"Sie haben mich adoptiert", sagte sie lächelnd, "ich gehe heute Abend, Christoff,"

»Ja, das bist du. Ich freue mich für dich ", sagte ich und machte ein fröhliches Gesicht.

"Versprich mir, wir werden beste Freunde sein, auch wenn ich gehe", sagte sie.

»Ja. Beste Freunde fur immer ", sagte ich, als ich ihre ausgestreckte Hand schüttelte.

Danach ging sie in ihr Auto und ich sah, wie sie mir zum Abschied winkte.

Ich stand eine Weile da, bevor ich mich umdrehte und Oma umarmte und anfing zu weinen.

"Großmutter, sie ist glücklich. Warum bin ich es dann nicht?"

"Christopher", sagte sie und sah mich in meine Augen, "was du für sie getan hast, nennt man Opfer. Und wisse das, es tut weh, jemanden loszulassen, den du liebst und um den du dich sorgst. Aber du hast es für ihr Glück getan. Und dafür bin ich stolz auf dich,"

In dieser Nacht schlief ich, aber die Erinnerungen starben nicht aus. Eine Nostalgie packte mich für immer in ihren Reißzähnen und wartete darauf, dass ich ihrem Griff erlag. Aber ich habe es nicht getan, weil ich eine Verantwortung gegenüber Mary und den Kindern hier hatte.

Verstrickte Gefühle

11 Jahre später arbeitete ich bei The Barrows. Es war eine gute Beschäftigung. 5 Stunden Arbeit pro Tag in der Fabrik und Feiertage am Wochenende. Die Löhne waren gut und alles in allem war das Leben sehr gut geregelt.

Ich teilte mein Quartier mit einem Kollegen und Kindheitsfreund namens Jeffrey und besuchte Großmutter, wann immer ich konnte. Ich konnte ihr mit dem finanziellen Teil des Waisenhauses helfen, und das Leben ging ungefähr zwei Jahre so weiter. Aber wie die Philosophen sagen: "Das Schicksal ist ungewiss", und so war es, als der Frühling wieder in mein Leben zurückkehrte.

Es war ein hart arbeitender Tag. Ich war ziemlich müde und ging auf meine Wohnung zu. Als ich in dieser geschäftigen Stadt auf dem Bürgersteig spazierte, schaute ich oft auf die Glasfenster der Geschäfte. Und so kam es, dass ich ein wunderschönes weißes Hochzeitskleid anstarrte. Ein paar Minuten lang starrte ich an, und dann schaute ich angeblich auf seine Preiskarte.

"Puh! Das ist teuer «, bemerkte ich und ging weiter.

Ich war an der Ecke des Bürgersteigs, als ich eine Stimme hörte, die zu mir rief: "Christoff, Christoff , halt durch."

Ich drehte mich um und bemerkte die unverwechselbare Gestalt, die auf mich zulief. Für einen Moment konnte ich nicht erkennen, wer es war, bis eine Dame direkt vor mir anhielt und sehr schwer atmete.

Als sie sich zusammensetzte, sagte sie schließlich: "Verdammt, Christoff, du gehst sehr schnell."

Ahnungslos starrte ich, bevor sie den leeren Gesichtsausdruck bemerkte.

"Du hast mich vergessen, nicht wahr?", sagte sie hochmütig.

"Äh..." Ich dachte über diesen neugierigen, wütenden Blick nach: „Wer zum Teufel ist sie? Mich mitten auf dem Bürgersteig aufzuhalten und mich herrisch zu benehmen. Kannte ich jemals einen solchen Charakter?"

"Okay, ich gebe dir einen Hinweis, du von Alzheimer gerittener BFF", sagte sie sarkastisch.

"Alzheimer-gerittener BFF", sagte ich beleidigt.

"Warte eine Minute, BFF", dachte ich, als meine Röhrenlampe zu blinken begann.

"Du bist nicht Isabell, oder?" Fragte ich erwartungsvoll.

"Ja, Dumbo. Wer könnte es sonst sein?«, sagte sie lebhaft, bevor sie mich umarmte.

"Gott sei Dank hast du mich erkannt, Christoff, sonst würde ich dich am Ende schlagen, weil du mich so schnell vergessen hast."

Als sie losließ, spürte ich ein warmes Flattern. Etwas, wonach ich mich immer gesehnt hatte.

"Verzeihen Sie, es ist so lange her", antwortete ich demütig.

„Ja, das stimmt. Diese Stadt erscheint mir neu. Sieht so aus, als hätte ich noch viel aufzuholen. "

"Ich werde dir dabei helfen,"

"Ich weiß, dass du das wirst. Aber lasst uns zuerst vom Bürgersteig runterkommen. "

"Jipp."

Ich versuchte, ein Taxi anzuhalten, aber es fuhr einfach an mir vorbei, als wäre ich unsichtbar. Dann habe ich die klassische Daumenbewegung gemacht, aber leider hat das auch nicht funktioniert.

"Deine Taxifähigkeiten sind scheiße", verspottete Isabell.

"Nun, du denkst, du kannst es besser machen?" Ich drängte mich zurück.

Daraufhin lächelte sie und pfiff laut auf ein laufendes Taxi. Das Taxi hielt direkt vor uns und fuhr rückwärts auf uns zu.

Sie warf mir einen gewinnenden Blick zu, als wir eintraten und zum Prideaux Café gingen.

"Ausländische Bildung hat dir beigebracht zu pfeifen. Das ist beeindruckend ", scherzte ich.

"Es hat mir viel mehr beigebracht. Aber was ist mit dir, Christoff?«, sagte sie und drehte sich zu mir um.

"Nun, ich bin angestellt und wohlhabend in meinem Leben,"

„Mary hat mir von deinem Job und all den langweiligen Dingen in deinem Leben erzählt. Was ich gemeint habe, ist, dass du jemanden triffst?"

"Nein", gab ich eine schnelle Antwort.

"Immer noch Single", lachte sie.

"Nun, das ist eine dauerhaft vorübergehende Sache,"

"Hoffen wir es so,"

Als wir uns niederließen, bemerkten wir eine Welle von Menschen im Café.

"Es sieht so aus, als ob das Geschäft von Miss Prideaux auf Hochtouren läuft", sagte ich.

"Ich hoffe, sie erkennt uns", antwortete Isabell.

Das Aussehen des Cafés hatte sich verändert, aber seine Seele war immer noch dieselbe. Fräulein Julia Prideaux war nie lebhafter als dies, da sie ihre Untergebenen mit größter Begeisterung befehligte.

"Kommt schon, Mädels, beeilt euch. Lassen Sie uns diese Charge darüber hinwegbringen ", sagte sie mit ihrem spanischen Akzent.

„Meine Güte, es gibt keine Plätze mehr", kommentierte Isabell, als wir eintraten. „Glaubst du, sie wird uns heute willkommen heißen?"

"Nun, fragen wir sie", antwortete ich fröhlich und ging zum Tresen.

"Jede Chance, dass du zwei kleine Kinder behandelst, Julia", sagte ich.

Als sie aufblickte, war ihr Gesichtsausdruck eine Überraschung.

"Christopher", rief sie freudig, "bist du das?"

"Ja",

Daraufhin ging Isabell nach vorne und begrüßte sie mit „Hallo Julia".

Aber leider konnte sie Isabell nicht erkennen, bis ich ihr einige unvergessliche Details aus ihrer Kindheit ins Ohr flüsterte.

"Tomboy sieht mit gebrochenen Vorderzähnen aus. Du meinst dieses Valentinsmädchen ", rief Julia laut.

Als ich hörte, dass Isabell ihren Ellbogen auf meine Bauchseite stieß, was mir schmerzhafte Schmerzen bereitete. Und während sie mich mit dieser spielerischen Wut anstarrte, griff Julia ein.

"Ihr zwei habt euch immer noch nicht ein bisschen verändert", sagte sie.

"Ich würde zustimmen. Sie ist immer noch herrisch wie dieser Wildfang. "

"Ignoriere ihn, Isabell", sagte Julia, bevor sie sie umarmte, "du bist zu einer schönen Dame geworden",

"Danke", antwortete sie anmutig.

Miss Prideaux arrangierte für uns zwei Plätze, die im Inneren des Cafés reserviert worden waren.

"Mama, die Beläge sind weg", rief eine Stimme aus der nahegelegenen Küche.

"Ich komme", antwortete sie.

"Ihr zwei könnt euch hier hinsetzen. Ich werde Nancie in Kürze schicken ", sagte sie uns, bevor sie eilig ging.

Julia ist eine lebhafte Frau und eine enge Freundin von Mary. Gutherzig und fröhlich, wenn wir sie besuchten, behandelte sie uns mit Desserts, mein Favorit waren die Vanille-Eisbecher.

"Was soll das Lächeln, das du schenkst?" Fragte ich neugierig.

"Du trägst immer noch dieses Medaillon", sagte er.

Seine Beobachtungen waren scharfsinnig geworden. Und das rief ein seltenes Kompliment von mir hervor.

"Ich sehe, dass der Geist des Sherlocks dich immer noch nicht verlassen hat, Christoff. Was das Medaillon betrifft. Es birgt eine Erinnerung, die ich schätze. "

Inzwischen hatte sich eine hübsche Dame angeschlossen und schaute uns erwartungsvoll an und wartete auf Anweisungen.

"Nancie. Schön, dass es dir gut geht ", sagte Christoff.

"Nun, ich kann dir nicht genug danken", antwortete sie etwas nervös.

"Vergiss es, Nancie. Das ist Isabell. Du kennst das Mädchen, das ich gelegentlich erwähnt habe. "

Dabei überwand ein Lächeln offensichtlich ihren Gesichtsausdruck, als sie sagte: „Schön, Sie kennenzulernen, Miss Isabell."

"Du lächelst. Stimmt etwas nicht mit mir?" Fragte ich verwirrt.

"Nein, es ist nur so, dass du ganz anders bist, als ich es von dir erwartet habe", sagte sie.

"Anders. Wie kommt es?"

"Du bist sehr schön, genau das Gegenteil von..."

"Nun, Nancie. Ich möchte bestellen..." Christoff stürzte sich in den Versuch, das Thema zu wechseln. Aber ich habe keinen Cent davon genommen. Ich legte meine Hände auf seinen Mund und ließ ihn plappern.

"Bitte fahre fort, Nancie,"

"Du bist nicht ein bisschen wild, wie Christoff mir immer gesagt hat", ließ sie es endlich raus.

"Uh huh. Was hat er sonst noch über mich gesagt?"

Nancie sah dann Christoff an, der sie mit seinen Augen bat, meine Frage nicht zu beantworten. Dabei legte ich meine andere Hand auf seine Augen und blockierte sein geschlossenes Gesicht.

Als sie meinen entschlossenen Blick sah, entschied sich die unschuldige Nancie zu antworten. "Nun, er sagte, du wärst sehr spunkig mit einer launischen Wildheit, genau wie Mowgli aus dem Dschungelbuch,"

Christoff hatte meine Hände von seinem Gesicht gerungen und sah nun Nancie hilflos an. Auf der anderen Seite war mein Temperament im Begriff zu explodieren.

"Nun, Nancie, heute zeige ich dir meine Spunkigkeit", sagte ich, als ich meine Beine unter den runden Tisch bewegte, bevor ich die vordere Schiene von Christoffs Stuhl nach hinten trat.

"Whoah", rief er, als er das Gleichgewicht verlor und rückwärts fiel, bevor er gegen den Holzboden stürzte.

"Das tut weh", sagte er qualvoll.

Nancie half ihm auf, bevor er sich setzte, und stellte seinen Stuhl ziemlich weit vom Tisch entfernt ein.

"Danke, Nancie, dass du unserem Kipling geholfen hast", sagte ich humorvoll.

"Ja. Ich schätze, ich brauche danach einen Kaffee ", antwortete Christoff.

"Für dich, Mam", sagte Nancie erwartungsvoll.

"Vanille-Eisbecher", antwortete ich.

Als sie uns verließ, deutete ich auf Christoff und suchte seine Aufmerksamkeit.

"Weißt du, was Christoff, ich denke, Nancie hier ist in dich verknallt",

"Nein. Sie ist ein süßes Mädchen. Sie ist einfach dankbar für meine Hilfe."

"Hilfe?" Fragte ich neugierig.

"Jetzt sieh mich nicht so an,"

"Wie zum Beispiel?"

"Mit diesem seelensuchenden Blick, Isabell,"

"Okay... ich werde nicht weiter in diese geheime Angelegenheit von dir eintauchen", neckte ich ihn.

"Komm schon!"

"Aber es gibt etwas, auf das ich eine ehrliche Antwort brauche", vertiefte ich mich in das eigentliche Thema.

"Na los,"

"Gibt es jemanden, den du liebst?" Fragte ich und starrte ihm in die Augen.

"Ja. Ich liebe dich genauso wie ich Mary liebe, Isen...", spielte er unschuldig.

"Dummkopf. Nicht diese Art von Liebe. Ich meine die, in der du dein ganzes Leben lang mit ihr zusammen bist. "

"Sie. Das ganze Leben! Du lässt es wie eine ernsthafte Verpflichtung klingen. "

"Das ist es. Vor allem, wenn ich weiß, wer das Mädchen ist. "

"Sei nicht so eingebildet, Isabell,"

Daraufhin seufzte ich und fragte das Unvermeidliche

"Warum hast du sie dann so lange nicht gesehen?"

"Ich habe dich die letzten fünf Jahre nicht gesehen. Das bedeutet nicht, dass ich dir aus dem Weg gegangen bin ", sagte er leichtfertig.

"Nein", sagte ich temperamentvoll zu seiner gleichgültigen Haltung, "vor vier Jahren verwandelten sich die Gefühle, die du für mich hattest, in tiefe Freundschaft, die ich für..."

Christoff versuchte zu antworten, aber ich hatte nichts mehr davon.

"Nein, du hörst zu. Ich weiß, dass du deine Geheimnisse hast. Aber Charloette ist Hals über Kopf für dich da. Sie zeigt es nicht. Aber unter diesem starken Auftreten sucht sie deine Umarmung und Liebe. Also Christoff Myers auf mein Wort, du wirst vor ihr beichten. Versprich es mir,"

Christoff erkannte die Veränderung in meiner Stimme und öffnete sich schließlich.

"Das werde ich. Nur noch ein bisschen Zeit, bis das Waisenhaus einen neuen Platz findet. Dann bin ich fertig."

"Das übernehme ich vorerst."

Für eine kurze Weile schaute ich in Christoffs Augen.

"Du Idiot. Hör auf, mich so charmant anzusehen ", dachte ich nach, als er lächelte.

Er ist so, seit wir Kinder waren. Immer wenn jemand verzweifelt aussah, lenkte er sie mit seiner faulen Dummheit ab. Und es hat funktioniert, um uns aufzumuntern. Wenn er jedoch in einer Klemme war, schwieg er und lächelte, als würde er vorgeben: "Alles ist in Ordnung",

"Du bist immer noch ein Kerl", sagte ich zu ihm, bevor Nancie mit einem Kaffee und einem Vanilla Sundae wieder in die Szene eintrat.

Jetzt ohne weitere Umschweife nahm ich einen großen Löffel und schluckte die köstliche hängende Vanille. Christoff behielt unterdessen seine höfliche Art bei und nahm leichte Schlucke.

Tagesausflug für Freunde

Es war an einem Samstag, um 6 Uhr morgens, als ich einen Anruf von einem lieben Freund erhielt.

"Yo! Christoff. Wie läuft's heute?", sprach eine fröhliche Stimme.

"Du weißt sehr gut, dass heute ein Feiertag ist, Isen. Und warum rufst du so früh an?" Sagte ich sarkastisch.

„O! Mein Fehler. Aber es ist ein wichtiges Thema ", antwortete er humorvoll.

"Wichtig? Ok, sprich,"

"Nein, das ist nichts, was man telefonisch besprechen sollte. Kannst du mich treffen?"

"...Sicher... ich bin frei,"

"Toll, dann triff mich um 9 Uhr am Verkohlungskreuz", sagte er, bevor er den Anruf abbrach.

"Nun, er scheint heute glücklich zu sein", dachte ich darüber nach, vom Bett aufzustehen.

Charring Cross liegt auf dem Land von Yorksville. Es ist eine fröhliche Stadt mit einer florierenden Wirtschaft, weiten Feldern mit unzähligen Bergahornarten und vor allem die einzige Stadt, die eine Straße in Richtung Hewlett-Tal hat. Und so war es, dass ich um Viertel nach sieben auf dem Zug nach Westen in Richtung Yorksville saß.

Als die Landschaft der fernen städtischen Gebiete in weite Hügel und Wiesen verblasste, beobachtete ich immer wieder die Landschaft durch die Fenster.

"Wunderschön", dachte ich nach und entspannte mich in der Ruhe der ruhigen Aussicht.

Mit 9 fand ich mich an der Kreuzung der Hauptstadt wieder, wo ich Isen fand, der auf dem Bürgersteig stand und nach mir suchte.

"Du siehst glücklich aus, Kumpel", sagte ich und begrüßte ihn.

"Schön, dass du pünktlich gekommen bist."

"Also, was ist das wichtige Thema?"

Er lächelte unverfroren und sagte laut: „Nun, heute ist der Tag des Bierfestes in Charring Cross. Und als so ein großartiger Patron, den ich trinke, dachte ich, ich bräuchte jemanden, der mich nachts nach Hause trägt. "

"Im Ernst! Du hast mich in den Urlaub mitgenommen, damit ich dich nachts mitnehmen kann ", sprach ich in nachdenklicher Wut.

"Nun, ich werde betrunken sein", antwortete er als Trost, um seine Bitte zu rechtfertigen.

Da ich so weit von zu Hause gekommen war, könnte ich genauso gut den Tag damit verbringen, zuzusehen, wie er sich betrinkt.

"Okay... gehen wir, Isen", sagte ich und erfüllte mich.

"Nun, das ist der Christoff, den ich kenne", lachte er laut.

Die Straßen von Charring Cross lagen in festlicher Inbrunst und Heiterkeit. Vor jedem Geschäft hing das Werbelogo des Bierfestes, während ihre Verkäufer immer wieder Flugblätter verteilten, um für ihre Stände am Veranstaltungsort zu werben. Allerdings gab es dieses eine Gasthaus, das am meisten auffiel. Neben der Straße, direkt auf dem Bürgersteig, lagen runde Tische, die mit rotem Seidentuch verziert waren. Jetzt haben die meisten von uns diese sogenannten Tricks gesehen, bei denen die Tischdecke gezogen wird, ohne die Utensilien darauf zu stören. Es ist eine geschickte Kunst.

Aber haben wir das Gegenteil gesehen? Das heißt, lassen Sie uns einfach in die Tischdecke unter dem unsichtbar dünnen Glas schlüpfen, über dem die Speiseteller, mit Latte gefüllte Trinkbecher, ruhten, ohne einen Tropfen davon zu verschütten.

"Hey, ihr zwei Dummköpfe. Was starrst du an?« , sagte eine elegante Stimme.

"Auf keinen Fall... Du kannst es nicht sein...Charloette", sagte ich und sah die Dame an, deren Gesicht hinter einer schicken Maske verborgen lag. Als sie es entfernte, begrüßte uns beide ein freudiges Lächeln.

"Isen Hughes und Christoff Myers", sprach sie erfreut, "Wie um alles in der Welt seid ihr beide hierher gekommen?"

„Dieses Bierfest darfst du dir nicht entgehen lassen, Charloette", sprach Isen humorvoll.

"Du hier, ist verständlich. Aber Myers, wann bist du ein Säufer geworden?«, sagte sie und sah mir scharf in die Augen.

"Ich habe gehört, dass du kostenlose Getränke servierst. Das ist alles", rüttelte ich zurück.

"Wirklich", da war ein Schimmer in ihren Augen, als sie sprach.

"Eigentlich ist er hier, um mich wegzutragen", antwortete Isen.

Bei dieser Bemerkung lachte sie uns beide aus und dann umringte sie uns an unseren Schultern und leitete uns ein.

"Kostenlose Getränke für alle", rief sie laut und alle brüllten vor Freude zurück.

„Wie lange ist es dann her, dass wir drei zusammen waren?", sprach Charloette und suchte nach etwas hinter der Theke.

„3 Jahre. Wir haben uns zuletzt an Marias Geburtstag getroffen ", sagte ich.

"Ja...es war der Sommer 1999", sagte Isen.

"Seltsam...nicht wahr? In Teenagerjahren versprachen wir, uns ab und zu zu sehen. Aber irgendwie sind wir getrennte Wege gegangen ", sprach Charloette, gab Isen einen Martini und sah mich erwartungsvoll an.

"Mangosaft, Charloette", sagte ich.

"Er weigert sich immer noch zu trinken", scherzte Isen.

"Alte Gewohnheiten sterben hart", bemerkte Charloette, als sie nach der Flasche suchte.

"Getrennte Wege, sagst du. Überhaupt nicht. Ich meine, wir sind hier zusammen, nicht wahr? Es ist wie gestern. Isen hat sich nicht verändert, und Sie auch nicht. "

"Und was ist mit dir, Christoff?" Sie reichte mir den Saft und sah mich direkt an.

"Nun, ich arbeite bei den Barrows. Das Leben ist geklärt. Was kann ich mehr erwarten?" Sagte ich mit einem Lächeln.

"Deine Augen sprechen anders. Weißt du, ich habe Mary vor einer Woche besucht, sie schien sich Sorgen um dich zu machen. "

"Besorgt? Warum? Ich bin alle fröhlich und glücklich."

"Glücklich. Liegt es daran, dass Isabell glücklich ist?", hielt sie schließlich an meinem schwachen Nerv fest.

"Deshalb hat Mary es also versteckt?" Ich sprach und stieß ein leichtes Keuchen aus: „Das ist genau wie bei ihr. Aber weißt du, was ich irgendwann finden werde? "

"Das ist wie mein Bruder", sagte Isen und packte mich am Hals, als er meine Haare durcheinander brachte.

Ein Typ wie er wird sie von ganzem Herzen lieben, egal was passiert. Die Kinderliebe stirbt nie. Vor allem, wenn du am Ende der beste Freund dieses Kerls bist. Es wird einfach mit dieser humanen Logik unterdrückt: „Wenn sie glücklich ist, dann bin ich es auch", aber der Schmerz kommt und geht ab und zu. Und so war es auch bei Christoff. Ich werde nicht leugnen, dass ich diesen Kerl liebe. Aber ich kann das auch nicht leugnen, ich schätze seine Freundschaft mehr.

„Also, an welchem Ort stellst du deinen Stand auf?", sagte Isen.

"Die dritte Reihe vorne, neben dem Seeufer. Und da Sie beide hier sind, könnte ich die Arbeitskosten sparen. "

"Hoppla. Sie hat sich nicht verändert. Immer noch herrisch ", flüsterte Christoff Isen ins Ohr.

"Ja...sieht so aus, als hätten wir keine andere Wahl,"

"Beschwere dich so gut du kannst, aber ihr beide helft mir beim Aufbau des Zeltes und der Dekoration",

"Ja, auf jeden Fall. Warum helfen wir nicht?", fummelte Isen.

"Es scheint, dass ihr euch beide ein wenig verändert habt. Ich musste diesmal nicht einmal meinen Hockeyschläger aussuchen ", spottete sie.

"Heiliger Bejesus. Sogar der Teufel wird wie ein Kind vor ihr aussehen ", überlegte Christoff.

Letztendlich verbrachten wir einen Großteil dieses Nachmittags damit, Charloettes Stand aufzubauen. Es war eine ziemliche Anstrengung, aber wir haben es vor dem Abend fertiggestellt.

Bierfest

"Ihr zwei geht nicht so gekleidet zum Fest, oder?", fragte Charloette, als wir die Krüge in den Korb wickelten.

Isen und ich sahen uns beide an und versuchten herauszufinden, was mit unseren Kleidern los war.

"Ihr Idioten, ihr werdet schlammig, blutig in Wasser getränkt...Es wird eine buchstäbliche Schlägerei hier draußen mit betrunkenen Leuten sein, die bis zum Morgengrauen tanzen und feiern. Und wohlgemerkt, die Gesetzgeber hier werden wie Marionetten aussehen, wenn das passiert...", sprach sie mutig, "Also mischt ihr euch besser in diese Landmänner ein, oder ihr werdet die Ersten sein, die zerquetscht werden,"

"Zerquetscht?", fragte Isen.

"Du wirst es herausfinden. Aber zuerst holen wir dir ein paar Klamotten «, sagte sie mit einem teuflischen Lächeln auf den Lippen.

Also brachte sie uns zu einem lokalen Besitzer namens Zico, der uns sowohl Boardshorts als auch leichte T-Shirts gab. Nachdem wir neu angezogen herausgekommen waren, sah er uns beide an: "Charloette, deine Freunde werden heute die ersten sein, die...,"

"Zerquetscht", vervollständigte sie ihn, "ich weiß",

"Ich dachte, wir würden am See liegen und nicht am Strand", beschwerte sich Isen.

"Ja, diese Leute auf dem Land trinken und feiern mehr als jede Party am Pool,"

Es war 7 Uhr, als wir uns dem See näherten, aber nicht bevor wir bei Charloettes Unterkünften anhielten.

"Gib mir 10 Minuten", ich komme wieder, sagte sie und stieg die Treppe hinauf.

Wir standen beide draußen an der Straße, als zahlreiche Menschen an uns vorbeizogen. Und seltsamerweise trugen alle Freizeitkleidung.

"Bru, siehst du, dass diese Dame... uns anstarrt", sagte Isen und zeigte auf eine Hütte, die einige Meter von uns entfernt war.

"Nun, es ist Bierfest. Jeder starrt jeden an."

Als die Uhr zehn Minuten nach sieben schlug, hörten wir leichte Stufen hinabsteigen.

"Ich sage dir, Kumpel. Charloette ist kein gewöhnliches Mädchen. Ich meine, sie brauchte buchstäblich zehn Minuten, um sich anzuziehen. Das ist ein Guinness-Weltrekord ", sagte Isen amüsiert.

Doch eine Minute später hatte sich all unsere Belustigung in Bewunderung verwandelt. Das heißt, wir wurden geblendet. Gekleidet in ein rot umwickeltes Netzkleid, das ihre blumenähnlichen Jeans-Shorts mit Einrissen umhüllte, lächelte sie uns an, als ihre Augenbrauen offensichtlich ihre Belustigung über die Reaktion unseres Gesichts zeigten. Verkorkste Locken schmückten ihr erfrischend strahlendes Gesicht. Aber vor allem waren es diese grünen Augen. Sie haben deine Seele angesprochen.

"Dann lass uns ausrollen", sprach sie in ihrer freundlichen Art und Weise.

"Sie ist kein gewöhnliches Mädchen. Das sage ich dir, Kumpel ",sagte Isen, als wir hinter ihr hergingen.

"Nun, lass es uns ausprobieren,... du scheinst etwas zugenommen zu haben", rief ich ihr zu.

"Wirklich...Wann hast du das bemerkt?", antwortete sie und wandte sich uns zu.

"In dem Moment, als ich das Tattoo bemerkte,"

"Welches Tattoo?", antwortete sie neugierig.

"Direkt entlang der Mittellinie, direkt über deiner Taille, befindet sich ein Tattoo. Hergestellt von einem geschickten Künstler ",

„Beeindruckende Beobachtung Christopher. Was kannst du sonst noch erkennen?", sagte sie in einem herausfordernden Ton.

"Ich kann nicht. Ich kenne die Sprache nicht ", schenkte ich ihr ein wissendes Lächeln.

"Χριστουφ, das ist Kauderwelsch", beschwerte sich Isen.

"Tough Luck Boys", schenkte sie ein rätselhaftes Lächeln und ging weg.

Sie sehen, die Leute mögen es Bierfest nennen, aber dieses Festival hat noch viel mehr zu bieten. Offensichtlich erlauben die Behörden hier keine Kinder, aber es gibt auch nichts Unangemessenes. Wie Sie sehen können, gibt es den gigantischen Pool, der gerade eingerichtet wird. Schusswaffen werden vorbereitet. Blinker bereiten sich darauf vor, ihre umgekehrten Tischdecken-Tricks zu präsentieren. Imbissstände krönen ihre Speisekarten. Zusammenfassend lässt sich sagen, dass es hier chaotisch enthusiastisch ist.

Als die Nacht hereinbrach, wurde das Seeufer von Teenagern und Touristen überflutet. Die Sicherheitsbeamten hatten es schwer, mit einer so großen Menschenmenge umzugehen. Aber alles in einem, die Party war im Begriff, anzufangen. Mit der feierlichen Kirchenglocke, die genau um 8 Uhr läutete, brach ein riesiges Gebrüll in den Himmel. Kaum konnte man sehen, wie Tomaten hoch und tief flogen und die Gesichter der Menschen trafen, als eine kirschrote Farbe die Poolseite überschwemmte.

"Neulinge", riefen einige Einheimische, als sie sahen, wie wir das Seeufer betraten.

"Was? Nein, warte, ich bin ein geborener Landsmann", versuchte Isen zu bluffen. Aber diese Leute haben nicht zugehört.

"Whoah", schrien wir unisono, als sie uns von den Füßen trugen.

"Viel Glück Jungs", sagte Charloette und verabschiedete sich.

"Bru, ich habe kein gutes Gefühl dabei", sagte Isen mit verzweifelter Stimme.

"Ich auch nicht."

Diese Mafia band jeden von uns an runde Tischplatten, deren Rand vertikal auf eine kreisförmige Bahn ausgerichtet war, die sich spiralförmig nach außen bewegte und tangential an diametral gegenüberliegenden Punkten direkt zum See abbrach.

"Squash time, Leute", brüllte eine schwere Stimme. Und kaum kamen Tomaten auf uns zugeflogen. Schlag um Schlag wurden wir immer wieder getroffen.

"Dummköpfe. Fange an zu rollen ", rief Charloette aus der Nähe.

"In Ordnung. Isen im Uhrzeigersinn. Ich gehe in die andere Richtung."

"Was?", sagte er benommen.

"Spirale nach außen. Das ist alles."

"Aber der See,"

"Es sind entweder tollen Tomaten oder der See,"

"See. Definitiv der See."

"Ok jetzt", schrie ich laut

Leider war unser erster Versuch nicht synchronisiert und wir verpassten einfach unsere tangentialen Ausbrüche, die sich schließlich gegenseitig trafen. Unsere Gedanken rollten Nüsse und die quetschenden Tomaten, die auf uns geschleudert wurden, hielten uns umso energiegeladener.

"Ok, Isen... Benutze deine Handgelenke. Gehen Sie im Uhrzeigersinn und stellen Sie sicher, dass Sie den Ausgang in die gleiche Richtung nehmen."

"Warte, du meinst den zweiten,"

"Ja, mach einfach los,"

Ein paar Sekunden später trat auch ich auf. Isen war aus dem ersten Kreis herausgekommen. Jetzt war ich an der Reihe.

"Jetzt. Synchronisiere es Myers ", dachte ich immer wieder nach. Und raus bin ich in die zweite Spirale gegangen.

"Puh. Der erste Kreis ist weg,"

"Weißt du, was Christoff, diese Leute uns nehmen, die Ritterlichkeit der Stadtbürger ist selbstverständlich", rief Isen.

"Ja. Greifen wir einfach zu diesen roten Früchten und schleudern sie ihnen wieder ins Gesicht. "

"Ja. Gegenangriff Kumpel,"

Wir haben wie geplant gehandelt. Wir rollten, wurden ein paar Mal gequetscht, schafften es, ein paar Tomaten zu pflücken und schleuderten sie zurück in die umgebende Menge.

Einige der Dummköpfe mit langsamen Reaktionen wurden bei unserem Gegenschlag fassungslos und jubelten uns zu.

"Deine Freunde sind verrückt, Charloette", sagte Zico.

"Ja, das sind sie. Deshalb sind sie meine Freunde ", antwortete Charloette mit Dankbarkeit.„Ihr zwei, lasst uns das hinter uns bringen ", jubelte sie uns zu.

"Ok, Isen, lass uns einfach wiederholen, was wir getan haben", sagte ich.

"Ja",

Wir beide taten genau wie zuvor, holten uns unsere beiden Ausgänge, aber dieses Mal rollten wir als Räder geradeaus den Holzhang hinauf.

„Awwww. Ich werde sterben...", schrie Isen mitten in der Luft.

"Kumpel, versuche, auf deinem Rücken zu landen", rief ich den Parabelweg hinauf, bevor wir beide abstürzten.

"Bereite dich auf den Aufprall vor", sagte Isen in verdammtem Humor.

"Das ist kein Titanic-Film, Isennnnn..." Ich drängte mich zurück und knallte, als wir ins Wasser stießen, als es direkt auf die Zuschauer spritzte und sie nass machte. Und was uns betrifft, wir waren am Leben.

"Wow...also das ist Quetschen. Baby, ich liebe es ", sagte Isen laut.

"Du liebst es. Eine Minute zuvor hast du dein Leben ruiniert. "

Nachdem uns die Einheimischen von unseren Knoten befreit hatten, schwammen wir wieder an Land, wo Charloette uns mit ihrem charmanten Lächeln begrüßte.

"Wirklich, ihr zwei seid verrückt", sagte sie und nahm uns an den Schultern, "zehn Minuten, das ist die schnellste, die man jemals aus dem Quetschen herausgeholt hat. Und obendrein hast du Tomaten nach ihnen zurückgeschleudert. Übrigens, wessen Idee war das?"

"Christoffs", sagte Isen und schüttelte mir die Hand, "Kumpel, ich schulde dir heute einen", er versuchte immer noch, Luft zu holen, als Charloette uns zu ihrem Stall ausbaggerte. Aber als wir dort standen, ließ uns die nächtliche Brise, die an unserem nassen Kleid vorbeizog, zittern.

"Es ist eine gute Sache, dass ich diese mitgebracht habe", sagte Charloette und gab uns unsere übliche Kleidung,"

"Ja, die neuen haben nicht einmal fünfzehn Minuten gedauert", scherzte Isen.

"Quetschen macht das. Jetzt geh in die Regale und wechsle sie ", sagte sie, als ein Kunde zu uns kam, "und sei schnell,"

"Ja, Mama", sagten wir beide unisono und gingen.

Gekleidet in unserer üblichen Kleidung saßen wir da, umgeben von Betrunkenen mit Bierkrügen, die hoch flogen. Charloette kochte uns ein paar warme Spaghettinudeln und begleitete uns mit Marshmallows, sie beruhigten unsere Nerven, zumindest vorübergehend.

Das heißt, nach vier Kannen köchelndem Brandy haben wir unseren Kumpel Isen an absolute Nüchternheit verloren.

"Ah, da geht er", sagte ich, als Isen in das Meer der Trunkenbolde eintauchte.

Daraufhin lächelte Charloette leicht und sagte: „Er wird sich nicht ändern. Aber was ist mit dir, Christoff, ich habe gehört, dass du immer noch bei den Barrows arbeitest? "

"Nun, sie zahlen gut, und der Job ist anständig."

"Trotzdem... kaputte Fahrräder und Autos zu reparieren, das war nicht deine Stärke. Du warst abenteuerlustig, so wie der Typ, der in der Polizei war, um Kriminelle zu schnappen. "

Das überraschte mich für einen Moment.

"...Nun... du hast recht. Ich hatte mich sogar beworben... aber sie fanden mich zu temperamentvoll für die Feldarbeit. Also hier repariere ich... kaputte Polizeifahrzeuge und was nicht in diesem schicken Beschlagnahmung von ihnen,"

Daraufhin seufzte sie und sprach nach einem leichten Kopfschütteln

"Du kannst immer noch nicht lügen, oder?"

In diesem Moment, als diese grünen Augen direkt in meine Seele starrten, fühlte ich mich nervös.

"Es ist okay, Christoff. Wenn du es mir nicht sagen willst, werde ich dich nicht unter Druck setzen. Aber lüg mich nicht an..."

"Lüge?" Ich spielte unschuldig.

Daraufhin lächelte sie wissend und antwortete dann in feierlichem Ton.

"Ich bin zu den Barrows gegangen, um dich zu treffen. Dort fand ich Jeffrey und er verhielt sich sehr seltsam. Es ist, als würde er etwas verbergen. Irgendwann bin ich gegangen, aber mein Verdacht blieb immer bestehen. "

"Nein, nein...er muss sich Sorgen gemacht haben, dass wir Probleme bekommen könnten, wenn ein höherer Beamter dich sieht, weil wir bei der Arbeit nachlassen."

"So oder so, Christoff, bring dich einfach nicht in Schwierigkeiten",

"Das werde ich nicht."

Als ich lustlos da saß, ging Charloette, um sich um ihre Kunden zu kümmern. Mit Leuten, die die Nacht feiern, werde ich nicht leugnen, dass ich allein auf einem Holzwerkzeug saß und die wachsende Menge fröhlicher Menschen anstarrte. Das war mein Leben auf den Punkt gebracht. Tragische Einsamkeit.

Ein paar Minuten später wäre ich sogar eingeschlafen, hätte ich nicht gesehen, wie Isen von einer Dame eingegraben wurde.

"Er hat es verloren", sagte Charloette.

Aber bevor ich antworten konnte, schoss Isen los, um seinen neu gefundenen Freund vorzustellen.

"Bru, das ist Scarlett. Scarlett, das sind meine Freunde Christoff und Charl... "

Er war so betrunken, dass er, noch bevor er uns richtig vorstellen konnte, zu Boden fiel und schlief.

"So viel zum Bierfest, er ist schon vor Mitternacht eingeschlafen", antwortete ich und stellte ihn auf einen Stuhl.

"Danke, dass du ihn hierher gebracht hast", sagte ich zu der Dame.

"Macht nichts. Ich habe mich gerade daran erinnert, euch beide zusammen beim Squash gesehen zu haben. Als ich ihn so betrunken fand, brachte ich ihn hierher«, antwortete die Dame.

"Nun... das war nett von Ihnen, Miss..."

Irgendwie hatte ich ihren Namen vergessen.

"...Joyce. Joyce Scarlett. Das ist mein Name ", sagte sie und bot mir ihre Hand an.

"Ich bin Christoff Myers", sagte ich und erwiderte die Geste, "und sie ist meine Freundin Charloette Whitman."

"Charloette", sagte sie mit fröhlicher Stimme, "es ist schön, dich endlich kennengelernt zu haben. Die Leute hier bewundern dich sehr dafür, dass du dich gegen Diegos Bruder gestellt hast. "

"Wer ist Diego?" Fragte ich und sah Charloette an.

"Nun, er ist der Drogenboss, der diese Stadt regiert", antwortete Joyce.

"Jeese...Charloette, du bist gegen den Bruder dieser Mafia angetreten", fragte ich in feierlichem Ton.

"Nicht viel, worüber man sich Sorgen machen müsste. Seine Handlanger drängten mich, das Gasthaus zu schließen. Eines Tages, als ich nicht nachgab, versuchten sie, Gewalt anzuwenden. Und wenn das passiert ist, kennst du die Konsequenzen, Christoff. "

"Du schlägst Kriminelle einfach nicht so. Du hättest dich bei der Polizei melden können. "

"Hast du nicht gehört, was sie gesagt hat? Seinem Bruder gehört diese Stadt."

"Sie hat recht. Die Gesetzeshüter hier sind nur seine Marionetten" , sagte Joyce

"So oder so, das rechtfertigt nicht die Verwendung deines Hockeyschlägers. Denken Sie daran, mutige Taten, egal wie mutig sie sein mögen, bringen oft tödliche Folgen mit sich, Charloette. Seien Sie vorsichtig."

"Okay", sagte Charloette, "Entspann dich. Es ist Festzeit. Lassen Sie uns nicht in diese Themen eintauchen. "

"Ja. Sie hat recht. Es ist Partyzeit und ich habe mich gefragt, ob ihr beide uns zum Tanz bei der Gala begleiten könntet ", sagte Joyce mit erwartungsvoller Stimme.

"Tanze und er. Daswäre interessant", sagte Charloette und neckte mich.

"Nun, ich kann ein bisschen tanzen", antwortete ich auf die Herausforderung.

"Warum kommt ihr nicht beide?"

"Nein...du kannst mich rauszählen. Ich muss mich um diesen Stall kümmern. Aber nimm Christoff. Es wird interessant sein, diese verrückten Tanzbewegungen zu sehen, die er erfinden wird. "

Ihr mystisches Lachen hat mich ein wenig gereizt.

"Okay, Joyce, lass uns gehen", sagte ich schließlich.

Der Zorn des Sensenmanns

„Wo ist Christoff hin?", fragte ein schläfriger Isen.

"Er ging mit Joyce tanzen", sagte ich.

"Also heißt sie Joyc...", murmelte Isen, bevor sie wieder herauswischte.

"Verrückter Kerl", sagte Zico, der sich gerade der kleinen Alicia angeschlossen hatte.

"Du weißt, dass du keine Kinder hierher bringen sollst."

"Nun, ich musste meinen Stand aufstellen und da Alicias Mutter heute nicht in der Stadt ist, hat sie mich mitgenommen",

"Hier, Alicia, nimm das", sagte ich und übergab die Süßigkeiten.

"Danke", sagte das kleine Mädchen.

"Sie ist sehr süß,"

"Ja...sie ist hinter ihrer Mutter her", antwortete Zico.

"Mama, bitte eine blutige Rose hier drüben", rief ein Kunde.

"Mam!" lächelte Zico.

"Jipp. Sie kennen die Strafe für Fehlverhalten ", sagte ich und zeigte auf den Hockeyschläger.

"Ja, das ist ziemlich schwerwiegend,"

Als ich an der Theke nach dem Getränk suchte, wurde mir klar, dass mir das Getränk ausgegangen war.

"Uns ist die Rose ausgegangen, Mister", sagte ich.

"Nun, wenn du irgendwo eine Aktie versteckt hast, sind ich und meine Freunde bereit zu warten", antwortete er fröhlich.

"Okay, warte einfach fünfzehn Minuten, ich gehe und bringe den Rest der Flaschen mit."

„Du gehst ins Gasthaus?", fragte Zico.

"Ja. Kümmere dich einfach eine Weile um den Stall, bis ich zurückkomme."

"Sicher, das werde ich,"

Das Gasthaus war kaum einen Block entfernt und die Gassen würden die Entfernung noch weiter verkürzen. Also fand ich mich innerhalb von zehn Minuten in der Nähe des Gasthauses wieder. Nachdem ich die benötigten Flaschen bekommen hatte, eilte ich den gleichen Weg zum Fest hinunter.

"Ich sehe, du bist wieder wach, Isen"

"Zico, wo ist Charloette jetzt hin?"

"Zum Gasthaus. Sie wird jetzt jederzeit zurück sein."

Gerade als Zico diese Worte aussprach, eilte sein Freund Moretz herein.

"Fang deinen Atem, Kumpel",

"Dieser Vega... Alejandro Vega und seine Männer...Ich habe sie am Stadtrand gesehen",

"Vega. Was macht er hier?"

„Wer ist Vega?", fragte Isen jetzt völlig wachsam.

"Der Bruder des Gangsters, dessen Männer Charloette neulich verprügelt hat,"

"Dann buchstabiert er Ärger. Und obendrein ist Charloette immer noch nicht zurückgekehrt ", sagte Isen besorgt.

"Ja, versammle alle Beamten und lass uns zum Gasthaus gehen", sagte Zico zu Moretz.

Ich bog rechts in eine Gasse in Richtung Fest ab.

"Noch zehn Minuten und ich sollte da sein", dachte ich nach.

Gerade als ich aus dem engen Korridor auftauchte, fuhr ein Jeep so nah an mir vorbei, dass ich das Gleichgewicht verlor und die Glasflaschen in der Kiste zusammenbrachen.

"Arschlöcher", schrie ich in seine Richtung und gerade dann starrte mich ein Mann an, der hinten an diesem Jeep saß. Er lächelte teuflisch und rief seinen Kumpels zu

"Wir haben sie gefunden"

In diesem Moment drehte der Fahrer den Jeep um und ging zurück zu mir.

Als es näher kam, konnte ich zwei Gesichter erkennen. Und das waren die Leute, die ich neulich geschlagen hatte.

Ich konnte nicht rennen, als ich die Gefahr spürte, dass es bereits zu spät war.

Fünf Männer stiegen herunter und jeder von ihnen hielt einen Hockeyschläger in der Hand.

Ihr Anführer hob sich deutlich vom Rest seiner Schläger ab und sprach mit klarer, bedrohlicher Stimme.

"Wir sind gekommen, um den Gefallen zu erwidern,"

"Also wirst du nur eine wehrlose Dame angreifen. Das ist wirklich billig ", sagte ich furchtlos.

"Ich habe dir gesagt, dass sie übermütig ist", sagte ein Handlanger.

"Weißt du, was ich an Damen wie dir mag?" Fragte Vega und verspottete mich.

"Ich bin keine Dame, die du bisher getroffen hast, du Idiot",

Daraufhin pfiff er und klatschte in die Hände.

"Gut. Ich bewundere Sie für Ihren Mut, Lady ", spottete er.„Also wissen Sie was, ich gebe Ihnen eine Chance, zu kämpfen. "

Dann warf er seinen Hockeyschläger auf mich und sagte: "Heb ihn auf und kämpfe."

Ich tat, was er fragte, und jetzt sagte ich mit Zuversicht in meiner Stimme laut: „Du wirst es bereuen. Denn ich werde dich zu einem Brei schlagen."

Alle vier Schläger griffen mich auf einmal an. Aber um ehrlich zu sein, waren sie Amateure. Mit den wilden Schaukeln, die sie alle brauchten, gab es mir genügend Zeit für einen Gegenangriff.

Ich wich dem vertikalen Schlag von rechts aus und mit einem kurzen Stoß meines Ellenbogens brach ich ihm den Unterkiefer. Dann, mit dem anderen Ende meines Stocks, der den linken Abwärtsschwung blockierte, schwang ich das schwere Ende nach rechts zu seiner Schläfe. Was den dritten Schläger betrifft, der versuchte, zu meiner lateralen Seite auf die Rippen zu schwingen, so wehrte ein hoher Tritt in seine Nase seinen Angriff ab. Der letzte war jedoch ein bisschen clever. Er versuchte, einen Tritt auf meinen Bauch zu landen, von dem ich mich zurückzog, und dann schlug ich ihm mit einem rechten Schwung die Sinne aus.

Endlich ist der Chef geblieben. Ich ging auf ihn zu und steckte den Stock direkt an seinen Hals.

"Irgendwelche letzten Wünsche?" Fragte ich.

"Fröhlich. Und ich liebe es ", schmierte er mich an.

"Das reicht", sagte ich und fing an zu schwingen.

Aber gerade in diesem Moment folgte ein Klick mit dem Gewicht einer Pistole, die gegen meinen Hinterkopf gedrückt wurde.

"Das Spiel ist vorbei, Señorita", sagte Vega, bürstete den Stock beiseite und rang ihn dann aus meinem Griff.

Einer seiner Männer hatte sich hinter meinen Rücken geschlichen und zeigte auf eine Waffe hinter meinem Kopf.

"Bringt sie in die Gasse und ihr zwei, bewacht die gegenüberliegenden Eingänge", befahl Vega seinen Männern, "und wenn jemand versucht hineinzukommen, erschießt ihn."

Sie zerrten mich an meinen Handgelenken in den Korridor und seine Männer hielten Wache.

"Was ist los?" Fragte Christoff Isen, als er in die Gala eintrat, und wirkte sehr besorgt.

"Vegas Bruder und seine Männer sind in Charring Cross eingetreten und sie sind hinter Charloette her", rief er laut und versuchte, die Musik zu überwinden. Er war jedoch nicht sehr hörbar.

Also verließen sie das Seeufer und machten sich auf den Weg in eine viel ruhigere Umgebung.

"Was ist mit Charloette?" Fragte Christoff.

"Verdammt, Christoff. Vegas Bruder und seine Männer sind hinter Charloette her. Zicos Freund sah, wie sie in Richtung Inn gingen. "

Diese Worte brachten ihn aus der Flaute.

»Wo ist Charloette jetzt?«, fragte er besorgt.

Isen hatte keine Antwort.

"Isen, kannst du mich nicht hören? Wo ist Charloette?« Seine Stimme schien verzweifelt.

"Sie ging zu ihrem Gasthaus, ist aber nicht zurückgekehrt", antwortete er, "Zico und die Beamten suchen bereits nach ihr.

"Na dann, lass uns dorthin gehen"

Sie machten sich beide hastig auf den Weg aus dem Fest und waren auf dem Weg zum Inn.

Zehn Minuten ist alles, was sie brauchten, als sie sich auf den Straßen wiederfanden, die nach Westen liefen, bis ein Mob, der sich vor einer Gasse versammelt hatte, ihre Aufmerksamkeit erregte.

Die Schergen hängten mich an den hölzernen Strommast, wie Vega es ihnen aufgetragen hatte.

"Hey, was macht ihr alle?", rief eine Stimme vor der Gasse.

"Sieht aus wie der Sheriff, Boss", sagten die bewachenden Handlanger nach rechts.

"Gerade als wir ihn brauchten", lächelte Vega.

"Du, geh dorthin und nimm seine Handschellen", befahl er einem seiner Männer.

Er ließ mich los, während der andere seinen Griff fest an meinen Handgelenken hielt.

"Hey, Sheriff. Boss braucht deine Manschetten,"

"Aber die Dame...", rächte sich der Sheriff.

"Sie machen sich nur Sorgen um Ihre Familie, Sheriff. Ich habe gehört, dass Ihre Tochter zu einer sehr schönen Frau herangewachsen ist. Jetzt möchtest du nicht, dass ihr jetzt etwas zustößt, oder?«, verspottete der Schläger den machtlosen Mann.

"Das ist besser. Gib mir die Handschellen und schweige. Wir werden das zusammen durchstehen, wenn du weiterhin so ein netter Welpe bist ", lachte er, als der Sheriff ihm die Handschellen reichte.

"Gut gemacht", sagte Vega zu seinem Mann, als er ihm die Handschellen brachte.

"Binde ihre Hände hoch. Ja, einfach so. Jetzt fessle ihre Handgelenke dort ", befahl Vega, als sie mich an die Stange hängten.

"Du bist die lebhafteste Frau, die ich bisher getroffen habe", sagte er, als er mich am Hals packte.

"Und das wissen alle zwölf Frauen, die in dieser Position waren, schrien unerbittlich, als ich sie verletzte", sagte er und starrte mir in die Augen, bevor er mich auf die Lippen küsste.

Sein Gestank war abscheulich und bevor er reagieren konnte, trat ich ihn mit meinem Oberschenkel hart auf seine Eier.

"Ich schätze, du musst dort viel getreten worden sein. Muss schmerzhaft sein, wenn man keine Kinder mehr haben kann ", antwortete ich mutig, als er sich vor Schmerzen und Qual zurückzog.

"Du Schlampe. Warte nur, bis ich dir eine Lektion erteilt habe ", verfluchte er.

"Das war 's. Ihr zwei geht zu den Eingängen und passt mit ihnen auf. Ich kümmere mich jetzt um diese Frauen ", sprach er temperamentvoll.

Dann klammerte er sich an meine Schultern und versuchte, sich mir aufzuzwingen. In diesem Gerangel schlug er mir ins Gesicht und tappte mich weiter, als diese Kratzer zu bluten begannen.

"Sie ist da drin. Sie haben beide Eingänge abgedeckt und sind bewaffnet ", sagte Zico, als wir uns der Gasse näherten.

"Sheriff, Sie müssen sie aufhalten", flehte Christoff.

"Ich kann nicht Sohn sein. Ihm gehört diese Stadt. Niemand kann gegen ihn antreten ", antwortete eine gebrochene Stimme.

"Das ist Blödsinn. Du hast die gottverdammte Polizei hinter dir. Und sie werden einfach stehen und zusehen. Warum?" Isen revoltierte mit einer widersprüchlichen Stimme.

"Weil wir nur so stark sind, wie Alejandro de la Vega uns haben will."

Dabei fiel eine wahnsinnige, rasende Gewalt über Christoff und zum ersten Mal in seinem Leben wurde Isen Zeuge der wahren Identität seines Freundes.

"Also wirst du nicht helfen. Dann nehme ich an, dass du mich auch nicht aufhalten wirst ", sprach Christoff mit ernster Stimme.

»Wovor denn?«, fragte der Sheriff.

Aber Christoff war bereits weg, als er den Hockeyschläger in die Hand nahm, gerade als Charloettes Schrei in der Nähe zu widerhallen begann.

Der Schmerz quälte mich und ich fing an zu schreien, als Blut auf die Straße tropfte. Doch er streichelte weiter, bis er mein Kleid abriss. Aber er blieb nicht stehen. Plötzlich drehte er mich gegen die Stange und hielt mich dort fest, als er versuchte, meine Hose auszuziehen.

Für einen Moment hielt er irgendwie inne und sagte dann: "Ich sehe, du hast ein Tattoo an deiner Taille. Ah, es ist griechisch..."

"Χριστουφ. Das ist der Name des Kerls, huh. Schade, dass er nicht hier ist ", lachte er laut.

Diese Worte erinnerten mich an ihn. Und ich wünschte nur, er würde irgendwie hierher kommen, um diesen Albtraum zu beenden.

Die Beamten gaben nach, als Christoff vorrückte. Seine Augen waren blutrot vor Wut. Und sein kommender Zorn war im Begriff, sich zu entfesseln.

Die ersten Schergen, die den rechten Eingang bewachten, hatten nachgelassen und erwarteten keinen Widerstand.

Seine Waffe war immer noch in seiner rechten Hand, als er Christoff auf sich zukommen sah.

"Geh weg...", versuchte er zu drohen.

Aber als er seinen Finger auf den Abzug legen konnte, war Christoff nach vorne gesprungen und dann, nachdem er seine Hand mit der Schaufel des Stocks ergriffen hatte, drehte er sie richtig und schickte die Waffe mitten in der Luft ab.

Der Schuss hallte in die Nähe. Aber das war erst der Anfang.

Ein linker hoher Tritt zum Tempel warf den Mann um, als die Waffe in Christoffs linken Arm zurückfiel. In diesem Moment, bevor jemand reagieren konnte, feuerte er einen Schuss auf die Handfläche des zweiten Schlägers. Seine verstümmelten Finger ließen die Waffe los und bald fand er seinen Hals in dieser Schaufel des Hockeyschlägers, als Christoff ihn direkt nach unten auf sein Knie zog, das bis zum Kinn des Schlägers reichte und jedes Leben in ihm niederschlug.

Die beiden verbliebenen Schergen hatten sich gemeldet, um ihren Chef zu beschützen. Aber das erwies sich als fataler Fehler.

"Du Bastard, du denkst, du kannst einfach reinkommen und uns alle töten", sagte einer der Schläger.

"Genug geredet", sagte Christoff, als er zwei Kugeln abfeuerte. Einer, der den plappernden Mann zum Schweigen brachte. Die andere, die die Schießschulter des letzten Schergen durchbohrte.

Dann schlug im Handumdrehen die Ferse des Stocks durch den Bauch, während der andere einen tödlichen, wirbelnden Tritt in seinen rechten Hals erhielt. Als der letzte Handlanger versuchte, sich von diesem Schlag zu erholen, schlug ihn ein Rückwärtsschlag auf seinen Kopf vom Schaft des Stocks kalt.

Als der Kampflärm nachließ, fiel eine unheimliche Stille um. Dann näherte sich langsam das Klopfen der Schritte Vega.

"Komm nicht nach vorne", sagte ein verängstigter Vega, als er versuchte, eine Waffe auf Charloettes Kopf zu legen. Aber er war zu langsam. Bevor er seinen Ellbogen beugen konnte, senkte sich eine Kugel in seinen linken Arm, was ihn sinnlos machte.

"Verfluche dich", schrie Vega, als ihm die Waffe durch die blutenden Finger glitt.

Als die Figur des gehenden Mannes aus der Silhouette auftauchte, schaute Charloette in seine Richtung.

"Christoff", flüsterte sie, als Tränen über die verletzten Wangen rollten.

Als Christoff sah, wie ihre Freundin in diesem erbärmlichen weinenden Zustand an die Stange gefesselt war, konnte sie die Demütigung, die sie durch die Hände ihres Schänders erlitten hatte, nicht ertragen.

Sein Gesichtsausdruck sagte alles, und das Objekt seines Zorns stand direkt vor ihm.

Er ließ die Pistole los und schlug mit so ungeheurer Kraft auf Vega ein, dass der Kopf des Hockeyschlägers nach dem Aufprall auf seine linke Schläfe zersplitterte.

Ein direkter Tritt auf die Rippen, gefolgt von einem atemberaubenden Schlag, schlug Vega um. Aber Christoff gab nicht nach.

Als Vega auf dem Boden lag, zerschmetterte Christoff sein blutiges Gesicht, bis es kaum noch zu erkennen war. Noch ein Schlag und er wäre tot.

Als er seine Faust noch einmal hob, stoppte Charloettes Stimme ihn.

"Tu es nicht, Christoff. Bitte hör auf ", schrie sie.

"Aber er hat versucht... Er hat versucht, dich zu vergewaltigen", rief er widersprüchlich.

"Und du hast ihm die Strafe gegeben. Noch mehr und er würde sterben ", flehte sie.

"Er hat es verdient", rächte er sich und hob den Arm.

"Vielleicht tut er das. Aber ich kann mir nicht vorstellen, dass mein Freund ein Mörder wird, nur um mich zu rächen. Bitte, lass ihn los, Christoff ", brach ihre Stimme in ein Schluchzen aus, „Bitte tu es, wenn du mich liebst."

Diese Worte stoppten Christoff auf halbem Weg, bevor er all seine Qualen losließ, indem er neben Vegas Gesicht auf die Straße schlug.

Als seine Wut nachließ, stand er auf und ging zurück auf Charloette zu. Dort, nachdem er die Waffe in die Hand genommen hatte, feuerte er einen Schuss ab, der diese Manschetten abbrach.

Als Charloette von dem ohrenbetäubenden Geräusch erschüttert wurde, zog Christoff seine Jacke aus und legte sie ihr um die Schultern. Dann schaute er mit einem traurigen Lächeln auf diese tränenden Augen, bevor er ihren Kopf auf seine Schultern legte.

"Du stures Mädchen", sagte er und küsste sie auf die Stirn, "es ist in Ordnung zu weinen, wenn du verletzt bist."

Diese Worte trösteten sie und so ließ sie bitterlich weinen.

Herzsaiten

Es gibt etwas, das tief im Menschen verwurzelt ist. Egal wie stark wir sein mögen, eines Tages wird uns das Leben demütigen. Man hofft nur, dass man an diesem besonderen Tag diese Freunde hat, die ihren Hals für dich ausstrecken und dir helfen, wieder aufzustehen.

Und in der Tat war er ein solcher Freund.

Um 4 Uhr saßen wir im Zug auf dem Weg zurück zur Riviera. Charloette hatte die Erstbehandlung erhalten, aber ein Aufenthalt in Charring Cross war keine kluge Wahl, besonders wenn man sich mit dem Drogenbaron, der diese Stadt regiert, feindselig verhält.

Christoff saß mir gegenüber und Charloettes Kopf lag auf seiner Schulter. Sie war wach und starrte fest auf diese Markierungen. Wahrscheinlich ließen diese erschütternden Erinnerungen sie nicht schlafen. Christoff hingegen war in tiefen Gedanken versunken, als er durch das Fenster schaute.

Wir saßen eine Weile still da. Aber wir alle waren unruhig. In dieser Zeitspanne einer Nacht waren so viele Dinge passiert, dass es unserer humanen Logik immer noch schwer fiel, diese Teile zusammenzusetzen.

"Christoff", sagte Charloette.

"Ja, was ist passiert?", fragte er in einem fürsorglichen Ton.

"Kannst du mir das Wiegenlied singen, das Mary verwendet hat, als sie uns eingeschläfert hat?"

"Sicher", antwortete er und sang mit hoffnungsvoller Stimme.

„Halte an diesen Gefühlen
fest, die dich so wahrhaftig machen.
Erinnere dich immer an diese Lacher, die in dir knisterten.

Bleiben Sie sich selbst treu und tanzen Sie durch einen regnerischen Tag.

Und wenn die Nacht hereinbricht, seht ihr euch gegenseitig am Himmel an.

"In jedem von euch
flattert ein kleiner Engel.
Jemandes Leben
mit Liebe und Heiterkeit aufblühen zu lassen.

Denken Sie immer an diese Herzsaiten, die unser Leben überbrücken.
Denn an ihren Enden werden wir mit offenen Armen auf dich warten."

Als Christoff fertig war, war Charloette auf seinen Schultern eingeschlafen.

"Isen", sprach er vorsichtig flüsternd.

"Wenn Jeff anruft, beantworte es für mich", sagte er und gab mir sein Handy.

Nach einer Weile, als ich auf die Toilette ging, um etwas dringend benötigtes Wasser auf meine tristen Augen zu spritzen, begann Christoffs Zelle in meiner Tasche zu vibrieren.

Ich hob es auf und antwortete

"Jeff, ich bin's, Isen",

"Isen...wo ist Christoff?", fragte er.

"Er ist bei Charloette. Er wollte keine Störung. Daher sagte er mir, ich solle die Informationen weitergeben, die du gegeben hast. "

"Okay. Sag ihm, dass ich eine Hintergrundüberprüfung von Vega durchgeführt habe. Offenbar ist Alejandro de La Vega schuldig, zwölf unschuldige Frauen bei der Vergewaltigungskundgebung in Reut vergewaltigt, den Oberpriester der Viet ermordet und Drogen über den Naome geschmuggelt zu haben. Die Liste geht weiter, Kumpel. Ich kann nicht sagen, dass er etwas Falsches getan hat, indem er ihn zu Brei geschlagen hat", sagte Jeffrey.

"Wir haben Glück, dass Christoffs Wut niemanden getötet hat", sagte ich.

"Ja, Isen. Die Wut des Sensenmanns ist etwas ganz Besonderes. Aber laut dem Bericht unseres Bodenteams sind sie alle für den Rest ihres Lebens verkrüppelt."

"Das bedeutet nur eins. Vegas älterer Bruder wird mit Sicherheit hinter ihm her sein."

"Mach dir keine Sorgen um Alex. Er ist bereits auf unserer Liste. Er wird versorgt werden."

"Also arbeitet ihr in einer Art Geheimdienst?"

"Nein. Ich lasse es dir von Christoff erklären. Wir sind um sieben Uhr am Bahnhof, Kumpel", antwortete er, bevor er den Anruf beendete.

Vorspiel zum Winter

"Du schuldest uns eine Erklärung, Christoff", fragte Isen, als ich mitmachte.

"Wirklich?" Antwortete ich unschuldig.

"Ja, das tust du", erwiderte Charloette.

"Worüber?"

"Geh nicht herum und täusche uns, du kluger Alec. Isen hat mir erzählt, wie du diese Schurken geschlagen hast ", sagte sie wütend.

"Ich war wütend, das ist alles", versuchte ich es herunterzuspielen.

"Ja, der Zorn des Sensenmanns ist etwas ganz Besonderes", sagte Isen und zog die Augenbrauen hoch.

"Jeff?" Fragte ich und schenkte ihm ein schräges Lächeln.

"Yipp,"

"Schau, Christoff, du kannst es uns jetzt entweder sagen oder wir werden es vor Mary tun", schimpfte Charloette und starrte scharf mit diesen killergrünen Augen.

"Gut. Keine Notwendigkeit, sie zu benutzen, um mich zu erpressen ", gab ich schließlich nach.

"Bevor ich anfange, musst du mir etwas versprechen", wurde es mir endlich ernst.

"Na los,"

"Zuerst. Maria und alle anderen, die du kennst, werden davon ferngehalten werden. Zweitens. Du bleibst bei den Barrows in Riviera, bis ich mich mit Vega beschäftige. "

"Das kann nicht dein Ernst sein", empörte sich Charloette.

"Das bin ich,"

"Ich werde nicht zulassen, dass du dein Leben für mich riskierst", hob sie ihre Stimme.

"Der Kampf ist unvermeidlich. Diego de La Vega wird hinter dir her sein, um zu mir zu kommen. Wir haben einen Vorsprung. Das wird also gut zu unserem Vorteil sein. "

"Aber Jeff sagte, dass sich deine Agentur um ihn kümmern wird. Sie haben sogar ein Bodenteam dorthin geschickt ", sagte Isen.

„Paradox Code, Isen. Das Bodenteam sind Diegos Männer. Wir kümmern uns, bedeutet in unserer Sprache eine Sache. Er kommt hinter dir her. Kümmern Sie sich um sich selbst. "

"Mist",

"Ok mit den Bedingungen, hier ist der wahre Deal.

The Barrows ist ein rechtlich nicht existierendes Unternehmen, das direkt mit den obersten Rängen zusammenarbeitet, die jedes Land regieren. Wir sind ihr ausfallsicheres System. Jede Auslieferung, die auf eine langfristige Gerichtsbarkeit und rechtliche Schwächen stößt, ist unsere Aufgabe. Wir sind die Umgehungsstraße, die inoffizielle Hilfe, von der jede Regierung weiß und die sie bei Bedarf nutzen wird. Wenn wir bei der Auslieferung eines Ziels erwischt werden, werden unsere Agenten desavouiert und die Organisation hat ein offenes Geheimnis für sich behalten. "

"Das sind einige 007-Sachen", antwortete ein verblüffter Isen.

"Ja. Und als Verkleidung arbeiten wir unter dem beschlagnahmten Reparaturschrott der Polizei ",

"Es ist eine riskante Aufgabe, ausländische Kriminelle zu jagen", kommentierte Charloette.

"Ja, aber mach dir keine Sorgen um mich. Es ist zwei Jahre her, seit ich diesem Bereich beigetreten bin. Und ich bin nicht ein einziges Mal angeschossen worden ", versicherte ich ihr.

"Noch eine Sache", sagte Isen, "warum nennen sie dich Schnitter?"

"Du musst Jeff danach fragen und es sieht so aus, als wäre er pünktlich", sagte Christoff, als wir den Bahnhof Riviera erreichten.

Als wir uns niederließen, begrüßten Jeffrey und vier andere Leute uns spontan.

"Ihre Agentur ist nicht sehr professionell", bemerkte ich.

"Vertrau mir, Charloette. Wir sind die Besten, wenn es um Auslieferung geht ", antwortete Jeffrey.

"Ihre Kleidung scheint anders zu sein,"

"Ah, diese Leute. Ich habe sie gerade angeheuert, um die Taxis auf dem Weg zu fahren. "

"Vier Taxis. Eine für jeden. Herrlich ", sagte Isen amüsiert.

"Es gibt Vögel, die uns genau beobachten", kommentierte Christoff.

"Ja. Diego hat Charloette und so ziemlich jedem, der sie gesehen hat, ein Kopfgeld gegeben «, sagte Jeffrey.

"Das sind schlechte Nachrichten", sagte ein schüchterner Isen.

"Eigentlich ist es gut. Bewegen wir uns ", gab Christoff eine flotte Antwort und wir machten uns auf den Weg zum Eingang.

"Jeff. Mary und das Waisenhaus. Hast du sie im Griff?", fragte Christoff.

"Ja,"

"Großartig. Jetzt, Charloette und Isen, wenn wir nach draußen gehen, sehen Sie vier Taxis. Wählen Sie jeden für sich aus und setzen Sie sich."

"Whoa, wir haben uns getrennt, damit sie uns nicht leicht verfolgen können", sagte Isen

Daraufhin lächelte Christoff teuflisch, bevor wir unsere jeweiligen Taxis betraten.

"Boss, die vier von ihnen haben getrennte Taxis genommen", sagte ein Handlanger.

"Bring deine Männer dazu, ihnen zu folgen. Sie spielen mit uns Lockvogel. Aber wir werden sie alle fangen «, sagte eine rachsüchtige Stimme.

"Ja", antwortete der Schläger, als er seine Anweisungen ausführte.

"Egal wie viele Taxis Sie alle nehmen, Sie können die Kopfgeldjäger, die Sie jagen, nicht übertreffen."

Die vier Taxis trennten sich wie erwartet an der Kreuzung, aber sie machten alle einen fatalen Fehler. Sie gingen in die einsamen Innenstädte. Und das machte es einfacher.

Als das Taxi die einsame Seitenstraße betrat, umringten die Schläger es und brachten es zum Stillstand. Der Fahrer ergab sich vor den Waffen. Jetzt blieb nur noch eines übrig.

Ein Handlanger ging hinaus und öffnete die Autotür. Alles, was er jedoch fand, war ein großes kreisförmiges Loch, das ganz unten geschnitzt war, mit einer schriftlichen Notiz auf dem Rücksitz.

Seine Zelle begann zu klingeln und genau wie er hatten seine Kollegen ein leeres Auto mit einer Notiz gefunden, die die gleiche Nummer enthielt.

"Alle sind hier", erkundigte sich Christoff, als Isen, Jeffrey und ich ins Auto stiegen.

"Ja", antwortete ich.

"Großartig. Lass uns ausrollen ", sagte er und fuhr den schwarzen SUV herunter.

"Das ist ein verrücktes Zeug, das du da rausgezogen hast", sagte Isen lachend.

"Es ist ganz einfach Isen", antwortete Christoff.

"Ja, er rief mich nachts an und wies mich an, diese Taxis mitzubringen. Speziell entworfen in unserem Technikhof mit schwarzer Brille und einem Loch, wenn Sie es erkennen. Wir haben diese speziell über dem offenen Mannloch geparkt, durch das Sie gerade geklettert sind ", erklärte Jeffrey.

"Und deine Kollegen haben es vertuscht, nachdem wir abgestiegen waren", sagte ich beeindruckt.

"Genau,"

"Das ist also deine Aufgabe, Christoff", bemerkte ich.

"Ja. Aber es hat gerade erst begonnen ", sagte er in einem fokussierten Tonfall und fuhr weiter.

Es dauerte eine Stunde, um das verfallene Gebäude zu erreichen, das die wahre Identität der Barrows überschattete. Und kaum kamen wir herein, wurden wir mit neugierigen Blicken begrüßt, als uns alle Leute genau untersuchten. Isen und ich standen offensichtlich nervös da, bevor Jeffrey und Christoff hinter uns hereinkamen.

"Steh nicht einfach da. Folge mir ", sagte Christoff, als er eilig in den richtigen Korridor einbog.

Als er diese Worte aussprach, nahmen alle Leute sofort ihre Arbeit wieder auf und wir folgten schnell in Christoffs Fußstapfen direkt in sein Büro.

"Jeff, grabe die Daten über die Bombenanschläge in Greenwich aus", sagte Christoff, als er am Glasfenster stand und die Straßen überblickte.

Wie angewiesen versuchte sich Jeffrey an seinem Laptop und antwortete schnell

„Yuvisko Helinsky, ein Experte für Zeit- und Fernsprengstoffe, wurde wegen Massenmordes für den Bombenanschlag in Greenwich angeklagt. Sein aktueller Aufenthaltsort ist unbekannt, aber er wird wegen Verrats und Spionage gegen die Großen gesucht. "

"Er war am Bahnhof. Ich erinnere mich an sein Gesicht."

"Nun, er ist nicht der Typ, der nach Kopfgeldern sucht",

"Nein. Er muss für Diego arbeiten. Und das bedeutet nur eines, Jeff."

"Diego hat das Massaker geplant",

"Ja, und er kommt hinter uns her,"

Diese Diskussion erzählte uns von der Schwere der Gefahr, die sich vor uns abzeichnete. Und für einen Moment dachte ich, ich sei schuld an dieser Situation.

Christoff erkannte dies wahrscheinlich und sagte: „Ich werde diese Angelegenheit abschließen, Charloette. Niemand wird verletzt. Das ist mein Wort an dich."

„Wie willst du das machen?", fragte Isen.

"Wenn eine Schlange verletzt ist, beißt sie alles, was danach kommt. Ich werde diese tierische Neigung des Menschen nutzen."

"Du wirst ihm allein nachgehen, nicht wahr?", fragte Jeffrey.

"Yipp. Und sieht aus, als hätte er den Köder genommen ", sagte Christoff, als das Bürotelefon zu klingeln begann.

"Du warst töricht, deine Nummer zu hinterlassen", sagte eine tödliche Stimme.

"Ich würde sagen, wir überspringen die Formalitäten, Diego. Dein Bruder hat meinen Gruß angenommen. Also lasst uns einfach auf den Punkt kommen ", antwortete ein kalter Christoff.

"Der Punkt ist, dass du denkst, dass du alles unter deiner Kontrolle hast. Aber lassen Sie mich Sie warnen. Der Schmerz, der dir gleich zugefügt wird, wird unergründlich sein. "

"Du kannst gut prahlen. Ich schlage jedoch vor, dass wir uns treffen und dies ein für alle Mal regeln."

"Wir treffen uns, sagst du. Was lässt dich glauben, dass ich dich lebend gehen lasse?"

"Weil ich habe, was du nicht hast, und du hast, was ich brauche. Ein Austausch. Das ist alles."

"Die Papiere. Du hast es also. Das würde einen Handel möglich machen. Aber was willst du von mir?"

"Zwei Dinge. Aber das werde ich sagen, wenn wir uns treffen. "

"Na gut. Kommen Sie noch heute um 5 Uhr in die Hogan Factory. Und ich hoffe, du kennst die Gesetze hier draußen."

"Ja, sicher. Es wird ein ziemliches Spektakel ", lächelte Christoff und setzte den Hörer rätselhaft ab.

„Von welchen Papieren sprichst du?", fragte Charloette.

"Die, die ich von seinem Bruder bekommen habe. Es enthält die Details aller seiner Kassen in diesem Land. Die Namen seiner Partner, die Schlupflöcher, durch die sein Geld abgezapft wird, so ziemlich alles, um ihn festzunageln. "

"Dann übergib es der Polizei. Sie werden ihn fangen «, sagte Isen.

"Ja. Sie werden sie direkt in der Hogan-Fabrik verhaften. Das ist einfach ", schloss sich Jeff an.

"Nein. Ich muss es sein,"

"Warum? Er wird dich töten, sobald du ihm die Papiere gibst ", empörte sich Charloette.

"Das wird er nicht. Vertraue mir. Das ist weit mehr als Rache für das, was ich seinem Bruder angetan habe. Ich muss nur den Grund herausfinden. Dafür muss ich Diego treffen."

Und damit verließ Christoff die Barrows und ging in die Fabrik, ohne auf unsere Bedenken zu achten.

Hogan befand sich am Stadtrand von Riviera. Es wurde zur Herstellung von Schiffsausrüstung verwendet, war aber für ein Jahrzehnt aufgegeben worden, nachdem ein Ölunfall an der Cue Coast alle Meereslebewesen zerstört hatte. Das heißt, ohne Druckmittel hatte meine Flucht keine Chance.

Ich hielt am Straßenrand und da stand es.

Während die untergehende Sonne eine sich abzeichnende Silhouette über die Vorderseite warf, atmete ich tief durch und erinnerte mich an die Ereignisse, die mich an diesen Ort führten. Und um ehrlich zu sein, war dies sicherlich das größte Puzzle meines Lebens.

Ich trat ein, als die Dämmerung die Umgebung umhüllte. Pechdunkelheit mit Strömen von Mondlicht, die durch zerbrochene, gefärbte Fenster rieselten, schmückten diesen Ort der Dunkelheit. Ein kalter Wind stürmte hinter meinem Nacken herein und alarmierte meine geschärften Sinne. Ich hörte auf, meine ausgefransten Nerven zu beruhigen. Und sobald ich einen Schritt nach vorne machte, strahlte ein Laser direkt auf meine Stirn.

"Du weißt, dass du entweder die klügste Person oder der größte Narr bist, den ich bisher getroffen habe", zischte eine Stimme heimlich.

"Ich verstecke immer noch deine Identität", antwortete ich unbeeindruckt, "oder sollte ich sagen... Scarlett",

"Wunderbar", klatschte Joyce, die aus den Schatten in das Mondlicht trat. Ihre purpurroten Augen leuchteten und ihr rätselhaftes Lächeln sagte alles.

"Du bist dieses Titels würdig, Christoff", sagte sie und näherte sich mir.

„Eine beeindruckende Fassade, Scarlett. Die ganze Welt nach einem Mann, während eine Frau in aller Öffentlichkeit herumstreift und die Fäden aus den Schatten zieht. Aber das wird von dem Drahtzieher hinter dem Greenwich-Massaker erwartet. "

"Ich gebe es dir", stand sie vor mir, "ich hätte ehrlich gesagt nicht gedacht, dass der Typ, mit dem ich gestern Abend getanzt habe, der Schnitter sein würde",

"Du hast die perfekte Chance zum Töten verpasst. Und ich auch. Aber das ist Vergangenheit. Die Gegenwart ist es, was mich beunruhigt. "

Sie stand regungslos da und wog in meinen Worten.

"Also, was hat mich verraten?"

"Deine Neugier. Mich von Charloette ablenken und Informationen über mich von Isen ausgraben. Das macht ein Wilderer. "

Ihre purpurroten Augen starrten inbrünstig auf meine, als sie näher kam und mich mit angehaltenem Atem küsste.

"Ich konnte nicht widerstehen", sagte sie, als sie sich zurückzog, "du bist die Erste, die mich übertroffen hat. Deshalb wirst du leben."

Der Laser auf meiner Stirn ging aus. Der Schlag des Fußes hallte in meinen Ohren wider, als meine Augen erwartungsvoll auf die Figur starrten, die hinter Joyces Schulter auftauchte.

Es war meine beste Freundin Isabell, die die Waffe hielt.

"Überrascht", flüsterte Joyce mir ins Ohr, "Und nur damit du es weißt, sie meldete sich freiwillig,"

"Freiwilligenarbeit. Das ist deine subtile Art, Menschen zu zwingen, dir zu gehorchen. "

"Es ist dein Verlust, Christoff. Gib mir jetzt die Papiere."

Ich wollte ihr nicht antworten. Isabells Augen flehten mich an, mich zu fügen.

"Die Zeitungen, Christoff", forderte Scarlett unverschämt.

"Ein Gefangener", sprach ich mit klarer Stimme zu meinem Freund, bevor ich Joyce mein Druckmittel übergab.

"Siehst du. Das ist deine Schwäche Christoff. Deine Freunde. Ich wusste es, als ich dich in Charring Cross traf. Das ist der Grund, warum ich Isabells Mann als Geisel genommen habe. "

Christoff schwieg, als würde er darauf warten, dass etwas passierte. Und es würde nicht später sein, bevor dieser günstige Moment endlich eintraf.

Die Stille, die sich so unheimlich in dieser Luft der Einsamkeit abzeichnete, wurde vom Klingeln eines Mobiltelefons unterbrochen. Es gehörte Joyce.

Ihr Gesichtsausdruck änderte sich in einem Augenblick, als ein Schuss über die Zelle sprengte und ihre Handlanger um Hilfe huschten hörten und sagten: „Es ist eine Falle. Wir sind umzingelt,"

"Wie hast du..." Zum ersten Mal sah ich Angst in Scarletts Augen und ein Zittern war in ihrer Hand zu sehen, als die Zelle auf den Boden rutschte.

"Du irrst dich. Sie sind nicht meine Schwäche. Meine Freunde sind meine Stärke. Andernfalls würden diejenigen, die bei klarem Verstand sind, ihr Leben riskieren, als Geisel gehalten zu werden, nur um uns zu deinem Versteck zu führen. Solange Sie Hosse gefangen hielten, blieb Isabell hier Ihre Marionette. Aber diese Schnur ist jetzt durchtrennt worden."

sagte Christoff kühn.

Und genau so hatte sich der Spieß umgedreht.

Isabell richtete den Nacken der Pistole auf Joyces Kopf.

"Sobald dein Geliebter frei ist, meuterst du gegen mich", verachtete Joyce.

"Du wurdest überspielt. Akzeptiere deine Niederlage ", sagte Isabell mit neuer Zuversicht.

"Also, es scheint vorerst", räumte Joyce ein, als sie ihre Zähne in rachsüchtigem Sprite zusammenknirschte.

Später kamen Beamte der Barrows in Hogan an, um Joyce ins Gefängnis zu bringen, wo sie wahrscheinlich den Rest ihres Lebens verbringen würde.

Ein Pfeifenkuss

"Nun, warum spielen wir nicht zusammen?"

"Ja, das wäre schöner, als hier allein zu grübeln", schloss sich Isen an.

"Stört es dich nicht, dass Isabell weg ist?" Antwortete ich mürrisch.

"Nun, das tut es. Aber erinnerst du dich, wie wir uns früher gestritten haben, wer sie heiraten würde?"

"Ja und eines Tages fragten wir sie nach ihrer Meinung dazu?"

"Sie hat mich ausgewählt,"

"Wirklich. Ich kann mich nicht erinnern, warum."

"Weil ich größer bin als du, Christoff" Hosse stieß mich an,"

"So viel dazu, den Wert eines Mannes nach seiner Größe zu beurteilen", beschwerte ich mich.

"Du siehst Christoff, wir werden mit ihr in Kontakt bleiben. Ich bin mir ziemlich sicher, dass wir eines Tages all diese winzigen Kommunikationsgeräte haben werden, um in Zukunft miteinander zu sprechen. "

"Nun, zumindest weiß ich jetzt, dass dein Flirten mit Sicherheit digital werden wird. Möglicherweise treffen sie gleichzeitig auf zufällige Mädchen auf verschiedenen Kontinenten. "

"Flirten und ich. Ich bin ein heterosexueller Chris. Wenn ich ein hübsches Mädchen sehe, sage ich ihr, dass sie schön ist. Im Gegensatz zu dir, der du an Gefühlen festhältst, ohne zu gestehen,"

"Gefühle und ich. Bist du nicht so alt wie ich, um Ratschläge zu Beziehungen zu geben?"

"Aber ich bin nicht dumm,"

"Und das bin ich?"

"Ja. Ansonsten, wer in seinem gesunden Verstand nicht sehen kann, dass es ein Mädchen gibt, das Hals über Kopf für dich ist. Und jedes Mal, wenn du traurig wirkst, wird sie mürrisch. "

"Und wer ist sie?" Fragte ich schwachsinnig.

"Siehe Isen. Jeder hier weiß es, außer unserem Sherlock ", sagte Hosse nervös.

"Ist es so offensichtlich?" Fragte ich ernsthaft.

"Es ist wie das 12. Mose-Gebot, du Einstein. Charloette mag dich,"

"Deine Schwester mag mich?" Sagte ich überrascht.

"Ja, du Röhrenlicht. Jetzt gehst du und redest mit ihr. Es wird sie aufheitern."

"Aber sie verhält sich immer so spunkig und herrisch. Bis jetzt dachte ich nur an sie als Freundin. Aber das ändert alles. Ich kann nicht mehr beiläufig mit ihr reden, weil ich weiß, dass sie mich mag. "

"Du denkst zu viel nach, Kumpel", sagte Isen treffend.

"Okay. Weil du mein Freund bist und es meine Schwester ist, die involviert ist, werde ich dir das sagen. Sie mag es normalerweise nicht, ergänzt zu werden, es sei denn, es ist von mir. Und da sie dich mag, schlage ich vor, dass du dasselbe tust. "

"Also sage ich ihr, dass sie hübsch aussieht, als sie uns mit ihrem Hockeyschläger herumkommandiert. Ich kann das nicht durchziehen. Ich bin schlecht im Lügen. Meine klopfenden Füße verraten mich. "

"Es ist wahr, er ist ein Lügner", sagte Isen.

Wir haben alle über eine Lösung nachgedacht, bevor Hosse ein Juwel einer Rose aus seiner Tasche herausfummelte und sagte:

"Gib ihr das. Heute ist Valentinstag. Es wird sie aufheitern."

"Wo hast du das her?" Fragte ich neugierig.

"Es heißt eine Brummende Rose. Der Florist sagte, dass man, sobald man das jemandem gibt, lebenslang verbunden ist,"

"Nun, du hast mir eine summende Rose gegeben. Das heißt, wir sind Brüder fürs Leben. "

"Nun, wir sind es nicht, wenn du noch länger wartest, um es Charloette zu geben", zeigte Hosse mit dem Finger in ihre Richtung.

"Okay, ich gehe,"

Charloette saß 25 Meter auf einer Schaukel und starrte mit gesenktem Kopf auf ihren Schatten. Ich versuchte, mich ihr mit einem ruhigen Auftreten zu nähern. Aber mein Herz raste zu einem Donner, als ich vor ihr stand.

Ich sammelte allen Mut, als ich die Rose vor ihr niedergeschlagenes Gesicht hielt. Überrascht blickte sie mit dieser Seele, die nach grünen Augen suchte, zu mir auf.

"Was ist das?", fragte sie.

"Eine summende Rose. Ich dachte, es würde dich aufheitern"

"Eine Rose? Du bist in deinen Sinnen richtig,"

"Ja, das bin ich. Denn wer sonst hat den Mut, mit einer Rose auf dich zuzugehen? "

"Nur ein Idiot wie du", lächelte sie zurück.

Ein Tag ist alles, was nötig ist, um unser Leben zu verändern. Freunde, Familie und Liebe. Wen wählst du, wenn die Würfel rollen? Ich kann mir nicht vorstellen, dass ich eine solche Entscheidung treffe, ohne zusammenzuzucken. Aber so mutig ist mein Kumpel Christoff. Niemand sah, dass ein Winter kommen würde. Eines, das ein Jahrzehnt lang nicht auftauen würde. Aber es gab ein paar Momente von Meraki und ich danke Gott für diese Zeit, als wir fünf noch zusammen waren.

"Du hättest dein Leben nicht riskieren sollen?" Charloette sprach ernsthaft

"Es war notwendig", antwortete Hosse und umarmte sie, "Gott sei Dank, dass er da war."

"Alles ist gut, das endet gut", dachte ich über die beiden nach.

In der Zwischenzeit gerieten Isabell und Christoff in einen hitzigen Streit.

"Du hast mich im Dunkeln gelassen,"

"Wir hatten keine Zeit. Außerdem hättest du nicht zugestimmt,"

"Du hast mich gezwungen, eine Waffe auf dich zu richten, Christoff. Weißt du, dass ich Angst hatte? Und verbinde das mit Hosse, der gefangen gehalten wird. Warum müsst ihr zwei Arschlöcher die Dinge auf so rücksichtslose Weise tun? "

"Beruhige dich, Isabell. Es hat alles gut geendet, richtig ", versuchte Hosse zu vermitteln.

"Nun, was wäre, wenn es nicht so wäre ? Ihr zwei könnt mir diese Nervenzusammenbrüche nicht mehr geben. Ich bin nicht mehr in der Lage, es zu tolerieren. "

"Nun, ein Anwalt streitet die ganze Zeit. Diese Zusammenbrüche sind ein Teil deines Lebens ", täuschte Christoff herum.

"Vielleicht ist es normal, dass ein Anwalt streitet, aber nicht für eine Mutter", verriet Isabell schließlich das Geheimnis.

Als Christoff hörte, wie dieses Hosse vor Freude verblüffte, zog er den Reißverschluss hoch und Charloette kuschelte Isabell in eine Umarmung.

„Nun, wie lange?", fragte eine zappelige Hosse.

„Etwa einen Monat"

"Ein Monat... Güte, ich hätte es wissen sollen, als du diesen Martini letzte Woche gemieden hast,"

"Du hattest auch keine Ahnung, Christoff, oder?" Isabell spottete.

"Ja. Heute hast du mich tatsächlich übertroffen. Also als Geschenk. Hosse wird von seinen Pflichten von Barrows entbunden. Er wird ab nächster Woche als Manager bei Hewlett Designs arbeiten. "

"Es ist nicht nur Hosse. Ich möchte, dass du einen viel sichereren Job findest, Christoff. Wir werden dich als ihren Paten brauchen."

"Es ist also ein Mädchen,"

"Ja, ich habe sogar einen Namen für sie im Sinn. Sarah."

"Das ist ein schöner Name", gab Hosse zu.

"Es bedeutet fröhliche Prinzessin. Passt irgendwie zu ihr ", bemerkte Christoff.

Charloette blieb jedoch sanftmütig. Ihre Augen zeigten Liebe und unser Christoff hatte seit seiner Ankunft nicht mehr mit ihr gesprochen. Jetzt, als sich ihre Blicke trafen, wurde mir klar, dass sie Zeit allein brauchten.

"Christoff, nach all dem Aufruhr brauche ich einen Tumbler, um mich abzukühlen"

Sagte ich seufzend.

"Ich hatte gehofft, du würdest diesen Kumpel sagen. Zum Glück gibt es in der Nähe ein Gasthaus. Lass uns dorthin gehen,"

So verließ Christoff den Raum und ging Charloette aus dem Weg. Dieser Junge war immer noch schüchtern. Und ihre grünen Augen zeigten Sehnsucht. Ich wusste, dass ich eingreifen musste.

"Komm Charloette, lass uns diese bald in Ruhe lassen, um Eltern zu sein."

"Ja, Isen,"

Als wir über den Korridor gingen, fragte ich sie das Unvermeidliche: "Charloette, wie lange kennst du Christoff?"

"Das ist eine seltsame Frage, Isen,"

"Beantworte es,"

"Seit der Kindheit,"

"Und war er jemals gut darin, seine Meinung zu sagen?"

"Ich glaube nicht,"

"Was um alles in der Welt hindert dich dann daran, ihm deine Gefühle zu sagen? Ich meine, 2 Jahre lang habt ihr euch nicht getroffen oder geredet. Und unser Christoff ist zu schüchtern, um es zu gestehen. "

"Du hast recht, Isen. Manchmal habe ich Lust, dieses entwaffnende Lächeln von seinem hübschen Gesicht zu klatschen. Ich selbst weiß nicht einmal, warum ich diesen Kerl liebe. "

"Wenn du deinen Weg in die Liebe begründen könntest, dann ist es keine Liebe. Komisch, dass sogar unser Verstand versucht, diese völlig unsinnige Emotion zu rechtfertigen. Aber wir dürfen nicht aufhören,

Charloette zu lieben. Weil Liebe das Beste ist, was wir tun, besonders wenn wir absolut keine Ahnung haben, warum?"

"Das kommt tief von dir, Isen,"

"Nein, das sind Marias Worte. Sie hat mich gebeten, es dir zu vermitteln. "

"Nun, das ist genau wie sie,"

"Mary. Sie ist die Schnur, die uns alle verbindet, egal wo wir sind ", dachte Charloette.

"Da ist er", sagte Isen, als ich sah, wie Christoff auf die Straßenlaternen vor mir starrte, "ich lasse euch beide in Ruhe. Sagen Sie es ihm. Okay."

"Kumpel, ich muss mich retten. Mein Chef hat gerade mit der Arbeit angerufen «, gab Isen vor.

"Wirklich. Nun, das ist eine Premiere. Isen wählt Pflicht gegenüber Getränken ", scherzte Christoff.

"Nun, wir alle brauchen eine Premiere. Nicht wahr?" Isen sagte, als er mich ansah: „Wie auch immer. Auf Wiedersehen,"

Und hier waren wir. Nur wir beide.

Die Dämmerung war schwer über den Bürgersteig gefallen, als wir vor den Barrows standen. Dort warteten wir und warteten mehr darauf, dass der andere sprach. Aber vielleicht waren Worte nicht das Richtige.

Während meiner Abwesenheit vermisste ich ihn. Hin und wieder rief dieses fröhliche Gesicht von ihm ein malerisches Gefühl kindlicher Vorliebe hervor, aber jetzt war es darüber hinaus gewachsen.

Apropos Erinnerungen, ich erinnere mich sehr lebhaft an einen bestimmten Tag.

Ich war auf dem College, als ich die Möglichkeit hatte, die Riviera in einem zweiwöchigen Urlaub zu besuchen. Das war die Zeit unserer ersten Wiedervereinigung, an die ich mich aus einem Grund deutlich erinnere. Bei meiner Ankunft bei den Little Angels begrüßten mich alle mit Wärme. Dennoch gab es diesen einen unsensiblen Esel von Christoff Myers, der fehlte.

»Auf der Suche nach jemandem?«, fragte Isen.

"Weißt du, wer", sagte ich nostalgisch

"Derselbe alte Christoff. Er ist nie pünktlich."

"Nun, er wird uns am Bahnhof treffen", sagte Hosse.

"Station?"

„Wir machen einen Ausflug nach Seren. Vielleicht möchten Sie mitmachen. "

"Sicher,"

An diesem Abend fühlte sich die Atmosphäre auf dem Esstisch erhebend an. Gespräche über all die Zeit, die man getrennt verbrachte, über die Zukunft, für die alle arbeiteten, es war ein sehr optimistischer Ton. Aber es war nicht immer so. Es gab Tage, an denen wir auf dem Esstisch ein paar Semmelbrösel, Trauben und ein Glas Milch hatten. Kinder waren wir, in diesen düsteren Tagen, als Mary und die anderen sich bemühten, auf uns aufzupassen.

Als alle mit ihren eigenen Gedanken abwesend saßen und aßen, gab es ein bestimmtes Kind, das zwei Trauben auf halbem Weg zwischen seine Kehle steckte und einen mächtigen, beeindruckenden Akt des scheinbaren Erstickens ausführte.

Mary würde dann sofort an seine Seite eilen und alle Kinder würden diesen Idioten einkreisen.

"Schluckauf Hallo....cup,"

"Wie oft werde ich dir sagen, dass du keine Trauben schlucken sollst, ohne zu kauen", sagte eine ängstliche Mary.

Und gerade als er behandelt werden wollte, schoss er zwei Trauben direkt auf Isens Bauch, verschlang die Rebounds, bevor er sie kaute und sofort hinunterschluckte.

"Genau wie diese Großmutter", sagte er mit unschuldiger Stimme.

Diese Theatralik brachte uns zum Lachen und welche bessere Abhilfe für harte Zeiten, als darüber zu lachen.

"Ja, einfach so", sagte eine aufmunternde Mary.

"Er ist immer noch ein Kind. Aber er ist so reif geworden ", sagte Martha zu Maria.

"Er lernt schnell. All die Traurigkeit mit einem Schluckauf auszulassen und all das Lächeln mit einem Rückprall hereinzulassen. Ich hätte nie gedacht, dass er mir meine eigenen Lektionen beibringen würde ", sagte Mary und sah das hoffnungsvolle Kind an.

Und jetzt sitze ich da und schaue auf einen leeren Stuhl, der reserviert ist, falls Christoff vorbeikommt.

"Er wird da sein. Schimpfe mit ihm, so viel du willst ", sagte Mary und erkannte meinen Blick.

Am nächsten Morgen befanden wir uns im Zug nach Seren. Zwei Minuten, um den Bahnsteig zu verlassen, und er war immer noch nicht angekommen.

"Was macht dieser Idiot?"

"Er ist ein Auszubildender in der Barrows-Autoreparaturwerkstatt. Er hat sich gerade zusammen mit Jeffrey angeschlossen ", sagte Isen.

"Immer noch..." Ich wurde vom Pfeifen des Zuges unterbrochen.

"Wir gehen", schloss sich Hosse uns am Eingang des Zuges an.

Mit einem Schildkrötentempo begannen die Räder zu rollen, als ich verzweifelt aufseufzte.

"Schwachkopf", schalt ich ihn.

Sobald ich die Hoffnung aufgab und mich dem Drehgestell zuwandte, zischte ein lauter Piepton in mein Ohr.

In einem roten klassischen Pullover standen Christoff und Jeffrey auf dem Rücksitz mit einem Chauffeur, der an den Rädern fuhr und versuchte, die langsame Aufnahmegeschwindigkeit des Zuges zu erreichen.

"Diese beiden Idioten wissen, wie man einen Auftritt macht", bemerkte Hosse.

In einer hektischen Art und Weise piepste das Auto weiter, als es am Bahnsteig des Zuges vorbeifuhr und Unruhe verursachte.

"Ihr verrückten Verrückten", rief ein Fußgänger, als er dem Rennwagen knapp auswich.

"Tut mir leid", rief Jeffrey.

"John Trueman, wenn ich bis drei zähle, wirst du langsamer werden und synchronisieren", wies Christoff an.

Sie standen auf dem Rücksitz und gingen über uns hinaus.

"Können wir nicht einfach den Zug anhalten?"

"Nein. No hand stops on this Seren Express", konterte Isen.

"Ok, 1,2 und drei. Punch it ", rief Christoff, als sie sich mit der Geschwindigkeit des Zuges synchronisierten.

„Christoff, beeil dich, uns geht die Plattform aus", sagte ein versteinerter Jeffrey, der nach vorne schaute.

"Isen, geh zurück,"

Es war der nervöse Jeffrey, der als erster den Sprung in den Eingang der Seren machte.

„John, danke", sagte Christoff, bevor er sehr gelassen in den Zug stieg.

"Puh... das war knapp", sagte Jeffrey immer noch zitternd.

"Gerade noch rechtzeitig", zuckte Christoff mit den Schultern.

Daraufhin gab ich einen leichten Schlag auf Christoffs Kopf und sagte: "Hör auf zu lächeln, du Auto springender Affe."

"Das tat weh", klagte ein kindlicher Christoff.

Seine Theatralik war mit der Zeit besser geworden. So sehr, dass Isen und ich immer wieder darüber lachten.

"Immer noch ein Knacker", sagte ich zu ihm.

"Es tut mir leid, dass du warten musstest."

"Deine Handlungen haben das wieder wettgemacht, Christoff. Mach es einfach nie wieder. "

"Sicher,"

Die Gemeinschaft unserer Reise war nun abgeschlossen. Christoff Myers, Isen Hughes, Charloette Whitman, Jeffrey Spiegel und Hosse Jean Hoffman. Wir waren enge Freunde. Besser geht's bei diesem Ausflug nicht.

"Also, wer war dieser Fahrer?"

"Das ist John. Er ist ein Auszubildender wie wir."

"Dieser rote Pullover. Wessen Idee war es?"

"Niemandes. Wir saßen im Verkehr fest, also fuhren wir einfach auf den Bahnsteig, bevor wir den Zug abfahren sahen. "

"Improvisation, hm. Das ist cool"

Unter all dem Jubel und der Heiterkeit fühlte ich, dass die Reise zu kurz war. Ja, viele Dinge wurden besprochen, und doch gab es eine Mystik über Christoff, die mich faszinierte. Seine Augen hatten sich verändert. Sie wussten, wie man vor Maria lag. Aber nicht vor mir.

"Die Barrows, sagst du. Was lernst du dort?"

"Grundlagen, um ein baufälliges Auto abzubauen, zu reparieren und als brandneue Kirsche zu verkaufen,"

"Ist das so? Sag das noch einmal, wenn du mir in die Augen schaust,"

"Warum sollte ich das tun?"

"Weil dein linkes Bein auf den Boden klopft. Deine Augen blinzeln nicht. Und vor allem hast du nicht aufgehört. Es ist präventiv,"

"Nein. Es ist die Wahrheit ", spielte er klug. Aber das war 's.

Ich hatte nichts mehr davon.

"Ich habe nicht gesagt, dass es eine Lüge war. Wenn Sie es in der Nähe Ihrer Weste aufbewahren müssen, bewahren Sie es auf. Aber tu niemals so vor mir."

"Ok...du seelensuchender Detektiv. Ich werde Ihnen zu gegebener Zeit davon erzählen. "

Es war jedoch das letzte Mal, dass wir über seinen Beruf gesprochen haben.

Erinnernd schlenderten wir jetzt über den Bürgersteig, redeten über triviale Dinge und vermieden bewusst den Kern unseres Herzens, bevor mein Blick auf einen funkelnden Blumenstrauß gerichtet war.

Ohne ein Wort brach ich aus dem Gespräch ab und ging direkt zum Floristen.

„Wohin gehst du?", sagte Christoff, der sich rückwärts drehte, nachdem er meine Abwesenheit bemerkt hatte.

"Die Rosen. Ich möchte einen kaufen."

Dort kaufte ich nur eine Rose. Aber es war wunderschön. Der Mann nannte es die Brummende Rose aus irgendeinem Grund, den ich nicht die Mühe machte zu fragen.

"Glänzend und kühl", bemerkte Christoff.

"Genau wie ich", sagte ich, bevor ich die blau glitzernde Rose in mein Revers steckte.

"Gib mir auch eine", sagte Christoff, als er eine Rose kaufte.

"Also, was machen wir jetzt?" Fragte ich ihn, nachdem wir ziellos in die Nacht gegangen waren.

"Lass uns einen Wunsch machen. Du erinnerst dich an den Brunnen von Gilmore. Nun, sie haben es verschoben, aber ich denke, es erfüllt immer noch Wünsche ", sagte er nostalgisch.

Der Brunnen lag nun neben dem Riviera-See. Früher warfen wir eine Münze, die uns viel Glück bringen sollte.

Der See schien ruhig, umgeben von den überhängenden Kiefern. Inmitten einer improvisierten Nachbildung des Stonehenge stand Gilmore. Es gab eine Treppe, die bis zur Spitze der Statue führte, ziemlich hoch oben in der Nähe der Äste einer Kiefer, die mit Neonmünzen geschmückt war, die von ihren Spitzen hervortraten.

"Ich frage mich, ob der Architekt es entworfen hat, um zu verhindern, dass alte Leute hier wünschen", scherzte ich.

„Raffinesse fällt ins Auge, aber nur, wenn die Einfachheit nicht beeinträchtigt wird."

"Das ist tiefgründig. Aber ja, es wäre besser, wenn wir einfach eine Münze vom Boden fallen lassen könnten. "

Aber als wir dort oben auf der Plattform ankamen, fanden wir eine Nachricht, die gegen die Rinde geschnitzt war.

"Für die Alten und die Jungen, beobachten Sie den Himmel nach Norden, während Sie die Münze fallen lassen,"

"Ok, lass uns das versuchen. Ich bin gespannt, was der Architekt entworfen hat ", sagte ich, bevor ich eine Neonmünze zupfte.

"Ich auch."

Als wir unsere Augen schlossen, um zu wünschen, fühlte sich die Münze schwer an. Im Laufe der Zeit fühlte es sich an, als ob unsere Wünsche sie belasteten. Dann, als wir unsere Augen öffneten und diese Münzen fallen ließen, strahlte ein heller Blitz hinter uns aus. Ein Spritzer Wasser hallte herein, als wir einen glitzernden Stern sahen, der über die Weite des klaren Nachthimmels fiel, bevor er in den Riviera-See landete.

Ich näherte mich der Kiefer, um einen besseren Blick auf den Stern zu erhaschen. Aber leider war es verschwunden.

"Gibt es eine Erklärung, Christoff?"

"Sicher. Nur ein paar Echo-Verstärker, die durch das Umkreisen von Kiefern entstehen, die mit einem Mikrofon in der Nähe der Brunnenoberfläche verbunden sind. Kombinieren Sie das mit einer versteckten Hologrammprojektion, es fühlt sich wirklich so an, als ob ein Stern wirklich heruntergefallen wäre, um Ihren Wunsch zu erfüllen. "

"Schöner Abzug. Also, was hast du dir gewünscht?"

"Du gibst deinen Wunsch nicht preis, Charloette. Es ist ganz persönlich,"

"Nun, ich habe mir eine Gewerkschaft gewünscht", sagte ich laut.

"Vielleicht wird es gewährt, wenn es dir nichts ausmacht, deinen Wunsch zu äußern", sagte Christoff, als ein Anruf unser Gespräch unterbrach und es so weit kam, dass mein Wunsch vielleicht bereits erfüllt worden war.

Es war 10'0 Uhr, als Charloette und ich im Caverly Inn ankamen.

"Behandelt Jeff dann?", fragte sie.

"Ja. Es ist sein Geburtstag. Alle warten. Lass uns reingehen,"

Als wir eintraten, fanden wir unsere Freunde am Ecktisch sitzen. Da waren Cara, Evans, Hugo, Alice, Noira, Stephen und unser Kumpel Jeff. Zwei Plätze waren für uns reserviert.

Das Stipendium war jetzt abgeschlossen und wir hatten ein üppiges Abendessen, gepaart mit aufmunternden Gesprächen und Hoffnungen für die Zukunft. Aber der Grund, warum ich mich an diesen Tag erinnere, ist ein anderer.

Es war der Tag des Pfeiferkusses.

Als ich mein Bestes gab, um den Anlass zu erleichtern, passierte etwas Unerwartetes.

Der Florist vom Abend saß uns gegenüber auf einem Tisch und sah nervös eine Dame hinter der Theke an.

»Er mag sie«, sagte ich unbewusst.

»Was?«, sagte Jeffrey.

"Nichts,"

Ich sah, dass er eine Art kleines Geschenk in seiner geballten Hand hielt.

»Entschuldigen Sie mich für eine Minute«, sagte ich zu ihnen und ging zum Tisch des Floristen.

Ich setzte mich vor ihn und sagte: "Es ist ein Ring, nicht wahr?"

Zuerst erinnerte er sich nicht an mich, aber schließlich zündete sich eine Glühbirne in seinem Kopf an.

»Du!«, rief er überrascht.

"Psst. Sprechen Sie nicht laut. Nun, wie lange kennst du diese Dame schon?"

„Welche Dame?", spielte er unschuldig.

"Schau, ich bin kein Liebesexperte. Aber so wie du sie ansiehst, ist klar, dass du sie magst. "

"Aber ich weiß nicht, ob sie das tut,"

"Hör zu, es ist besser, deine Gefühle gestanden zu haben und enttäuscht worden zu sein, als nie die Gelegenheit dazu zu bekommen,"

"Weißt du. Ich bin älter als du, aber du scheinst klüger zu sein «, sagte er mit einem Lächeln.

"Nahes Alter gibt keine Weisheit. Erfahrung tut es,"

"Ich denke, ich werde ihr einen Heiratsantrag machen."

"Nein, nein, warte. Kennt sie dich?«

„Ja, sie ist meine Nachbarin. Sie studiert gerade, um Ärztin zu werden, und macht hier Teilzeit, um ihr Studium zu bezahlen. "

"Nun, das ist interessant, aber lass uns den Ring zurückhalten. Wie wäre es mit einer Blume?"

"Eine Blume. Ich habe keine,"

"Was für ein dummer Florist du bist!... Weißt du was, ich habe die perfekte Blume,"

Ich durchsuchte meine Gehrock-Tasche und holte schließlich eine Rose heraus.

»Die summenden Rosen«, sagte er erfreut.

"Okay, du hast mir gesagt, dass ich es nützlich finden werde. Geh und gib ihr das,"

Er tat, was ich ihm sagte, und das ist passiert.

Die Dame am Tresen war sehr hübsch. Also stolperte der Florist zuerst über Worte, aber er sprach

"Trisha,"

Die Dame sah ihn an und augenblicklich war ein Schimmer in ihren Augen.

"Nicholas", sagte sie mit fröhlicher Stimme, "was machst du hier?"

"Ich...ich bin nur...gekommen, um dir das zu geben,"

Er zeigte ihr die Rose und ein Ausdruck der Liebe war offensichtlich.

»Es ist wunderschön«, sagte sie und nahm ihm die Rose aus der Hand.

Normalerweise erfordern solche Momente Getränke und meine Rolle war dafür perfekt.

Ich ging zur Seite des Ladenbesitzers und unterhielt mich mit ihm.

"Weißt du. Wie wäre es mit kostenlosen Getränken für alle, von diesem Mann?" Ich bat ihn, das Geld abzugeben.

»Es ist etwas Besonderes zu tun«, sagte er.

»Natürlich. Die Dame über deinem Tresen. Gib ihr diesen Wein, aber achte darauf, dass dieser Ring drin ist. "

"Alles andere,"

"Ja,"

Die Vorbereitungen waren getroffen und man würde sich fragen, warum so viel Aufhebens darum gemacht wurde, einen Ring zu geben. Aber hier ist die Sache. Du kannst nicht einfach hereinspazieren und deiner Nachbarin einen Ring geben und sie vorschlagen. Die Atmosphäre muss geschaffen werden. Denken Sie daran, egal wie sehr eine Frau einen Mann liebt, sie möchte immer, dass er nicht nur den ersten Schritt macht, sondern auch in Größe und Eleganz.

Und mein Florist hier war zu einfach für so etwas. Also entschied ich mich, ihm ein wenig zu helfen.

Ich setzte mich neben Jeffrey und sie erkundigten sich nach meinem kleinen Abenteuer.

»Ich weiß, dass du viele Fragen hast, aber warte«, sagte ich zu ihnen.

Innerhalb von fünf Minuten wurden Gläser voll Wein an jeden Tisch und die Theke gestellt.

"Was ist das?" Fragte Trisha den Kellner.

"Es ist von diesem Mann", sagte er und sah Nicholas an.

Offensichtlich war Nicholas genauso überrascht wie sie, aber er behielt die Nerven.

"Es ist von dir?", fragte sie ihn.

"Ja..Ja. Heute ist dein Geburtstag,"

"Vielen Dank,"

Sie trank langsam den Wein und ich befürchtete, dass sie den Ring herunterschlucken könnte. Aber zum Glück ist es nicht passiert. Erst als ein Schluck übrig blieb, bemerkte sie es und eine Überraschung kam über ihr Gesicht. "

»Nic...«, sagte sie erschrocken.

Dann gingen alle Lichter im Laden aus und das Rampenlicht fiel direkt auf Trisha und Nicholas.

Der Kellner gab mir das Mikro und ich kündigte den Vorschlag an.

"Jeder. Herr Nicholas möchte hier Miss Trisha einen Antrag machen. Also bitte ich Sie alle, diesen Jungen mit Ihren besten Wünschen zu unterstützen,"

Der Musiker spielte das Valentinstags-Special aus und alle jubelten unisono: "Trisha, bitte akzeptiere Nicholas 'Ring."

Ich bemerkte, dass Trishas Gesicht rot wurde und ein schönes Lächeln schmückte ihr bereits schönes Gesicht wie ein Stern, um das Meisterwerk eines geschmückten Weihnachtsbaums zu vervollständigen.

Langsam aber sicher wurde Nicholas auf frischer Tat ertappt und fragte sie: " Willst du mich heiraten, Trisha?"

Die Musik verstummte. In den folgenden Momenten folgte Stille und alle unsere Atemzüge wurden eingeatmet, bis sie sprach

"Ja,"

Plötzlich gingen die Lichter wieder an. Die Musik begann wieder zu spielen und ein Applaus ertönte im Gasthaus.

Meine Arbeit hier war erledigt. Als wir gingen, teilten Nicholas und Trisha einen Kuss.

"Du bist in der Tat ein schwer zu verstehender Kerl", sagte Charloette, als wir Freunde uns verabschiedeten.

"Warum ist das so?" Fragte ich neugierig

Daraufhin seufzte sie und hielt meine Hände: „Gehen wir zu den kleinen Engeln."

Als sich unsere Finger verflochten, ertönte eine unerklärliche Wärme in mir. Ich hatte sie schon eine Million Mal lächeln sehen, aber heute Abend funkelten ihre seelenvollen Augen vor Freude und Überzeugung.

Wir gingen und wir gingen mit zögernden Gedanken. So sehr, dass keine Worte gesprochen wurden. Doch in dieser Nacht wurde eine Bindung geschmiedet, die den Test der Zeit bestehen würde.

"Das ist es also", sagte Charloette, als wir vor dem Waisenhaus standen.

"Ja. Grüße Maria für mich ", sagte ich, bevor ich mich umdrehte, um zu gehen.

Gerade dann zog mich ein Ziehen ihrer Hände zu sich, als ich spürte, wie ihr Atem an meinem Gesicht vorbeizog. Und bevor ich sprechen konnte, küsste sie mich zur Aufhellung.

Dieser Moment ist die beste Erinnerung, an die nur ich mich erinnere. Ich erlebe es jeden Tag neu. Es ist diese Hoffnung, die meinem Leben einen Sinn gibt.

Als sie sich zurückzog, blühte ein ehrliches Lächeln auf ihrem Gesicht auf.

"Das wollte ich schon immer tun", gestand sie schließlich.

"Charloette..."

"Christoff Myers. Ich liebe dich. Das war schon immer so und wird es auch immer sein. Danke, dass du in meinem Leben bist. "

Damit rannte sie ins Haus und wartete nicht darauf, meine Antwort zu hören.

So endete die Geschichte des Pfeiferkusses. An diesem Tag wurde mir klar, dass Liebe wunderbar ist. Es ist schmerzhaft, es ist phantasievoll und es ist das einzige Opium, nach dem man sein Leben leben muss. Sicherlich hat es Opfer, aber wisse, dass diese Liebe seine eigene Belohnung ist.

Polaris

Es war einen Tag vor der Verlobung, um 7 Uhr abends, als ich einen Anruf erhielt. Ich hob es auf und errate, wer mich begrüßte.

„Christoff, its Hosse…. Ich habe mich gefragt, ob du zu den Hugo-Kleidern kommen könntest. Siehst du, ich habe Probleme, Isabells Kleid auszuwählen,"

"...Na gut. Ich treffe dich in einer Stunde dort,"

»Danke«, antwortete er und beendete den Anruf.

Es war in der Dämmerstunde, als ich Hosse traf. Die beiden Kleider, die uns der Verkäufer gezeigt hat, waren gleichermaßen brillant. Aber keines war so attraktiv und schön wie dieses eine Kleid, das ich zuvor gesehen hatte.

Es stand auf der Schaufensterpuppe, die dem Fenster zugewandt war, und wer auch immer es entworfen hatte, muss sicherlich eine außergewöhnliche Brillanz besessen haben.

"Das sieht gut aus", sagte ich zum Verkäufer.

»Das da, Sir. Es ist ein Klassiker, aber Damen bevorzugen heutzutage diese modernen ", sagte der Mann

"Nun, ob modern oder klassisch, dieses Kleid ist sicherlich perfekt. Ich denke, wir werden das kaufen ", sagte Hosse

So wurde entschieden und das Kleid gekauft.

"Nun, danke, dass du hierher gekommen bist", sagte er, als wir draußen an der Tür standen.

»Ist schon gut«, sagte ich und verabschiedete mich.

Ich schlenderte ziellos weiter auf dem Bürgersteig, vielleicht zehn oder fünfzehn Minuten lang, als Hosses Stimme mich von hinten rief.

Ich drehte mich um und sah ihn schwer atmen.

"Was ist passiert?" Fragte ich neugierig.

"...ich habe gerade einen Anruf vom Dekorationsmanager erhalten...Er braucht meine Hilfe, um etwas einzurichten. Also kannst du das bitte Isabell geben?"

"..Sicher", sagte ich, nachdem ich eine Weile nachgedacht hatte. Er sagte mir ihre Adresse und ging dann in Eile wieder.

Während ich auf sie zuging, drangen viele Gedanken in meinen Kopf ein, und dort stand ich, ohne es zu wissen, vor ihrem Tor. Als ich zum Stillstand kam, habe ich mich gefasst.

"Ich werde gehen, sobald ich ihr das gebe", sagte ich mir.

Diesen kleinen Flug von sieben Stufen hinaufzugehen, war mühsam. Und jetzt stand ich auf der Veranda und läutete die Glocke.

Als sich die Tür öffnete, wurde ich von Isabell begrüßt, die ekstatisch aussah.

»Hosse hat vor einer Weile angerufen. Er sagte, du würdest kommen «, sprach sie lebhaft, »komm herein. «

»Nein. Ich muss gehen «, beharrte ich.

„Christopher, du hast uns noch nie besucht. Bitte bleib eine Weile hier ", bat sie.

"Ich kann nicht. Ich habe einige..." Aber bevor ich sprechen konnte, unterbrach sie mich und sagte in ihrer ehrlichen flehenden Stimme:

„Für mich bitte,"

Ihre Augen starrten erwartungsvoll, und ich konnte sehen, dass sie wünschte, ich würde bleiben.

"Okay", erfüllte ich.

"Danke", sagte sie fröhlich und hielt mich an der Hand, die mich hereinführte.

Ihr Zuhause war luxuriös und makellos. Vor allem aber waren ihre Eltern wirklich edel und liebevoll.

»Hallo, junger Mann. Es ist schön, dich endlich kennengelernt zu haben ", sagte ihr Vater.

„Ja, Isabell redet oft von dir", lobte ihre Mutter.

"Nun, es ist wirklich nett von dir, das zu sagen. Aber in Wirklichkeit ist sie ein guter Mensch, für den sie mich in dieser Hinsicht hält ", antwortete ich.

»Ich habe dir doch gesagt, dass er voller Weisheit ist«, sagte Isabell, als sie sich neben mich setzte.

»Ja, das ist er«, sagte ihre Mutter.

"Also Christoff, ich weiß, es ist eine persönliche Frage, aber wann schlagen Sie vor, zu heiraten?"

"Nun, Sir, ich habe das Mädchen noch nicht gefunden. Wenn ich das tue, und wenn das Schicksal es zulässt, dann werde ich es auf jeden Fall tun. "

»Immer noch Single«, scherzte Isabell.

"Es ist eine dauerhaft vorübergehende Sache", antwortete ich.

»Aber trotzdem. Gib uns eine Vorstellung davon, welche Art von Mädchen du magst. Wer weiß, vielleicht kennen wir so ein Mädchen."

"Es ist peinlich, weißt du,"

»Nein, ist es nicht. Sag es uns ", drängte ihre Mutter.

"...Jemand, der mir vertrauen würde, egal was ich tat...Aber ich habe den Mut, mir hart ins Gesicht zu schlagen, wenn ich mich irre...Ja, jemand, dessen Liebe zu mir aus ihrer Fürsorge so offensichtlich ist wie aus ihrem Zorn,"

"Nun, das ist wirklich schwer zu finden", antwortete Isabell.

Und so verging die Nacht, in der ihre Familie mir das Privileg gab, mit ihnen zu Abend zu essen, und danach hatte ich den Willen, mich mit meiner müden Seele nach Hause zu begeben.

Als ich auf meinem Bett lag, dachte ich nach, als ich sagte, dass ich sie nicht gefunden hatte.

"Ich habe gelogen. Charloette und ich hatten uns nicht unterhalten, seit ich das Waisenhaus für die Barrows verlassen hatte. Aber ihr Gesicht stand immer vor meinen Augen. Sie ist zu kostbar und ich kann sie nicht verlieren. Ich wusste, dass ich nicht immer da sein werde, um sie zu beschützen. "

Bald kam der Tag der Verlobung. Wir hatten unsere Arbeit früh beendet und waren nun in unserer Wohnung.

„Das Geschenk, wo ist es?" Fragte ich.

"Es ist mit Oma. Als wir sie an diesem Tag fallen ließen, vergaßen wir das Geschenk, das in ihrer Tasche war ", sagte Jeffrey.

"Ok. Dann machen wir uns besser schnell fertig."

"Jawohl,"

In unseren schönsten Kleidern verließen wir unser Zuhause und mieteten uns ein Taxi. Es dauerte 2 Stunden, um Marys Platz zu erreichen. Sie wartete draußen mit dem Geschenk auf uns.

Das Taxi hielt direkt vor ihr an und ich öffnete die Glasscheibe, um Mary in ihrer üblichen Kleidung zu sehen: „Großmutter, was ist los? Kommst du nicht?"

»Nein, ich kann nicht kommen. Ein Kind ist krank «, sagte sie mir.

»Die Betreuer können sich um das Kind kümmern«, sagte ich.

»Nein. Bei mir ist nur Margaret. Alle anderen sind in verschiedenen Besorgungen unterwegs. "

"Isabell wird sich schlecht fühlen,"

"Nein, sie wird es verstehen. Gib ihr dieses Geschenk und sag ihr, dass mein Segen mit ihr ist. "

Sie reichte mir das Geschenk und wir fuhren eilig in unser Taxi.

Wir haben lange gebraucht, um Avenue Island zu erreichen. Aber es hat sich gelohnt. Der Ort war wie ein Königinnenpalast dekoriert. Ein riesiges üppiges Bankett wurde inmitten eines Rasens verlegt, dessen Lorbeersträucher von leuchtenden Lichtern übersät waren. Nun, all das sahen wir, als wir einen Hügelweg hinuntergingen. Avenue Island war eigentlich eine Lagune.

Das Tor, das die Besucher begrüßte, stand und beleuchtete die Dunkelheit, und wenn man eintrat, befand man sich nicht auf einer gut gepflasterten Straße, sondern auf einem Pier über einem Wasserweg. Beide Seiten waren mit einem Baumkronendach bedeckt und erstreckten sich ziemlich weit. Eine Gondel wurde bereitgehalten, um uns zur Party zu bringen.

Als wir segelten, verschwand die Baldachindecke langsam aus unserem Blickfeld und dort stand eine Villa, die Erhabenheit und Majestät ausstrahlte, inmitten eines gigantischen, vom grünen Licht beleuchteten Rasens.

Wir stiegen aus und suchten nach unseren Freunden. Zum Glück fanden wir Hosse, der uns mit herzlicher Freude begrüßte.

»Freut mich, dass ihr beide so früh gekommen seid«, sagte er sarkastisch.

»Ja. Wir sind fröhlicher, glaubt uns ", sagte Jeffrey.

»Wo ist Isabell?« Fragte ich.

»Ja. Sie ist dort auf dem Rasen, umgeben von Gästen. "

Hosse hat uns inzwischen verlassen, um sich um einen anderen Gast zu kümmern. Wir gingen auf die Menschenmenge zu, die unseren Freund umgab. Als wir uns vorwärts bewegten, erhaschte ich einen Blick auf sie.

Das Kleid, das ich an diesem Tag gesehen hatte, passte wunderbar zu ihr. Sie sah aus wie ein Engel. Das schönste Mädchen des Landes.

Als sie uns sah, entschuldigte sie sich bei allen anderen und kam auf uns zu.

"Ihr zwei. Ich habe so lange auf dich gewartet «, sagte sie.

»Ja. Hier, Großmutter hat das gegeben ", sagte ich und reichte ihr das Geschenk.

Bevor sie antworten konnte, unterbrach uns ein Gast und wir wurden von ihren Verwandten aus den Augen getilgt.

"Scheint, als wäre sie glücklich", sagte Jeffrey.

»Ja, das ist sie wirklich«, erwiderte ich.

Wir gingen herum und bewunderten den Ort und schlossen uns schließlich anderen beim Bankett an.

"Lecker. Das Essen ist köstlich ", sagte Jeffrey, als wir in dem schwach beleuchteten Raum in der Nähe einer Ecke standen.

"Ja, iss so viel du kannst,"

Wir standen da und aßen herzlich. Aber ich muss gestehen, dass mein Freund ein Tiefenesser ist und in kürzester Zeit sein Teller geleert worden war, wonach er losging, um mehr Essen zu holen

Also stand ich allein da, mit dem Rücken gegen den dunklen Himmel und analysierte alle. Da überraschte mich eine Stimme.

»Endlich bist du gekommen«, sagte eine weibliche Stimme.

Ich drehte mich zu meiner Seite und fand sie in einem roten Kleid. Sie wirkte auffallend attraktiv. Helle Haut gepaart mit brünetten Haaren und einem schimmernden Gesicht, das ihre killergrünen Augen ergänzte.

"Hallo..." Das war alles, was ich sagen konnte.

„2 Jahre. Kein Kontakt. Und das einzige, was du sagst, wenn du mich siehst, ist hallo ", schien Charloette verärgert zu sein.

Darauf hatte ich keine Antwort. Also, wie alle weisen Schulkinder, die befragt wurden, entschied ich mich zu schweigen.

"Christoff, komm aus deiner Flaute", sagte Charloette und winkte mit den Händen.

"Ja", ich schien endlich in die Realität zurückgekehrt zu sein.

"Du starrender Witzbold, lass uns spazieren gehen", sagte sie, als sie mich bei den Armen nahm und mich zum Bürgersteig führte, der die Avenue Falls umgab.

"Also, wie läuft's mit der Arbeit?"

"Äh...Nun, wir reparieren den ganzen Tag Autos. Es ist eigentlich ziemlich langweilig."

"Du wolltest schon immer reisen. Also, wie kommt es, dass du dich entschieden hast, dich niederzulassen?"

"Nun, die Dinge ändern sich, weißt du,"

"Nein. Bei dir ändert sich nichts ", sagte sie mit einem Lächeln.

"Was bedeutet das?"

"Es bedeutet, dass du immer noch nicht lügen kannst", sagte sie und blieb vor mir stehen.

"Du hast meine klopfenden Füße gesehen, huh,"

"Ja. Weshalb will ich das wissen?", hielt sie schließlich an meinem schwachen Nerv fest.

"Liebst du mich, Christoff?"

Ich schwöre, dass ich für einen Moment stillgestanden habe. Die Geräusche verschwanden in Vergessenheit und alles, was ich fühlen konnte, war die Intensität ihres Blicks, der meine Seele nach ihrer Antwort suchte.

Der Rhythmus, der mein Herz schlagen lässt, stand direkt vor mir und stellte mein Zögern jedes Mal in Frage, wenn der Gedanke an eine Liebesbeziehung aufkam. Ich konnte nicht lügen. Ich konnte auch nicht die Wahrheit sagen. Schweigen war die einzige Antwort, die ich geben konnte. Aber meine Güte, ich konnte Charloette nie davon abhalten, meine Gedanken zu lesen.

„Manchmal sind Worte nicht das Richtige. Richtig, Christoff«, sagte sie mit einem rätselhaften Lächeln.

"Danke", antwortete ich.

"Du solltest Mary dafür danken. Christoff, ich weiß, dass du deine Geheimnisse hast, aber lebe nicht dein ganzes Leben allein. Du predigst allen über Liebe und Hoffnung, aber du hast eine Festung der Einsamkeit gebaut, um dich davor zu schützen, sie mit jemandem zu teilen. "

"Es ist das Paradoxon meines Lebens, Charloette",

"Dann hoffe ich, dass dieses Paradox eines Tages gebrochen wird", flüsterte sie sanft.

"Vielleicht wird es eines Tages so sein. Genug über mich, was ist los in deinem Leben?"

"Ich wandere immer noch. Es gibt einen Teil von mir, der sehen will, wie groß diese Welt ist, und dann gibt es einen Teil, der einen Ort sucht, den er sein Zuhause nennen kann. "

"Warum nicht beides?"

"Wäre das nicht gierig?"

"Überhaupt nicht. Das Herz sucht, was es sucht. Du bist eine freie Seele mit einer unübertroffenen Lebensfreude. "

"Sagt der zurückhaltende Typ mit einem unvergleichlichen Blick auf diese Welt", antwortete sie anmutig.

"Du erinnerst dich noch, huh,"

"Scheinbare Gegensätze, die dazu bestimmt sind, sich zu trennen. Wie kann ich diese Worte Christoff vergessen? Die Prophezeiung dieser Wahrsagerin ist in mein Gedächtnis eingebrannt und ich kann keinen Weg finden, sie loszulassen. "

Das hat mich ein wenig gereizt. Als ich abrupt zum Stillstand kam, hielt ich Charloette an ihrer Hand. Als ich sie zu mir zog, überraschte ich sie. Diese grünen Augen zeigten Tränen des Konflikts, als sich unsere Atemzüge in dieser kalten Brise vermischten. Ich streichelte ihr Haar wieder an ihr Ohr und erinnerte sie an unsere Entschlossenheit, die die Wahrsagerin entzückt erklärt hatte

"Ihre Phönix geflügelte Hoffnung und deine mit Titan bekleidete Entschlossenheit werden in der Tat nicht nur deine, sondern auch das Schicksal dieser Welt verändern."

"Du weigerst dich, mich aufzugeben, nicht wahr?", erklärte ein sanftmütiges Mädchen, dessen mutiges Leben gestohlen hatte.

"Selbst wenn diese Flügel angekettet werden, Charloette, verbrenne sie, wenn du musst, und befreie dich. Phoenix erhebt sich aus ihrer Asche, und deine Lebensfreude muss es auch sein. "

Diese aufgewühlten Tränen verwässerten schließlich ihre roten Wangen, als sie mich weinend umarmte.

"Verlass mich nie wieder,"

"Es tut mir leid."

"Du bist ohne ein Wort gegangen. Ich antwortete nicht auf meine Anrufe, weigerte mich, mich zu treffen, wich immer wieder jedem Ansatz aus, den ich machte, um dich zu kontaktieren. Vielleicht hätte das alles nicht so weh getan, wenn es nicht für die Zeit gewesen wäre, die wir in diesem Frühling zusammen verbracht haben. "

"Wir alle haben unsere Gründe, Charloette. Sobald die Zeit reif ist, erzähle ich dir alles. "

"Ich hasse dich, Myers", sagte sie liebevoll.

"Wen sonst kann ein schönes Mädchen wie du hassen, außer mich?"

"Dumm, du verstehst nichts von meinem Hass."

Der Wind hatte sich erhoben, als Jubel die kühle Luft überflutete, die sich durch ihre Umarmung so warm anfühlte. Das war das letzte Mal, dass ich sie in meinen Armen hielt, bevor das Schicksal sie mir wegnahm. Oder besser gesagt, ich distanzierte meinen Schlag von ihrem Herzen.

Jeff hat diese unheimliche Tendenz, im falschen Moment hereinzufallen. Aber ich danke Gott, dass er es an diesem Tag auf den Avenue Islands getan hat. Christoff Myers war an seinen wahren Namen erinnert worden. Und das verheißt nichts Gutes. Jedes Mal, wenn Charloette ihn bei seinem getauften Namen anruft, muss er sich zurückhalten, um ihr die Wahrheit über ihre Identität zu enthüllen. Sie war keine Waise. Und Hosse wusste alles.

"Jeff, du geekiger Idiot, du bist zur richtigen Zeit gekommen. Vielleicht wird sich dein Schicksal bald ändern."

"Äh huh...", lächelte er Charloette zu, die nach ihrem Rückzug sanftmütig blieb.

„Hitler hat sich in einen Juden verliebt. Das ist auch eine Perle einer Dame. Die irischen Wölfe heulen. Denn der Mond scheint heute Abend am blauesten. Ich hätte nie gedacht, dass Hass eine unergründliche Liebe verbergen könnte ", sagte Jeff und starrte Charloette an.

"Kumpel, eines Tages werde ich diese Wölfe auf dich setzen", jousste ich zurück.

"...Ich hoffe, du tust es. 'Weil du ein Köderfreund bist. Du weißt, was ich meine «, sagte Jeff und schaute auf die Gemeinde vor ihm.

"Meine Güte, ich liebe solche Hochzeiten. Schließen wir uns ihnen an. Und Charloette. Sei du selbst. Dieser spunkige Wildfanggeist, der unter deinem elysischen Charme verborgen ist, wird dich mit dem fertig machen, was sich heute Abend entfalten wird. "

"Was meinst du damit?", fragte sie neugierig.

"Nein. Du wirst das entschlüsseln. Ich weiß es, das wirst du ", sagte ich und ließ sie verwirrt zurück.

"Christoff...", sprach Jeff ernst.

"Beruhige dich, Kumpel. Niemand wird verletzt werden."

"Idiot, das weiß ich. Er ist hinter dir her ", hielt er auf halbem Weg inne.

"Genau...also lassen Sie uns den Ball ins Rollen bringen,"

"Denk über dieses Köder-Ding nach. Wir können einen Lockvogel gebrauchen."

"Nein. Beim ersten Mal wurden wir gerettet. Er zielte auf sie. Ich kann es nicht noch einmal riskieren. "

"Eine offene Einladung an einen Scharfschützen. Eine lebende Bombe, ein Feuer, die Hölle ist im Begriff zu brechen, zu verlieren. "

"Wir werden zuerst an der Hochzeit teilnehmen. Also, zieh lieber ein Lächeln auf, Kumpel. "

Hosse und Isabell standen ganz eingetaucht in ihr Hochzeitsgelübde am Altar. Vor ihnen stand diese Versammlung angesehener Leute. Die futuristischen Unternehmer, die extravaganten Techniker von Polaris, die Erfinder der Wright-Pyrotechnik, Staatsmänner aus allen Gesellschaftsschichten und nicht zu vergessen der Erbe des Brüderhofes dieses Landes. Und unsere Aufgabe war es, den reibungslosen Ablauf dieser Zeremonie zu gewährleisten.

„Nimmst du, Jean Hoffman, Isabell Foster als deine rechtmäßig verheiratete Frau?", sagte der Priester und wartete auf die Antwort meines Bruders, der sprachlos stand.

Er war furchtbar nachdenklich. Immerhin hatten wir seinen Hochzeitstag gewählt, um dem Mann hinter den Greenwich-Bombenanschlägen eine Falle zu stellen.

"Yo, Hosse, bring das Ding ins Rollen. Sogar eine Schildkröte kriecht schneller ins Meer zurück ", klopfte ich an sein verstecktes Mikrofon.

"...Ja, das tue ich", sagte er leise.

"Mensch, sieh ihn dir an. Der freimütigste Typ unter uns Unruhestiftern hat vergessen, wie man spricht ", schloss sich Jeff ebenfalls an, um diese seltene Gelegenheit zu erleichtern.

"Vergiss das Reden, er wird ein Leben lang kritisiert, nachdem das vorbei ist. Armer Kerl. Nicht einmal einen Moment nach der Eheschließung, und sein plätschernder, koketter Mund wird mit dem Reißverschluss verschlossen ", scherzte Stephen, als er den Bereich vom Dachfenster der Kapelle aus betrachtete.

"Hosse. Das ist die Perspektive eines verheirateten Mannes. Jede freche Einlage, würdest du gerne hinzufügen ", ich pfefferte ihn immer wieder.

Leider konnte er nicht antworten. Er war mitten in seinem Hochzeitsgelübde und wir zogen seine Beine. Das war eine Erinnerung, an die wir uns später erinnern würden.

In der Zwischenzeit fragte der Priester Isabell: "Nimmst du diesen Mann zu deinem rechtmäßig verheirateten Ehemann?"

Für einen Moment herrschte Schweigen, als alle, einschließlich Hosse, Isabell in Erwartung ihrer Antwort mit angehaltenem Atem anstarrten.

"Ja, das tue ich", antwortete sie nach einer absichtlichen Pause, die ich von ihr verlangt hatte.

Dies rief bei Hosse einen komischen Seufzer der Erleichterung hervor, der mich dazu brachte, mein Lachen zurückzuhalten.

"Christoff, das hast du getan", folgerte Evans. Er war für diese winzigen Explosionen verantwortlich.

"Ja. Jetzt mal im Ernst. 27 Minuten, Leute. Evans, du setzt die Auslieferung mit diesen Ablenkungen in Gang. Jeff wird in der Zwischenzeit alle Ausgänge von den Avenue Islands sichern. Stephen wird das Ziel ausschleichen, sobald ich ihn herauslocke. Das Logistikteam, das an den Docks wartet, hilft bei der Evakuierung. Und Hosse, deins ist der einfachste Job. Mach dich bereit, eine Kugel für deine geliebte Frau zu nehmen. "

Die Zeremonie verlief wie geplant. Unsere Kumpels waren verheiratet. Die Leute speisten jetzt beim Bankett, als Hosse sich in der Nähe von Isabell aufhielt. Es war fast an der Zeit.

„60 Sekunden. Ich überreiche das Geschenk. Stephen und Evans, seid bereit."

Ich ging in die Mitte des Rasens, wo das Paar stand. Stephen achtete genau auf unvorhergesehene Bewegungen. Es gab keine.

"Das Geschenk. Nimm es aus deiner Tasche, Christoff."

Ich schaute mich nach dem Mädchen um, das der Schlüssel zu unserem Plan war. Charloette stand in der Nähe einer Eibe und unterhielt sich. Ich starrte sie an, als sie meine Gegenwart ergriff. Ihre Augenbrauen blitzten auf, als ihr sanftes Lächeln von meinem erwidert wurde.

"Fangen wir an,"

Kaum hatte ich das Geschenk herausgenommen, stürmte ein in Anzug gekleideter Mann nach vorne.

"9 Uhr", alarmierte Stephen.

Evans aktivierte instinktiv die erste Ladung. Eine Explosion auf dem Podium verursachte großes Chaos.

Der Fokus des Angreifers verlagerte sich für einen Moment. Und als er sich umdrehte, feuerte Stephen akribisch einen Schuss durch diese Menschenmenge direkt an die Seite seines Halses.

"Eins runter, noch vier zu gehen. Wilder Schlag von deiner 7. Sei wachsam ", wies der Scharfschütze ihn an.

Ich stürzte mich vor dem Schlag hinunter, bevor ich ihm die Knie ausschlug. Der Rest war Stephs Arbeit, als er ihn mitten in seinem Sturz mitnahm.

In der Zwischenzeit hielt Hosse Wache in der Nähe von Isabell, als eine zweite Detonation die verwirrte Menge auf die Bucht von Avenue Island lenkte.

"Jeff, sichere den Ausgang,"

"Bereits in Position,"

"Gut",

Jetzt kam der knifflige Teil. Der Schalter. Sein Ziel ist es, das Gerät an Isabell weiterzuleiten.

Hosse war schnell in das Paket gerutscht, als wir drei zur Nordseite des Domgeländes gingen, wo Charloette war.

"Was ist mit den Explosionen und den Männern, die dich angegriffen haben?", fragte ein angespanntes Mädchen.

"Keine Ahnung. Ich versuche, am Leben zu bleiben ", sagte ich direkt, „ Hast du jetzt ein Taschentuch in deiner Handtasche?"

"Nein. Ich trage keine Geldbörse", antwortete sie verwirrt, "das weißt du bereits,"

"Hier, nimm das", sagte Isabell, als sie einen vom Revers ihres Mannes nahm.

Ich warf Hosse einen wissenden Blick zu, als die beiden Frauen versuchten, die Situation zu erfassen, in die wir sie geführt hatten.

"Hosse. Der, der zu deiner Linken hereinkommt?«, sagte Steph.

"Bestätigt. Er ist der Bruder."

"Er hat eine Waffe in seiner Gesäßtasche. In Deckung gehen ",

"Isabell und Charloette bewegen sich schnell hinter diesem Baum. Jetzt ", schrie ich, als ich diese gefürchteten Handschuhe anzog, "Hosse bis drei, Ente ",

Alejandro war sein Name, auch bekannt als Aleksi. Er leitete ein Kartell im Namen seines Bruders Diego de la Vega, besser bekannt unter seinem Codenamen Diego. Er wurde vor 4 Jahren zum Schurken. Und es war seine Position, in die mich die Barrows rekrutiert hatten.

"Erstens ergreift er eine Magnum. Zweitens, er zielt. Drittens, die Waffe spannt, als er seinen Finger auf den Abzug legt. "

Ein heulender Schuss umhüllt die Umgebung, als Hosse sich gerade noch rechtzeitig entpuppt. Er nimmt ein anderes Ziel, aber diesmal findet er einen Draht um sein Handgelenk. Ich aktiviere die Ladung, als ein Hochspannungsstrom seine Arme versenkte und ihn dazu brachte, seine Waffe fallen zu lassen.

"Ihn rausschmeißen", melde ich mich bei Steph.

"Hosse, die Weste ist an, richtig,"

"Ich dampfe heiß. Bring mich raus ", sagte er und gewann sein scherzhaftes Verhalten zurück.

"Spar dir das für später auf,"

Evans hatte die vorletzte Ladung in der Kathedrale angezündet. Es ist unser Ziel, unsere Freunde auf die Zitadelle zu lenken.

"Ich habe den vierten ausgeschaltet. Der letzte gehört dir ", sagte Steph, als er auf Hosses Brosche zielte, unter der eine Packung Blut lag.

Yuvisko Helinsky war unser Ziel. Orchestrator dieses gnadenlosen Völkermordes. Seine Anwesenheit hier wurde durch das Gerät garantiert, das ich an Hosse weiterleitete. Sein Passwort lag in Charloettes Kopf. Eine, die ich während unserer gemeinsamen Jahre absichtlich verstärkt hatte.

Pandämonium erschütterte diese Hochzeitsnacht, als die Kathedrale zusammenbrach. Unser Trio rückte immer weiter in Richtung der Zitadelle vor, wo der letzte Akt geplant war.

„10 Uhr. Schwarz gekleideter Mann mit kastanienbraunen Schlössern. Er ist dein Typ ", meldete sich Jeff.

„Die Rettungsboote sind bereit, Jeff. Holt den Bruder-Typen raus. Ich werde unser Ziel am Eingang abfangen. "

Unter dem Zitadelle-Herrenhaus befand sich ein Bunker. Daneben lag ein Tunnel, der zum Seeufer führte, wo unser Rettungsboot auf Standby wartete.

"Hosse führt sie in den nördlichen Korridor. Am Ende eines rechten Durchgangs befindet sich eine eiserne Tür. Bringen Sie sie vor dem Einsturz dazu ",sagte ich über die Gegensprechanlage.

Yuvisko stürzte auf den steinigen Eingang zu, der das ikonische Herrenhaus überragte, das Zeuge der Hochzeit der Monarchen geworden war. Es stand der Verwitterung von Jahrhunderten und unzähligen Kriegen, auf denen dieses Land stand. Ein Leuchtturm der Handwerkskunst für den Architekten von gestern.

„Wie schade, dieses Erbe in Stücke zu reißen!", sagte Evans.

"Wir tun, was erforderlich ist. Halte deine Gefühle beiseite ", antwortete ich.

Als der kastanienbraune Kerl vorrückte, lud ich die Handschuhe auf, bevor ich den Draht um seinen Hals legte. Sofort erstarrten seine Hände am Scharnier, als er verstand, worauf er sich eingelassen hatte.

"Es ist eine Freude, dich endlich getroffen zu haben", sagte er unbeeindruckt, bevor er sich mir zuwandte.

Karmesinrote Augen starrten mich ominös an, als eine kalte Brise diese "Nacht der Raserei" zu einem unerwarteten Ende wirbelte.

"Wo ist Diego?" Fragte ich.

"Das Gerät, das du hast, hat alles", antwortete er unbeirrt.

"Warum ist er hinter ihm her?"

"Die ganze Welt ist hinter ihm her. Auf die eine oder andere Weise wirst du Christopher wählen müssen. "

"Ich habe mich bereits entschieden,"

"Das ist gut. Denn dein Eifer wird bis ins Mark auf die Probe gestellt werden. "

In der Tat hatte er recht. Die Folgen schafften es auf die Titelseite der Medien. Meine Entscheidung machte einen Plan, der bis dahin akribisch ausgeführt worden war, zu einem großen Durcheinander.

"Christoff, die Passage ist sicher", informierte Jeff.

"Rig it out", sagte ich, bevor ich die gesamte Kommunikation unterbrach.

Ich ließ den Nacken los und zog den Draht zurück. Eine Entscheidung, die in dem Moment getroffen wurde, der das Schicksal unzähliger Menschen besiegelte.

"Stell dich,"

"Warum?"

"Weil du unschuldig bist,"

Drohende Explosionen erschütterten die Insel, als das Denkmal einstürzte. In der Zwischenzeit führte Hosse die Mädchen aus dem

Tunnel, wo wir uns treffen sollten. Steph behielt seine Brosche im Auge, als sie auf den kleinen Bach hinausgingen, bevor sie sich auf den Weg zur Küste machten. Jeff muss die Rückkehr aller Gäste auf das Festland sichergestellt haben. Alles, was blieb, war, dass Evans das Rettungsboot mitnahm.

Diego ist ein Vagabund. Seine Verbindung zu den Barrows war kurz. Aber während seiner Amtszeit verdiente er sich den Spitznamen Panther. Alle seine Auslieferungen waren makellos. In Wirklichkeit war er die Speerspitze eines Projekts namens Polaris. Sein Ziel ist es, die Sicherheit eines Mannes zu gewährleisten. Sein Schöpfer. Aus unbestätigten Gründen wurde dieses zwei Jahrzehnte dauernde Projekt jedoch abgebrochen. Quellen sagen, dass es auf den Tod von Newman Reeds zurückzuführen war, dem Mann, den Diego beschützen sollte. Einige sagen, dass er es war, der ihn getötet hat. Die Sache ist voller Spekulationen, da alle Forschungsarbeiten verschwunden sind. Sein Wiederaufleben war auf die Entdeckung eines Datenlaufwerks zurückzuführen, das anonym an unseren Geheimdienstflügel geschickt wurde. Es war verschlüsselt. Jedes Mittel, um es zurückzuholen, würde es zu einem nutzlosen Stock machen. Nur ein Versuch war möglich. Und im Mittelpunkt stand der Name eines Mädchens, an das es gerichtet war. Charloette Whitman.

"Du hast mir den Zugangsschlüssel weitergeleitet", sprach ich kurz und bündig.

"Und du hast es zerstört", sagte Yuvisko.

"Es ist kriminell, eine solche Macht zu haben,"

„Die Regierungen sind bei ihrer Suche gestürzt. Newman tippte unwissentlich darauf. Das führte zu seinem Ableben."

"Er kodierte es mit ihrem Genom,"

"Richtig gemessen. Trotzdem hast du ihr unwissentlich den Zugangsschlüssel ins Gedächtnis eingeprägt. "

"Die Erinnerungen können nicht abgerufen werden. Es ist der sicherste aller Safes der Welt ",

"Egal was passiert, Diego wird hinter ihr her sein."

"Wir werden sehen. Im Moment bist du für den Vorfall in Greenwich verantwortlich. Stell dich. Wir werden Ihre Amnestie sicherstellen."

"Versichernde Worte. Du scheinst angesichts der ärgerlichen Umstände ruhig zu sein. "

"Es ist eine Tradition unter uns. Wir halten immer unseren Teil des Deals ein, egal was nötig ist. "

"Okay, lass uns das tun, wofür wir hier waren,"

"Ich habe den Kontakt zu Myers verloren", rief Evans, als es herunterregnete

Die Wellen wurden im Laufe dieser Nacht unruhig. Es gab keine Anzeichen von Christoff, als sie auf diesem ausgetretenen Pfad vorrückten. Eine atemberaubende Landschaft bahnte sich ihren Weg, als ein schwaches Licht von der Fähre auf sie wartete.

"Wir fahren mit dem Plan fort", sagte Steph auf dem Mikrofon, "ich nehme das Ziel ins Visier",

"Warte, bis sie den Trenchcoat angezogen hat", sagte Evans, bevor er ihnen ihre Kleidung aushändigte.

Sobald Charloette die Fähre betrat, zischte Steph eine Kugel direkt auf Hosses Brosche. Ein ohrenbetäubender Schuss erschreckte die Seevögel in Raserei, als Blut über Isabell strömte.

Die Auswirkungen würden Hosse jedoch ausschalten. Innerhalb dieses Sekundenbruchteils sollte er das Gerät in ihre obere Tasche stecken. Und Junge, er hat es überzeugend gemacht.

Charloette war fassungslos, als sie Zeuge der Blutlache wurde, in der ihr Bruder versunken war. Sie versuchte, abzusteigen, aber Evans griff sofort ein.

"Bleib hier und nimm Deckung gegen den Mast", sagte er und hielt sie zurück.

Er stürzte hinaus und führte eine benommene Isabell ins Boot, bevor er sich um Hosse kümmerte, die bewusstlos auf den Felsen lag.

"Er ist schwer", beschwerte sich Evans

"Nein. Du bist dünn ", sagte Steph.„ Zieh den frisch verheirateten Penner schnell hier raus. "

"Keine Spur von Christoff,"

"Nicht in einer halben Meile", befragte Steph mit dem Scharfschützen-Teleskop, "dieser Typ schraubt gerne eine perfekt ausgeführte Auslieferung,"

"Vielleicht improvisiert er",

"Gott weiß, was er im Kopf hat. Bring sie einfach zurück zur Riviera. Wir werden das auf dem Festland klären."

Als die Fähre ins Wasser watete, nahm Steph ein Feuerzeug aus seiner Gesäßtasche, bevor er sich eine Zigarette anzündete.

"Meine Güte, es ist eine kalte Nacht. Avenue Islands dezimiert, um Polaris weiterzuleiten ", dachte Stephen und nahm einen Schnupftabak.

Gelübde

" Nacht der Raserei", erinnerte sich Isabell, als wir auf dem Esstisch saßen, "Das ist das Highlight unseres Hochzeitstages",

"Die Medien blasen es überproportional", bemerkte Hosse.

"Die Hälfte von Avenue Island war weggeblasen. Ein nationales Erbe. Es war so ein großer Skandal."

"Alles hat gut geklappt. Der Bomber-Typ wurde erwischt. Hosse schaffte es lebend zurück. Niemand wurde verletzt ", sagte ich, bevor ich mich in die Pasta vertiefte.

"Es ist leicht für dich, das zu sagen. Sie werden bei entscheidenden Anlässen immer vermisst. Wo warst du in dieser Nacht?«, fragte sie.

"Mit Jeff, als er bei der Evakuierung half,"

„Was ist mit den zwei Jahren, in denen du buchstäblich ein Geist warst?", fragte Isabell.

„Für die Arbeit musste ich anonym reisen."

Daraufhin lächelte sie schief, bevor sie antwortete

"Du und deine Geheimnisse",

"Nun. Es ist ein leckeres Abendessen, das du zubereitet hast ", sagte ich ablenkend.

"Du machst der falschen Person ein Kompliment", warf Isabell einen Blick auf Charloette.

"Wirklich. Du hast das alles getan. Ich bin überrascht."

"Als ob du noch nie etwas gegessen hättest, was ich zuvor gekocht habe", verspottete sie.

"Ja. Das Essen ist herrlich lecker. Bitte aufmuntern Sie ein wenig,"

Sie blieb lustlos.

Ich deutete auf meine Kumpels, die einen klaren Hinweis gaben. Charloette hatte sich zu ihren Gefühlen bekannt und wartete auf meine. Als sie dies erkannten, ließen uns die beiden leise am Esstisch allein. Ich räusperte mich, rief meinen ganzen Geist herbei und ließ alles raus.

"Jemand, der dich in unverschämte Probleme bringt und dir dennoch hilft, den Kokon zu überwinden, in dem du gefangen bist. Derjenige, der dich diesen Widerspruch von

Ich hasse dich liebevoll

Wer bringt dich dazu, dich selbst zu hinterfragen-

Warum mache ich immer noch mit diesem Idioten mit?

Wer bringt dich dazu, das zu sagen-

Ich kann um die ganze Welt reisen, aber keinen einzigen Menschen wie dich finden.

Dass jemand dein auserwählter Kamerad ist. Ein Genosse, dessen Gesellschaft Sie für die Ewigkeit schätzen würden."

Ich hielt ihre Hände und schaute schließlich auf diese seelenvollen Augen

"Charloette, du bist meine Schicksalsgenossin. Ich liebe dich mehr, als du jemals wissen wirst. Aber nur dieses eine Mal musst du wissen, dass du mein Leben bist. "

Das Geständnis kam nach 21 Jahren platonischer Beziehung. Es quälte sie mit Tränen, als wir da saßen und unsere Augenbrauen lächelnd gegeneinander klammerten.

"Charl, komm mit mir,"

Ich hielt ihre Hände und ging ins Wohnzimmer.

"Hosse und Isabell, wir müssen euch etwas sagen,"

Beide hatten die Veränderung bemerkt, die sich in ihrem Ausdruck zeigte.

Hosse hielt sich in seiner Ausgelassenheit zurück, während Isabells Augen vor Freude glänzten.

Es war ein lang erwarteter Moment. Beide hatten uns während unserer Kindheit überredet, und jetzt waren wir hier.

"Wir lieben uns und würden gerne zusammen sein,"

Hosse deutete auf Isabell, als beide sich uns leise näherten.

Sie standen in einer Vielzahl von Stille auf Abstand und befragten uns irgendwie. Ein klassischer Schachzug, um seine Entschlossenheit zu testen.

Wir standen Hand in Hand.

Eine Minute später verwandelte sich all ihre Feierlichkeit in Festlichkeit.

„Gott sei Dank, dieser Tag ist endlich gekommen", sagte Isabell, „ihr zwei habt uns sicherlich warten lassen."

„Wenn wir euch beide so zusammen sehen, macht uns das immense Freude. Jeder kennt dich. Aber wie Mary sagt, müssen einige Entscheidungen von den Kindern selbst getroffen werden."

"Sicher ist sie weise und freundlich", sagte Charloette.

"Ihr zwei müsst euch wirklich einen neuen Trick einfallen lassen. Dieser FBI-Verhörstarren ist altmodisch ", wich ich zurück.

"Vielleicht ist es das. Aber es funktioniert die ganze Zeit. Geben Sie zu, dass Sie beide nervös waren ", sagte Isabell.

"Wir waren für einen Moment da. Ich konnte unseren Atem hören und meinen Rhythmus spüren. Dann faltete er meine Hände fester. Es fühlte sich beruhigend an" , antwortete Charloette.

"Erinnere dich daran. Mit einem vertrauenswürdigen Begleiter an Ihrer Seite ist nichts so beängstigend, wie es scheint. Das Leben ist ein Spaziergang mit vielen Wendungen, halten Sie sich an dieser Hand fest und lassen Sie nie los ",

"Ja, gelobe, niemals loszulassen, egal was passiert", sagte Hosse.

"Das tun wir", sagte unsere vereinte Stimme.

Es näherte sich der Dämmerung, als der erste Schnee dieser Saison zu fallen begann. Den Nachmittag verbrachten wir im Theater, in dem „Eine Nachtigall" gezeigt wurde. Dies war unser erster gemeinsamer Film. Wahrscheinlich die ununterbrochenste Zeit, die wir je verbracht haben. Als sie so nah war, spürte ich ihre Gefühle, als sie die Nuancen dieses historischen Dramas erlebte. Ihr Lachen, ihr Schweigen, während sie versunken zusah, ihr Schluchzen, während sie an ihren Tränen festhielt, sorgten für einen lustigen Tag. Als sie fertig war, lag ihr Kopf auf meiner Schulter. Es war ein warmes, zartes Gefühl.

"Wie war der Film?", fragte sie.

"Seelenvoll",

"Ich habe es bis ins Mark geliebt. Im Laufe der Jahre wird dies zu einer ziemlichen Erinnerung werden. Es lohnt sich, sie noch einmal zu besuchen. "

"Apropos Erinnerungen, erinnerst du dich an die Zeit, als du mich mit deinem Hockeyschläger verfolgt hast?"

"Du hast dich über meine gebrochenen Schneidezähne lustig gemacht", begründete sie.

Das rief ein herzhaftes Lachen hervor.

"Ah, diese Tage vergingen wie aus einer Laune heraus. Wir waren so verspielt."

"Du warst reserviert. Wie ein Fels, unnachgiebig, sich nie öffnend,"

"Erst als Hosse kam, fing ich an, mich mehr zu unterhalten. Er hat diesen Charme an sich."

"Du und Isabell wart immer so nah beieinander. Alle dachten, du magst sie."

"Sie ist meine beste Freundin. Du wärst verrückt, sie nicht zu mögen. Aber Liebe ist anders."

"Wie das?"

"Hosse hat mir von dir erzählt, als er sich zum ersten Mal vorstellte. Ein geliebter Bruder, den du gemacht hast. Aber erst als ich deine Liebe in dieser Geste spürte, fing ich an, an dich zu denken. "

"Von welcher Geste sprichst du?"

"Ein Tag-Spiel endet, wenn Sie den letzten Spieler, mit dem Sie zusammen sind, übertrumpfen. An diesem Tag jubelten uns alle ungestüm zu. Dennoch gab es die temperamentvolle Stimme eines Mädchens, die mit meinem Beat mitschwang. Es war deins. Bis dahin musst du unerbittliche Hinweise gegeben haben, aber keiner hat dich involviert, meinen Namen zu rufen. In dem Moment, in dem ich hörte, wie du meinen Namen anfeuerst, erkannte ich eine Begeisterung, wie sie niemand hat. Um ehrlich zu sein, in diesem Moment versiegelte ich den Herzschlag in deiner Stimme. Ein Moment des hemmungslosen wirklichen Du vor mir war alles, was es brauchte. "

"Das hast du noch nie gesagt,"

"Du hast nie gefragt. Wir hatten bis zur Hochzeit von Hosse nie ein richtiges Gespräch. Du nimmst viel Charloette an. Das tun alle Mädchen. Jungs haben ein viel einfacheres Herz. Wir vergessen nicht das erste Mädchen, das Liebe in uns hervorgerufen hat, Liebes,"

"Ich war es,"

"Wen habe ich sonst noch gesucht? In jedem Bissen meines Stoffes bist du es,"

"Du hast dich mit Worten durchgesetzt und drückst aus, wie du dich fühlst. Ich bin berührt, Christoff,"

"Freut mich, das zu hören."

"Haben Sie ernsthaft darüber nachgedacht, zu schreiben?"

"Nicht wirklich. Aber ich habe eine Geschichte im Kopf. Es ist eine Frage der Zeit und des Engagements, wenn es darum geht, einen zu schreiben. "

„Wenn du einen schreibst, dann von ganzem Herzen. Der Verstand verdreht die Handlung, um sie extravagant zu machen. Raffinesse liegt in der Einfachheit der Perspektive ",

"Das würde ich im Hinterkopf behalten."

Ohne es zu merken, hatten wir uns zu den kleinen Engeln unterhalten.

"Die Zeit vergeht mit dir an meiner Seite",

"Lass uns eintreten, Schriftstellerin", zwinkerte sie fröhlich.

"Da bist du ja. Junge, ich freue mich, euch beide zu sehen ", sagte Mary und umarmte uns.

"Es ist schön, dich kennenzulernen, Großmutter", sagte Charloette.

"Christopher hat sich sicherlich einen Engel ausgesucht", sagte sie liebenswert.

"Du hast sie aufgezogen. In gewisser Weise hast du mir meinen Engel gegeben."

"Ich habe dir einen Rat gegeben. Du warst es, der es durchgemacht hat. Und was für ein Juwel du gefunden hast."

All diese Schmeichelei machte Charloette ein wenig nervös. Aber sie behielt ihre Fröhlichkeit bei.

"Mary, Christoff sagte, du wolltest über etwas reden,"

"Ja, das tue ich. Jetzt, da ihr beide zusammen seid, ist es an der Zeit,"

"Alles, was dich beunruhigt", bat ich, die Veränderung in ihrem Ton zu bemerken.

"Nein, meine Liebe. Im Gegenteil, es macht mich nostalgisch."

"Was ist los?" Fragte Charloette.

"Folge mir in mein Zimmer", sagte sie und verließ uns.

Maria lebte ein einfaches Leben. Sie widmet die meiste Zeit uns Kindern und diesem Waisenhaus. Sie war Geigerin und Musiklehrerin. Und sie spielte uns verzückte Melodien vor, die unsere Kindheit mit Hoffnung erhellten. Ihr Zimmer war ein Zeugnis ihres Geistes. Sie hielt es bunt und makellos.

Aus ihrem Schrank holte sie eine kleine Kiste heraus. Es war marineblau in der Farbe mit einem gelben Band.

"Hier, öffne es zusammen", sagte sie und überreichte uns ihren wertvollen Besitz.

Im Inneren lag ein hauchdünnes Blattgold. Es war herzförmig wie ein Alocasia und graviert.

"Dein Großvater hat es mir auf unserer Hochzeit geschenkt", erinnerte sie sich.

"Da sind Schriften drauf", bemerkte Charloette, "geschickt und winzig",

"Das sind die Gelübde. 7 um genau zu sein", erklärte sie, "Hier, nimm diese Lupe und lies sie."

"1. Das gemeinsame Leben zu schätzen

2. Ein treuer Kamerad sein

3. Freundlich und hilfsbereit zu sein

4. Von ganzem Herzen lieben

5. Sich unerwartet zu kümmern

6. Sich irrational zu entschuldigen

7. Dich für immer lieb zu halten,"

"Dein Großvater hat immer gesagt, dass ein Satz Gelübde für ein Leben des Zusammenwachsens mit dir nicht ausreichen könnte. Dennoch bilden diese 7 Gelübde, die Sie gerade gelesen haben, die Grundlage jeder Beziehung. Es ist eine ernsthafte Verpflichtung, es dauerhaft zu machen. Nach allem, was ich weiß, wo Liebe ist, finden die Menschen immer einen Weg, es zum Laufen zu bringen. Die Liebe zwingt sie, sich zum Wohle ihrer Geliebten zu verbessern. "

"Es ist ein schönes Geschenk, Großmutter. Du hast es mit Sorgfalt aufbewahrt ", sagte ich

"Und ich möchte, dass ihr beide es habt,"

"Uns?"

"Ja. Es ist Tradition. Betrachte es als Familienerbstück und schätze, was es sagt. Es war Zeit, es weiterzugeben. Ihr zwei seid ein reizendes Paar."

"Danke", sagte Charloette.

"Wir kümmern uns genauso gut darum wie du."

"Ich weiß, dass du das wirst. Deshalb habe ich es dir gegeben ", sagte Mary.,,Komm jetzt zu uns zum Abendessen. Es ist lange her, dass wir zusammen gegessen haben. "

"Je mehr, desto besser,"

"Essen schmeckt besser mit geliebten Menschen am Tisch,".

März

Es war zwei Tage her, seit ich angefangen hatte, dieses Tagebuch zu lesen, das Christoff niedergeschrieben hatte. Er hatte ein Talent, sich auszudrücken, was sich in seinen Schriften widerspiegelte. Kurz gesagt, es war ein Sprung in seine Vergangenheit, der seine Gegenwart vorwegnahm. Eine Geschichte, die man ewig nacherzählen kann. Gegen Ende fand ich heraus, dass es unvollständig war.

Marias letzter Wunsch war, dass ich das hier lese. Wahrscheinlich hat sie meine Gefühle bei meinen Besuchen in Shaira bemerkt. Leider war dieser Kerl jemals schwer fassbar.

„Christopher ist nicht leicht zu verstehen", sagte Mary.

"Er bewacht sich selbst", antwortete ich.

"Diejenigen, die am zurückhaltendsten sind, erweisen sich als die interessantesten. Christopher beobachtet scharfsinnig. Er behält seine Meinung für sich, es sei denn, er wird darum gebeten. "

"War er immer so?"

"Nicht immer. Im Leben passieren Dinge, die die zärtlichsten Männer verhärten können. "

"Ist in seiner Vergangenheit etwas Schreckliches passiert?" Fragte ich neugierig.

"Nichts, was rückgängig gemacht werden kann", sagte sie mit einem schiefen Lächeln.

In den nächsten Tagen suchte ich nach den fehlenden Links zu seiner Geschichte. Als der investigative Flügel der Times durch zahlreiche Akten der Riviera schlenderte, näherte sich der Weltgipfel auf den Angel Falls. Seine Berichterstattung sollte sich bald als das Highlight meiner Karriere erweisen.

"Die Bombenanschläge vom 29. März", sagte einer meiner Kollegen, "von den 7 Plätzen, die gesprengt wurden, ist einer die Barrows."

"Das Jahr?" Fragte ich.

"2006. Sie würden es nicht wissen, aber die Riviera-Bombenanschläge gelten bis heute als der größte Fehler in den Geheimdienstkräften unseres Landes. "

"Wurde der Angeklagte erwischt?"

"Niemand hat Anspruch auf die gnadenlosen Explosionen erhoben,"

"Warum nennst du es gnadenlos?"

"Die Orte, die ins Visier genommen wurden, sind alle zivile Bereiche,"

Ich hatte es unterlassen, Details über die Barrows mit meinem Team zu teilen. Die einzigen Hinweise, die sie hatten, waren die Namen von Christoff, Charloette, Hosse und Isabell. In Anbetracht des Mangels an Zeit hatten sie eine lobenswerte Arbeit geleistet.

"Rachel, nenne die Orte,"

"Die südlichen Vororte, das Hopewell Hospital, die St. John's Cathedral, der Metropolitan Square, die Gilmore Fountains und ein Waisenhaus,"

"Ein Waisenhaus?"

"Die kleinen Engel an der Ostseite der Riviera",

"Die Opfer?"

„51 Personen. Einschließlich Hosse Hoffman und Charloette Whitman ",

Als wir uns weiter vertieften, erkannte ich den Kern der Sache. Christoff verließ Shaira auf der Suche nach der Person, die diese Gräueltaten begangen hat. Seine Beteiligung an den Barrows gefährdete die Sicherheit der Kinder des Waisenhauses und seiner Freunde. Nach den Tatsachen deutete dies alles auf eine nicht identifizierte Person hin, die unter dem Decknamen Vega bekannt war. Christoff machte sich für ihren Tod verantwortlich. Wenn Schuld an deinem Herzen nagt, schleicht sich unweigerlich der Wunsch nach Rache ein. Gefangen in seinem Griff, sind die besten Männer gefallen. Und ich konnte es mir nicht leisten, ihn zu verlieren.

"Es ist wieder diese Zeit des Jahres", bemerkte Isen.

"Die Zeit, in der alles auseinander fiel", sagte Jeffrey.

„Christoff musste wirklich eine schwere Entscheidung treffen. Aber er tat es unerschrocken."

„Liebe gibt dir diese Entschlossenheit. Um der ganzen Welt zu trotzen."

"Er tat es mit einer unerschrockenen Haltung",

"Er hat es mit Sicherheit Isen angetan. Ich erinnere mich genau an diesen Tag. Wir waren im Büro bei den Barrows. Ein Jahr war seit Yorkshire vergangen. Es gab wenig Arbeit und ich döste buchstäblich, als das Telefon klingelte. Eine weibliche Stimme fragte nach Christoff mit dem Auslieferungscode, der uns zugewiesen wurde. Sie klang verzweifelt. Ich leitete den Anruf an ihn weiter und im nächsten Moment eilten wir, wie von Christoff befohlen, zum Ausgangstunnel. 20 Minuten später übernahmen die Bombenanschläge die Nachrichten. "

„Ich habe einen Ausschnitt aus diesem Artikel. Die Kolumnisten haben einen ordentlichen Schlag gegeben."

„Feuer regnen lassen. Das Hopewell-Krankenhaus, in dem Isabells Geburt fällig war, lag in Trümmern. Ein Lastwagen rutschte vom Metropolitan Square ab und rammte wegen einer Explosion in Hosses Auto. Kleine Engel haben ihren Preis dafür bezahlt, dass sie uns empfangen haben. Der Unterschlupf könnte wieder aufgebaut werden. Aber Leben, die einst verloren gingen, sind für immer verschwunden. 51 Menschen. Es ist ein schwerer Tribut,"

"Dieser Anruf gab Ihnen 10 Minuten, um 7 gleichzeitige Explosionen zu stoppen,"

"In der Tat wurden Leben gerettet. Aber jemand muss die Schuld für den Fehler auf sich nehmen. John wurde als Verräter bezeichnet. Und Christoff war damit nicht einverstanden. "

"Er hat Shaira verlassen, als er deinen Brief erhalten hat. Was hast du ihm geschrieben?"

„Diego Vega wurde neben John gesichtet. Sie sind hinter Polaris her. Die Brüder wollen sie tot sehen."

"Und er hat gegen dich rebelliert, nicht wahr?"

„Sein moralisches Gewissen lässt es nicht zu. Du weißt, wie er ist."

"Endet das alles gut?"

„Er geht gegen die Brüder vor. Es wird ein Gemetzel sein, wenn er sich einmischt ", sagte Jeff und erinnerte sich an sein letztes Gespräch mit Christoff.

"Was hast du gerade getan?"

"Ich habe ihnen den Krieg erklärt,"

"Du hast den Verstand verloren",

"Im Gegenteil, ich bin endlich wieder zur Besinnung gekommen",

"Die Auslieferung gegen uns auf einem Weltgipfel wird scheitern,"

„Diesmal gewinnen alle. Grüße den Chef von Herzen."

"Warum die Welt für ihn herausfordern?"

"Ich schulde ihm meine Welt. Das ist alles, was ich brauche."

"Wenn du dich entschieden hast, dann weißt du das. In dem Moment, in dem du Angel Falls betrittst, werden die Barrows dich niederschießen. John hat sein Schicksal auf dem Gipfel besiegelt. "

"Das Schicksal liegt in den Entscheidungen, die wir treffen. Ihr habt einen schwachen gemacht. Es ist Zeit, die Dinge in Ordnung zu bringen. "

"Das wird dein Tod sein."

"Du fühlst dich dem Tod am nächsten, am lebendigsten."

"Christoff. Überlegen Sie es sich noch einmal. Du weißt, wer die Berichterstattung darüber überwacht. "

„Es liegt in Ihrer Verantwortung, die Sicherheit aller zu gewährleisten."

"Das sind die Worte, die er mich bei Isen gelassen hat", sagte Jeff.

"Sie ist in sein Lebensgewebe eingewebt. Auf die eine oder andere Weise werden ihre Welten kollidieren. "

"Welche Wahl wird sie treffen?"

"Das hat er vorhergesehen. Er kennt sie. Deshalb ist er sich so sicher. "

„Das Schicksal der Welt wird im Gleichgewicht sein. Können wir es den Emotionen eines Mädchens überlassen?"

"Sie ist eine von einem tausendjährigen Mädchen. Ihre Wahl verdient es, das Schicksal aller zu besiegeln. "

Ein Weltgipfel wurde von den Vereinten Nationen des Souveräns organisiert. 12 Länder sollten dieses Mega-Event anführen. Sein Zweck war der Start einer globalen Satellitenverbindung, die bei ihrem Einsatz eine gigantische Reihe von miteinander verbundenen digitalen Feeds schaffen würde, die jede Ecke der Erde gleichzeitig abbilden. Die erzeugten Daten wären enorm und würden einen Berg an Speicherplatz und ein nie zuvor erfundenes Kühlsystem für die Quantencomputer erfordern. Angel Falls in der Nähe des arktischen Pols war das ausgewiesene Gebiet. Kalte, knochenbetäubende Luft auf diesem Berg war ideal. Der steilste Wasserfall, den der Mensch je gekannt hatte, wurde als Kühlmittel für dieses Projekt mit dem Titel Polaris verwendet.

"Sie bringen den gesamten Planeten mit Hologrammen auf einen Bildschirm", sagte Rachel.

"Ja, im Gegensatz zum traditionellen Geo-Mapping ist es eine Rund-um-die-Uhr-Überwachung", antwortete ich.

"Wir werden bei Minusgraden da sein,"

"Guten Appetit, Liebes. Es wird morgen der 29. März sein, wenn wir landen. Schlafen Sie ein bisschen,"

"Du auch, Lisa,"

"Wirst du da sein?" Ich dachte, als ich in die Wolken starrte: „Riviera wurde wegen Polaris dezimiert. Was ist daran, dass du 6 Jahre lang verschwunden bist?"

Die Gedanken stürzten rücksichtslos, bevor der Schlaf mich in seiner Kupplung streichelte, als ich beobachtete, wie die untergehende Sonne in feuchte Wolken neigte und um eine Sache betete.

"Ich hoffe, ich treffe dich dort, Christoff,"

Der frühe Morgen fühlte sich wie eine winterliche Nacht an, als wir aus dem Flugzeug stiegen. Die Luft war kalt, ohne Sonnenlicht.

Unerbittliche schneebedeckte Gipfel zeigten die Feindseligkeit des Lebens an den Polen.

"6 Monate reiner Winter", sagte Rachel.

"Wandere nicht hier weg. Diese Orte verbergen die bösartigsten aller Kreaturen ", antwortete ich.

"Wölfe und Eisbären?"

"Du weißt es besser, dich von wilden Tieren fernzuhalten. Ich spreche von dieser Pflanze da drüben. Ein einziger Dornstich kann dich lähmen. Dann gibt es dieses dünne Eis, das dich in eiskalte Gewässer schickt, wenn du darauf trittst. Im Leben hier geht es ums Überleben. "

"Woher weißt du das alles?", fragte sie neugierig.

„Ich habe mit meiner Mutter ein Jahr in Grönland verbracht. Sie hat mir vom Leben an den Polen erzählt. "

"Ziemlich klug von Ihnen, sich daran zu erinnern,"

„Wir besprechen meine Reisen später", sagte ich mit Blick auf meine Uhr. „Der Gipfel beginnt in 4 Stunden. Holen Sie sich den Rest unseres Teams ",

"Ja, ich bin schon dabei,"

Unsere Reise zum Gipfel gab uns einen malerischen Blick auf die bezaubernden Angel Falls. Wasser strömte in einen Kessel darunter, der schweren Nebel aufwirbelte, der die Ausläufer in einen Mantel der Unsichtbarkeit umhüllte.

"Es ist so steil", sagte unser Kameramann.

"Du gehst besser nicht in die Nähe seiner Kante", sagte der Chauffeur.

"Ein Sturz bei den Angels ist ein sofortiges Ticket in den eisigen Himmel unten", witzelte Rachel.

"Schätze deinen Sinn für Humor. Mach weiter so. Denn wir werden es brauchen, wenn wir das Ereignis unter diesen harten Bedingungen abdecken ", platzte ich heraus.

"Angenommen, jemand fällt herunter, überleben sie?", fragte unser Kumpel, der eine Nahaufnahme auf den Wasserfällen machen wollte.

"Es wäre ein Wunder. Und das passiert hier nicht oft. Ich würde sagen, diese Person wäre ein ziemlich glücklicher Kerl ", antwortete ich.

"Nun, da Sie es erwähnt haben, gibt es eine Legende über die Wasserfälle", sagte der gebürtige

"Eine Legende. Das wäre schön zu hören."

„Es wird gesagt, dass einst ein Phönix gesichtet wurde, der in seine Tiefe gleitet. In diesen Gewässern wurden Feuerschwingen übergossen, bevor es nach diesem kalten Tauchgang wieder flammend heiß wurde ",

"Ich dachte, Phoenix sei aus seiner Asche entstanden",

"Das tun sie. Aber es ist eine Metapher, mit der man korrelieren kann. Zeit ist die Asche, die sich in Angel Falls versteckt. Wenn eine Person bereitwillig das Biest eines Wasserfalls hinunterspringt, dann wird seine Lebensdauer zu Asche. Und aus dieser Asche entsteht das Leben der Person, für die die Tat begangen wurde,"

"Nur ein Verrückter würde etwas so Dummes tun", kommentierte ich missbilligend.

"Solche verwandten Seelen existieren, Madam. Vielleicht triffst du einen,"

Ein Schimmer zeigte sich in den Augen des Mannes, als er diese Worte aussprach und uns unserem Schicksal näher brachte.

"Der Gipfel wartet", bereitete Rachel die Atmosphäre wieder auf unsere Berichterstattung vor, als wir von unserem Van zurücktraten.

"Ausweise bitte", fragten die Delta-Streitkräfte am Kontrollpunkt.

Ein gründlicher Sicherheitsscan mit Frisking wurde makellos durchgeführt. Es durften keine Fehler gemacht werden, wenn man wusste, dass alle Würdenträger der Welt an einem Ort anwesend sein würden.

Kaum hatten wir das Tor betreten, entdeckten wir die britische Regierung, als die Mitglieder aus ihren schwarzen SUVs stiegen. Das war unser Zeitfenster, um einen kleinen Vorgeschmack auf die bevorstehenden Veranstaltungen zu erhalten.

Zusammen mit Rachel und Mark machten wir uns schnell auf den Weg zur Szene und sicherten uns ein Interview mit ihrem Sprecher.

"Madam, könnten Sie uns über den Start dieses jahrzehntelangen Projekts informieren?" Ich habe ein Interview geführt.

"Polaris wird den Einfluss der Souveränen Union über den asiatischen Himmel stärken", sagte Nicola Sedenham, die dieses Ereignis anführte.

"Die Asiaten scheinen zögerlich zu sein, wenn Ihre Satelliten in ihre Lufträume eindringen,"

"Es ist ein notwendiger Kompromiss. Für eine globale Satellitenvernetzung war es ausschlaggebend,"

„Verzeihen Sie meine Störung, aber die Rede des Brüderkönigs wird nach seiner Gesundheitsangst am meisten erwartet. Irgendwelche Updates dazu", fragte ich taktvoll.

Dabei lächelte sie leicht und antwortete: „Rayman Jr. wird in der Tat im Namen seines Vaters sprechen. Er ist ein fähiger Geschäftsmann und ein Visionär. Seine Einsicht im Laufe der Jahre hat dieses Mega-Event heute Realität werden lassen."

Damit schloss sie sich dem britischen Konvoi an und verkürzte das Interview.

"So wird es sein, Leute", sagte ich zu meinen Crewmitgliedern, "schnell und präzise."

»Daran muss man sich gewöhnen«, bemerkte Mark.

"Was sind die Brüder?", fragte mein Kameramann, "Klingt archaisch,"

"Die Brüder sind der Spitzname für den Weltrat, der von der einflussreichsten Person der Welt angeführt wird, die passend König genannt wird", antwortete Rachel.

Unsere Crew begann, den Ort für den Aufbau der Sendeanlagen zu vermessen. Strategische Standorte wie das Amphitheater, in dem Rayman seine öffentliche Rede halten würde, wurden hervorgehoben. Eine strikte No-Interference-Policy am Bankettsaal war erlassen worden. Die atemberaubende mehrstufige Burg hatte breite Zinnen mit Blick auf die eindringlichen Angel Falls. Scharfschützen vom Festungsturm sicherten den unteren Bereich, während Drohnen am

Himmel schwebten und eine 360-Grad-Überwachung des Weltgipfels ermöglichten.

"Es wird eine große Wendung der Ereignisse sein, sollte Christoff Myers auftauchen", sagte Jefferson Spiegel, Sicherheitschef, als ich auf die Wasserfälle blickte.

»Woher kennst du ihn?« Fragte ich überrascht.

"Er ist ein lieber Freund von mir. Unsere Intelligenz verfolgt unsere Agenten. Er hat Sie zuletzt in Shaira getroffen, Miss Lisa Sparks,"

"Dann müssen Sie von den Bombenanschlägen vom 29. März wissen, Mr. Jefferson", kam ich im Voraus.

„Ich kann keine Staatsgeheimnisse preisgeben. Aber wissen Sie, dass Myers ein gesuchter Mann ist, weil er John geholfen hat, der Todesstrafe zu entkommen. "

"Dann ist er auf der richtigen Seite oder ist er eine Bedrohung für die nationale Sicherheit?" Ich zögerte nicht zu fragen.

"Er ist in seinem Kern ein rechtschaffener Kerl. Und die einzigen Personen, denen Sie wahrscheinlich vertrauen sollten, sind Ihre Crewkollegen und er ", riet er vor seiner Abreise.

Seine stimmliche Intensität deutete auf eine schreckliche Wendung der Ereignisse hin. Eine, für deren Verhinderung er verantwortlich war.

"Ein ziemliches Durcheinander, das deine Abwesenheit im Leben eines jeden angerichtet hat. A-Loch ", dachte ich bei mir, als sein Gesicht malerisch meine Erinnerung besuchte.

Das verkippte Versprechen

"Sind alle bereit dafür?" Fragte Diego de la Vega John Trueman.

"Sie sind vorbereitet", antwortete John.

"Es ist nur natürlich. Diese Mission wird unsere letzte sein,"

"Die Barrows beschützen die Brüder auf dem Gipfel. Wir können leicht reinkommen. Der Trick ist aber, auszubrechen."

"Extraktion. Das überlassen wir C.Myers. Er wird bestimmt auftauchen, wenn man bedenkt, was auf dem Spiel steht."

"Ich habe die EMP-Ladungen auf unsere Stealth-Drohnen gesetzt", strahlte Sahara mit kühlem Kopf.

»Was ist mit Allie?«, fragte John.

"Sie ist damit beschäftigt, ihre Scharfschützenfähigkeiten zu verbessern,"

Es war ein verrückter Plan, den sich unser Team ausgedacht hatte. Unter der Leitung von Meisterplaner Diego würde John die Artillerie versorgen, Sahara die technischen Fähigkeiten und ich, Allie Archer, würde den letzten Schlag wagen. Niemand kannte den genauen Plan. Es war seine Idee. Wir wählten nur vertrauenswürdige Freunde, um ein unvermeidliches Unglück zu verhindern, das sich aufgrund des Starts von Polaris abzeichnete.

Als wir vier uns zusammendrängten, bekräftigte Diego sein Vertrauen in uns: "Unsere Hauptaufgabe ist es, Lisa Sparks in die Authentifizierungsbucht zu bringen."

»Danach«, erkundigte sich Allie.

"Das überlassen wir Myers", antwortete John, "nur er kennt das Endspiel."

»Wo ist er jetzt?« Sahara sah nachdenklich aus.

"Er hat seine eigene Vendetta zu bewältigen,"

Dabei drückte die Gruppe Unsicherheit aus, aber Diego gab Sicherheit.

"Er wird auftauchen. Sei da draußen wachsam ", indem du den letzten Befehl erteilst.

"Glaubst du, er kann das Schicksal der Welt ändern?" Destiny fragte Luck, als sie beobachteten, wie sich die Szene aus der Ferne entfaltete.

"Deine Vorhersage hat sich nie als falsch erwiesen", antwortete Luck.

„Doch er strahlt eine Aura aus, wie keine andere. Seine mit Titan verkleidete Entschlossenheit ist in mein Gedächtnis eingebrannt. "

„Wer aus der Seele liebt, schreibt sein eigenes Schicksal", erinnerte sich Luck.

"Sie beherbergen den Twin Phoenix. Du weißt, was das bedeutet,"

"Zeit ist die Asche, aus der sich das Leben erneuert,"

"Ewige Bindung. Ein Phönix, der seinen Seelenverwandten aus seiner Asche entstehen lässt,"

"So einen hohen Preis muss man zahlen,"

„Gemeinsamkeit erfordert Opferbereitschaft. Nehmen Sie unsere Geschichte auf,"

Glück könnte das Glück von jedem ändern, außer von ihm. Das Schicksal könnte das Schicksal eines jeden vorhersagen, außer ihres. Die beiden liebten sich, wurden aber stolz auf ihre Fähigkeiten. Deshalb hat der Schöpfer sie verzaubert. Sie könnten immer zusammen sein, aber nie Händchen halten. Um diesen Bann zu brechen, mussten sie das glückliche Paar finden, das den Worten des Schöpfers gerecht werden würde-

"Wenn jemandes wahre Liebe die Vorhersage des Schicksals über sein Schicksal so sehr stürzen wird, dass Luck gezwungen wird, die Vorhersage des Schicksals zu ändern, würde dieser Zauber gebrochen werden,"

"Jahrhunderte vergingen, in denen Luck versuchte, nach ihnen zu suchen. Viele kamen und gingen vorbei. Sogar Destiny wurde durch ihre eigenen Vorhersagen entmutigt. Um ehrlich zu sein, haben sich die Leute daran gewöhnt, dass "Ich liebe dich" so oft gesprochen und ausgedrückt wird, dass sie vergessen haben, was es bedeutet.

Liebe macht dich eins mit deinem Seelenverwandten. So sehr, dass ich zu dir werde, und Liebe ist das Einzige, was sich in den Perspektiven des anderen widerspiegelt.

Inzwischen war das Schicksal der Welt in Gang gesetzt worden.

»Gepfeilt direkt in den Sweet Spot«, erwiderte Fred, unser Scharfschütze.

Sahara tüftelte sofort an ihrem Laptop und überschrieb die von Jeffrey entworfenen Drohnen mit ihrem eigenen Chipsatz.

"Zugang erhalten", sagte sie triumphierend, "Looping-Video-Feedback,"

"Wir sind gesichert. Lass uns rollen ", sagte Allie von ihrem Rücksitz.

Ein roter Benz fuhr zum Eingang, der von der Delta-Truppe bewacht wurde. Das Glasfenster kam herunter, um eine auffallend attraktive Frau zu enthüllen. Begrüßung in heiterem Ton hielt sie ihre Karte hin.

"Die Insignien der königlichen Familie", bestätigte die Wachsituation in unvermeidlicher Aufregung. In Rot gekleidet, sprach die Erbin in Majestät und befehligte absolute Autorität.

»Sahara Buergess«, sagte sie und sofort öffneten sich die Tore. Während der Benz einfuhr, überschwemmte eine unhörbare Schallwelle die Ohren der Delta Squad-Mitglieder und wiegte sie in den Schlaf.

»Du kannst deine Ohrstöpsel herausnehmen, Allie«, antwortete sie lächelnd.

"Die Juancos-Schlafmelodie in die Ohren zu spielen, war genial,"

»Es war Myers Idee. Jetzt hol dir deine Verkleidung. Wir treffen uns im Authentication Bay,"

Die Sahara wurde mit der wichtigsten Rolle betraut. Eine, die das Pendel auf unsere Seite schwingen würde.

Auf der anderen Seite begannen John und ich mit der Ablenkung.

„Höhentauchgänge aus der Stratosphäre. Es ist verrückt ", bemerkte John

„Christoffs Ideen sind verrückter. Glaub mir ", sagte ich scherzhaft

Unsere Tarnanzüge wurden entwickelt, um dem Radar zu entkommen und gleichzeitig unseren Abstieg zu verlangsamen. In der Zwischenzeit würde der EMP die Drohnen zumachen.

„Auf die Zählung von 1,2,3. Feuer," Die EMP-Nutzlast kam auf den Timer herunter und war bereit, Verwüstung anzurichten.

"Lass uns springen,"

Eine außerirdische Erfahrung, die Höhe mit enormer Kraft zu besteigen, war überwältigend. Als die Drohnen in Sicht kamen, feuerte die Nutzlast vom EMP ab und machte sie machtlos. Sie fielen wie Hagelkörner, so dass wir unter ihrem Radar auf die Zugbrücke rutschen konnten.

"Rüste dich auf. Es ist Showtime,"

Die Gemeinde im Amphitheatersaal wartete gespannt auf Raymans Rede. Seine Persönlichkeit war, wie zu hören war, großmütig. Als er die Treppe hinaufging, strahlte er pure Zuversicht aus und begann.

„Es ist ein Privileg, den Start dieses jahrzehntelangen Projekts anzuführen. Polaris zielt darauf ab, die gesamte Biosphäre auf digitalen Displays zu holographieren. Ermöglicht eine 24* 7-Überwachung mit hochpräziser Landkartierung, die über ein Satellitennetz miteinander verbunden ist. Solche Quantencomputer, die Yottabytes an Daten erzeugen, erforderten Mega-Speichereinrichtungen und ein beispielloses Kühlsystem. Angel Falls am Nordpol war das bevorzugte Ziel und es ist mir eine große Freude, den Start der Satelliten einzuweihen ",

Sein Kommando über das Publikum war überragend, und es sah so aus, als würde der Start erfolgreich sein. Doch dann passierte das Undenkbare.

Die Glasfenster des Amphitheaters zerbrachen sofort, bevor die Lichter ausgingen. Dunkles Chaos ergriff den Gipfel, als die Drohnen in die Nähe stürzten, was die Delta-Truppe zwang, schnell ihre Verteidigungsposition einzunehmen. Alle Ausgänge waren gesichert und die Würdenträger versicherten ihre Sicherheit.

„EMP Resonance", sagte Jeffrey Spiegel, Sicherheitschef, „Tragen Sie Ihre Schutzausrüstung. Und folge mir,"

Kaum hatte sich die Eröffnungsfeier in ein Schlachtfeld verwandelt, wollten die gegnerischen Länder den Einsatz von Polaris unter Berufung auf die nationale Sicherheit stoppen. Es könnte buchstäblich das Kommunikationssystem einer ganzen Nation mit einem Klick zum Einsturz bringen und sie isolieren. Und in Kriegszeiten ist Kommunikation der entscheidende Faktor für den Sieg.

»John spielt Beethovens Sonate aus«, fragte ich, als Drohnen wie Regentropfen umfielen.

Das Sicherheitspersonal an der Zugbrücke kam verwirrt herein, um uns zu umgeben, als wir beide unsere Hände hoben und mit größter Würde ankündigten,

»Bring uns zu Rayman«, kündigte John unerbittlich an.

»Sieh, wo du stehst«, sagte der Leutnant, »du hast kein Recht zu verhandeln. Stoppen Sie die Musik,"

"Mit Vergnügen", sagte ich, als John den klassischen MP3-Player stoppte.

Sofort sangen uns Schüsse in die Ohren, als Allie vom Festungsturm aus zielte. Einer nach dem anderen fiel der beruhigte Soldat zu Boden, als wir den Rest des Regiments ausschalteten.

"Schönes Stichwort", dachte Allie bei sich, als sich ihre Beruhigungspistole in Kombination mit dem Schuss der mp3 als entscheidend erwies. Es warnte Jeffreys Geschwader, sich auszubreiten, so dass Sahara, die im Amphitheater war, sich Lisa nähern konnte.

"Miss Sparks", verstummte Sahara in ihren Ohren, als sie im Dunkeln stand, "schreien Sie nicht,"

"Ich habe eine Nachricht von deinem Freund Christoff Myers,"

Seine bloße Erwähnung traf einen zarten Akkord, als sie instinktiv fragte: "Wo ist er?"

"Der Mann, den du in der Dunkelheit auf dem Podium stehen siehst. Geh zu ihm rüber,"

Ohne weitere Fragen zu stellen, tat sie, was ihr gesagt wurde.

Als sie die Treppe hinaufstieg, erkannte sie die vertraute Figur.

»Wie geht es dir?«, fragte Lisa.

»Fräulein Sparks gut tun«, antwortete ein fröhlicher Christoff.

"Ich dachte, Rayman Jr. hält die Rede,"

"Ich erkläre es dir später, aber lass uns zuerst aussteigen,"

Er entfernte diese Abdeckung, die ein Mannloch verbarg, das Newman unter dem Podium entworfen hatte.

"Steh still", wies Christoff an, als die pechdunkle, hektische Atmosphäre für einen perfekten Kurzurlaub sorgte.

"Klettere Lisa hinunter,"

Ich tat, was er fragte, und befand mich in einem unterirdischen Ausgangstunnel.

„Wohin führt das?"

"Zur Authentication Bay und hinaus in die Arktis. Folgen Sie mir,"

Schnell stießen wir auf ein versiegeltes Gewölbe mit einem biometrisch aktivierten Schloss. Hier blieb Christoff stehen und drehte sich zu mir um. Es erlaubte mir, einen richtigen Blick auf sein Gesicht zu erhaschen. Die Hand änderte sich drastisch. Er hatte sich einen dicken Bart wachsen lassen und trug eine Pferdeschwanzfrisur. In seinem burgunderroten Smoking wirkte er elegant. So sehr, dass ich mich für einen Moment verlor, als ich diese Transformation bewunderte.

"Lisa", schnappte er mich in die Realität, "Hör genau zu, was ich zu sagen habe,"

Seine Stimme klang nachdenklich und verlangte Aufmerksamkeit, was die Schwere unserer Situation andeutete.

"Na los,"

"Diese Biometrie kann nur durch Ihre Irisdaten geöffnet werden,"

"Was!"

"Du bist nicht adoptiert. Newman Reeds, der Schöpfer von TransformWear, war dein Vater. Er erfand Polaris zusammen mit Diego de la Vega. "

"Wie hängt das alles mit mir zusammen?"

"Greifen Sie auf den Authentifizierungsschacht zu, um herauszufinden,"

Meine Iris-Signatur öffnete das Gewölbe und als wir hinein traten, wurden wir von einer holografischen Projektion von Newman Reeds begrüßt, der in der Nähe des CoreHubs stand.

»Hallo. Wenn du so weit gekommen bist, musst du sicherlich meine Tochter sein", sagte er.„Deine Anwesenheit hier wird über das Schicksal der Welt entscheiden. Sie sehen, Polaris ist ein zweischneidiges Schwert. Im Namen von Geomapping und Konnektivität haben sie eine gezielte genomische Sequenz von Rassen. Sobald die Z-Strahlen, die von diesen Satelliten mit ihrer Mutationsfrequenz emittiert werden, einsetzt, kann es eine ganze Nation in die Knechtschaft dezimieren. Diejenigen, die dagegen waren, wurden entweder zum Schweigen gebracht oder ihre Herkunft ausgelöscht."

»Das ist falsch«, sagte ich angsterfüllt.

"Es ist eine Projektion. Er kann nur sagen, was vorher aufgezeichnet wurde", erinnerte mich Christoff.

"Die einzige Möglichkeit, dieses Programm zu stoppen, ist über das Datenlaufwerk, das ich Diego gebeten habe, an Sie weiterzuleiten. Einmal in die Kernarchitektur eingebettet, würde es die genetischen Daten und die Z-Strahlenemission löschen", fuhr Newman fort, "Schließlich bleibt nur noch Sie. Ich habe dich immer lieber geliebt als mein Leben. Du bist als Segen gekommen und hast unser ganzes Leben verändert."

Damit verschwand die Projektion und ich war überwältigt.

Mit Tränen in den Augen antwortete ich: "Ich habe kein Datenlaufwerk."

„Ich weiß, weshalb wir uns entschieden haben, den CoreHub mit dem von unserem Team entwickelten Algorithmus zurückzusetzen. Der Grund, warum du hierher gekommen bist, war, deinen Vater zu treffen."

"Wohin gehen wir von hier aus?"

"Du gehst zurück zu deinem Zuhause an der Riviera, während sich die Barrows mit ihrem wahren Zweck neu ausrichten,"

"Was ist mit dir?"

"Ich nenne mich Rayman Jr. Ich habe 6 Jahre gebraucht, um diese Position zu erreichen. Die Länder auf dem Gipfel sind sich unserer Entscheidung, die Z-Strahlen-Emissionsarchitektur dauerhaft zu löschen, nicht bewusst. "

"Zurück bei Shaira hätte ich dir das sagen sollen - "

Aber bevor ich sprechen konnte, erschien die Frau, die mich zu Christoff geführt hatte, und verkündete dies in bejahendem Ton.

"Diego und John haben die Räumlichkeiten wie geplant gesichert, du musst raus", sagte Sahara.

"Sie hat recht, wir reden später darüber,"

In der Zwischenzeit griff Sahara auf den CoreHub zu und begann, die Ressourcen des Ökumenischen Rates zu infiltrieren, um alle Forschungsdaten der Z-Strahlen und ihres Einsatzes zu löschen. "

"Ihr macht euch auf den Weg, es wird eine Weile dauern,"

"Sicher genug,"

Christoff und ich machten uns nach vorne auf den Weg aus dem Bunker in Richtung der Ausgangstreppe.

"Was ist mit Diego?" Fragte ich.

"Diego ging unter dem Decknamen Reaper, war ein ausgezeichneter Stratege bei den Barrows", antwortete ich, "nachdem er mich rekrutiert hatte, um ihm intern zu helfen, ging er um die Welt und bildete Allianzen, um Polaris zu stoppen,"

"Also diese 6 Jahre, die du mit Rayman gearbeitet hast,"

"Er ist ein Verbündeter im Ökumenischen Rat. Dank seiner Unterstützung konnten wir die Spitze dieses Gipfels anführen. "

"Aber die Akten verbinden ihn mit Alejandro,"

"Die Barrows, die seiner Revolte nicht standhielten, verleumdeten ihn und verbanden seine Identität mit Alejandro de la Vegas Bruder, den sie ermordet hatten. Trotz des Chaos kam der versprochene Tag wie geplant. "

"Was war dein Plan?"

"Du arbeitest bei der Times, nicht wahr?"

"Ja,"

„Dann habe ich eine Bitte", nahm er einen Datenträger aus seinem Ärmelmantel und übergab ihn mir, „das ist der Zwillingsantrieb. Behalte es bei dir,"

Ich tat, was er fragte, bevor er die Tür öffnete und der arktische Wind uns bis ins Mark erschütterte.

"Zieh das an", sagte Christoff, "gib mir seinen Mantel,"

Er zog sein Hemd aus und faltete die Ärmel hoch, befreite sich von seiner formellen Kleidung und ging geschickt seiner Arbeit nach.

Zurück an der Oberfläche hörte man die Angel Falls sprudeln und in Schäumen wirbeln.

"Es ist das, was ich am nächsten gesehen habe", bemerkte ich.

Als wir weiter vorwärts gingen, kam ein Hubschrauber in Sicht. Es stand still auf dem Andockbereich über dem steilen Hang, auf den wir zusteuerten. Christoff hielt meine Hände und führte mich durch.

"Treten Sie nicht auf die Minen", warnte er, "sie sind im Schnee versteckt."

Vorwärts ging ein Mann, der auf uns wartete. Christoff riet mir, meine Haltung zu halten und ging auf ihn zu.

"Helinsky,"

"Du kannst diesen Ort nicht verlassen, Myers. Die Barrows haben ein Kreuzabkommen mit mir geschlossen, um dich an sie zu liefern. "

Wir beide standen auf einer schneebedeckten Plattform, die an den Abgrund grenzte. Helinsky hatte nicht die Absicht zu verhandeln, als er schnell eine Waffe herauszog und sie auf Lisa richtete.

Seine Finger waren am Abzug, bevor ich ihn in einem Gerangel abrang. So kräftig er auch war, seine rohe Kraft wurde durch direkte Schläge auf seine Schwachstellen konterkariert. Als er seinen Griff löste, ging die Waffe mitten in der Luft los, bevor sie auf den Boden fiel. Ein Fersenkick auf Helinskys Schläfe warf ihn nieder, aber er aktivierte die Ladung auf der Plattform und stellte den Timer ein.

Lisa, als sie den Schuss hörte, war fälschlicherweise auf die Zwillingsplattform getreten, bevor ich sie warnen konnte.

»Bleib da«, schrie ich.

Die Zwillingsladungssprengstoffe waren Druckminen, die uns, wenn sie aktiviert wurden, 10 Sekunden Zeit gaben, um über das Schicksal des anderen zu entscheiden. Wer zuerst ausstieg, würde sterben und den anderen deaktivieren. Wenn das nicht der Fall wäre, wären beide weggeblasen.

Da ich die Einsätze kannte, war Zögern nicht erforderlich, um die zu schützen, die dir am liebsten sind. In einem Moment habe ich mich entschieden und in meinem letzten Befehl weitergeleitet,

"Tu es,"

Allie überwachte dies vom Berghang aus, als sie mit ihrem Abzug eine Kugel direkt in Helinskys Oberschenkel drückte.

»Fluche es«, schrie Helinsky qualvoll.

Nichtsdestotrotz stand er auf und versuchte, mich zu bekämpfen. Irgendwie schaffte ich es, mich zu behaupten. Aber die Zeit tickte. Es blieben nur noch zwei Sekunden. Ich packte ihn an seinem Hals und stoppte seine Trägheit, bevor ich in Lisas Augen schaute.

Ich erinnerte mich an alle Momente meines Lebens, lächelte nostalgisch und stürzte mich im Handumdrehen in die Bestie eines Sturzes.

Sofort setzte die Explosion den Ort in Brand, als wir den Wasserfall hinunterfielen.

Als Lisa von der Explosion erschüttert war, stand sie auf und rannte an den Rand, um zu verstehen, was passiert war.

Stehende Mutter schaute nach unten, bevor sie auf die Knie fiel und vor Reue schrie.

Der Mann, den sie liebte, war weg. Und die Herkulesaufgabe, die er ihr hinterließ, veränderte ihr ganzes Leben.

Während sie ihr Stöhnen kniete, griff eine Hand zu ihren Schultern.

»Du wirst in der Arktis Erfrierungen bekommen, die weinen«, sagte die Frau.

Lisa konnte nicht erkennen, wer sie war, bis sie sich selbst antwortete.

"Allie. Mein Name ist Allie Archer. Ich bin eine von Christoffs Freund ", stellte sie fest, "Er hat mich beauftragt, dich zurück an die Riviera zu bringen. "

»Wir sollten nach ihnen suchen«, flehte Lisa.

"Unsere Crewmitglieder werden das tun. Ihre Sicherheit steht an erster Stelle, denn Sie besitzen jetzt den kompletten Zwillingsantrieb. "

"Was enthält es?"

"Alles, was alle Regierungen in der Geschichte der menschlichen Zivilisation jemals getan haben,"

"Aber er könnte am Leben sein. Ich muss da runter und ihn finden. "

„Bitte haben Sie Verständnis. Wenn du ihn wirklich liebst, verlasse diesen Ort sofort. "

Ihr Herz wollte nicht akzeptieren, was ihr Verstand gesehen hatte, doch sie stieg in den Hubschrauber und ließ Angel Falls über den gigantischen Wasserfall blicken, in den die Liebe gefallen war.

Fehlerhafte Zeilen

Es war Nacht, als der Hubschrauber auf das Dach der Times stieg. Pechschwarz, wie meine Seele das Licht neben ihm gelassen hatte, trat ich zurück, entschlossen, der Welt die Wahrheit der Brüder zu zeigen.

Alsich in den Fernsehraum kam, steckte ich das Zwillingslaufwerk in den Sendecomputer und wies mein Team an, das gigantische Datenfeld zu durchforsten und die Segmente der 24* 7-Nonstop-Sendung zusammenzustellen, die 3 aufeinanderfolgende Tage dauern würde.

Die Geiselnahme auf dem Weltgipfel klärte sich auf, als Diego und John unsere Fernsehsendung über die wahre Verschwörung hinter Polaris allen Nationen zeigten.

»Das hätte er gewollt«, dachte ich mürrisch auf einer Bank im Park sitzend.

Unsere Zuschauerzahlen stiegen weltweit in die Höhe, als Regierungen zusammenbrachen und die Welt für immer reformiert wurde. Er hatte sogar eine internationale Amnestie für seine Kollegen sichergestellt, die daran beteiligt waren, die Herrschaft des Ökumenischen Rates über die Erde zu vereiteln.

Es verging ein Monat, in dem das Rettungsteam Angel Falls auf den Kopf stellte, in der Hoffnung, ihre Leichen zu entdecken. Ach! es kam zu nichts.

In Gedenken an seine Erinnerungen wurde in seiner Heimatstadt an der Riviera eine Beerdigung organisiert. Es war Morgenstunden, als ich von Augusts Mutter besucht wurde. Trisha wirkte verzweifelt und August untröstlich.

»Zuallererst verzeih mir«, sagte ich.

"Es ist nicht deine Schuld, Liebes. Das hat er aus Liebe getan ", erklärte Martha.

Tränen liefen August über die Wange, als er sich mit der Tatsache auseinandersetzte, ein Leben ohne Christoff zu führen.

Er sagte ihnen einmal, dass, wenn er sterben sollte, Isen derjenige sein würde, der als sein lieber Bruder die letzten Worte des Rituals bei seiner Beerdigung sagen würde.

An dieser Stelle übertreibt Isens Notlage. Er versuchte, nicht zu weinen, scheiterte aber. Und so weinte er bitterlich. Ein paar Minuten vergingen so, als er sich entschloss und sich aufmachte, um Christoffs Grabrede zu halten.

Isabell legte ihren Blumenstrauß über seinen Grabstein, als mehrere Fragen meinen Verstand plünderten. Meine Existenz hatte sich in Buße verwandelt.

Auch ich war traurig und nichts, was irgendjemand sagen konnte, konnte mich trösten.

"Tu dir das bitte nicht an", sagte Isabell

Da ich wusste, wie sehr er geliebt wurde, legte ich meinen Kopf auf den Schoß meiner Mutter und schrie laut auf. Ich schrie alle meine Gefühle auf, bis keiner mehr übrig war.

Dennoch blieb die Grabrede bestehen, als ich meine Emotionen zurückhielt und mich herumtrieb.

„Ich stehe hier als älterer Bruder", sprach Isen zur Gemeinde, „für die ganze Zeit, die ich Christoff kenne, habe ich ihn für einen guten Menschen gehalten. Opferbereitschaft ist nicht einfach, aber Liebe macht es einfacher. Das hat er mir beigebracht. Zu lieben und nur zu lieben. Möge sein Leben die Menschen für immer inspirieren, weiterzumachen, egal was die Welt auf dich wirft. Und endlich kannst du, mein Bruder, endlich in Frieden ruhen. "

Alle haben ihr Beileid ausgesprochen und endlich war es Zeit, sich zu verabschieden.

Und da stand ich vor seinem Grabstein, auf dem das Sprichwort für die Ewigkeit in Stein gemeißelt war -"Möge der Frühling in dein Leben walzen, wie er es bei mir getan hat,"

So war das Schicksal, denn als ich den schneebedeckten Friedhof verließ und mich auf den Weg zu einem neuen Ort machte, rief mir eine Stimme zu.

"Irgendwohin gehen,"

"Ja, ein Ort, an dem ich Trost finden kann,"

"Dann schließ dich mir an,"

»Und wohin?«

»Zu Hewlett«, sagte sie und reichte mir ihre Karte.

Ein neues Leben

9 Monate sind vergangen, seit ich Hewlett besucht habe. Diese Erfahrung hat mir viele Dinge beigebracht. Eine davon ist sehr anschaulich in dem Buch geschrieben, das ich gerade lese.

„Liebe hat Opfer. Aber was ist diese Liebe, die den Schmerz nicht transzendiert und nur im Schatten des Glücks lebt? "

„Wer sind wir, wenn nicht Menschen. Nur Kreationen in dieser immateriellen Welt. Obwohl wir selbst auf feinen Fäden laufen, wagen wir es, Emotionen wahrzunehmen. Wir wagen es zu lieben, bereit, uns mit jemand anderem in ein Netz zu verwickeln. Aber wie viele von uns haben den Mut, alle Bindungen abzuschneiden und diese eine Person, die uns die Welt bedeutet, gehen zu lassen,"

"Ja, Abschiede können in diesen sich ständig ändernden Lebenszeiten unvermeidlich sein. Auf jeden Fall werden Zeiten kommen, in denen meine Stimme dich nicht erreichen kann und deine Augen mich auch nicht finden können. Aber ich werde weiterhin an deiner Seite gehen, egal was passiert. Das ist das Versprechen, das ich einhalten werde,"

"Ein Versprechen, dich zu lieben. Zu egoistisch zu sein, um meinen Schmerz zu teilen. Zu arrogant, um bemitleidet zu werden. Zu dumm, um dich, der du dich in mich verliebt hast, zu fragen,

"Warum habe ich mich in diesen Idioten verliebt?"

Dies sind die Worte, die die Leser dieser Geschichte in Konflikt gebracht haben.

Solch intensive Leidenschaft, aber dieses Buch hat auch leichte Momente. Und wisst ihr was, heute besuche ich den Autor dieser phänomenalen Sensation "Waltzing Hearts". Es hat die Herzen von Millionen von Menschen auf der ganzen Welt entzückt. Einige sagen, dass es tragisch ist, andere romantisch, aber soweit ich gelesen habe, ist nur ein Wort passend: "Es ist seelenvoll,"

Im Moment bin ich im Flug und lese das Buch, das die ganze Welt neugierig macht. „Neugierig" wage ich nicht weniger zu sagen. Weißt du warum? Denn

Die Geschichte ist unvollständig. Der Autor E.Hugo sagte in einem Interview, dass sich die Geschichte von selbst schreiben wird. Sein Ende wird erst bekannt sein, wenn die Zeit gekommen ist.

Und heute bin ich dabei, ihre Inspiration für dieses Buch zu dokumentieren. Es wird Spaß machen.

Es ist Abend, wenn das Flugzeug in Hewlett landet. Von da an wird ein Taxi für mich bereitgehalten, das ich an Bord nehme und direkt zu Hugos Haus fahre. Es ist ein schlichtes, aber geräumiges Zuhause. Dort kümmert sich der Kammerdiener um mich und führt mich ins Wartezimmer.

Ich warte dort eine Stunde und dann zwei, aber der Autor kommt nicht an. Letztendlich kommt der Kammerdiener herein und entschuldigt sich für das Unvermeidliche.

"Es tut mir leid, aber E.Hugo kann es heute nicht hierher schaffen. Einige dringende Familienangelegenheiten müssen behandelt werden ", sagt der Kammerdiener.

»Das ist traurig. Ich wollte dieses Interview selbst führen. Aber egal...wird sie morgen verfügbar sein?" Frage ich.

"Ja..."

„Nun gut, dann kommt morgen meine Assistentin hierher und dokumentiert das Gespräch", sage ich zum Kammerdiener und verlasse die Räumlichkeiten.

Auf dem Bürgersteig wartet mein Auto auf mich und ich steige seufzend ein.

Es ist schade, dass ich Hewlett so schnell verlassen muss, denn mein eigenes Unternehmen hat morgen seinen Gründungstag. Und das ist sehr wichtig für den Chefredakteur.

Ich fliege am nächsten Morgen zurück nach Riviera, wo mich ein anstrengender Tag erwartet.

Kaum lande ich dort, engagiere ich mich in der Arbeit. Die Arrangements wurden akribisch durchgeführt. Der Rasen im Front Office wurde wunderschön mit weißen Vorhängen und roten Rosen dekoriert. Das Podium liegt hinten in der Mitte dieses großen Rasens. Ein Orchester wurde organisiert, um an diesen verheißungsvollen Anlass zu erinnern.

»Aber eines fehlt«, sage ich zu meinem Untergebenen.

"Vermisst? Was?«, fragt er verzweifelt.

»Mein lieber Freund. Wirst du in deinem Nachthemd an dieser Veranstaltung teilnehmen?" Ich sage lachend.

"Scheiße. Mein Anzug, es ist beim Schneider, ich hole ihn besser zurück ", ruft er überrascht und geht mit beträchtlicher Eile.

Sein Name ist James Butler. Er ist ein guter Freund von mir und ein sehr guter Mensch. Tatsächlich ist er seit später Nacht hier im Büro. Also sein verkorkster Zustand. Und was den Pyjama betrifft, so ist sein Haus in der Nähe, so dass man sich keine Sorgen machen muss.

Die Veranstaltung beginnt am Nachmittag, wenn das Orchester uns eine wärmende Melodie vorspielt. Seine Beats sind subtil und zufällig, aber es steckt ein schwacher Hoffnungsschimmer in ihnen. Dort im schwarzen Anzug orchestriert ein Mann den Chor mit großer Geschicklichkeit und geschicktem Touch. Er ist so in seine Arbeit vertieft, dass er den Blick nicht ein einziges Mal vom Chor abwendet.

Etwa zehn Minuten vergehen und die Musik erreicht endlich ihren Schlussteil. Ich warte darauf, dass es endet, aber dann klingelt mein Handy und ich muss die Räumlichkeiten verlassen, um an dem Anruf teilzunehmen.

»Ja«, sage ich und nehme den Anruf entgegen.

"Tut mir leid, Mama, aber ich konnte kein Interview mit der Autorin bekommen", sagt meine Kollegin.

Daraufhin fühle ich mich ein wenig enttäuscht und beende den Anruf mit den Worten: „Es ist in Ordnung, du kannst zurückkommen."

Danach betrete ich wieder die Räumlichkeiten und nehme meinen Platz wieder ein, nur um alle, die dort applaudieren, zu finden.

"Habe ich etwas verpasst?" Frage ich meine Kollegin.

»Ja. Das Ende der Musik war hervorragend...Dieser Mann hat sie perfekt orchestriert ", sagt sie.

Ich schaue mich zur Bühne um, aber leider ist der Chor bereits gegangen, und nur eine Dame steht da und dankt der Menge für ihre Wertschätzung.

Ein paar Minuten vergehen, bevor ich selbst an der Reihe bin. Ich steige die Stufen hinauf und stehe auf dem Podium. Dort, nach einem tiefen Atemzug, halte ich meine formelle Rede und gratuliere allen und dann beginnen die Feierlichkeiten. Auf dem Rasen wurde ein riesiges Buffet mit verschiedenen Küchen arrangiert. Dort sitzen die Leute auf ihren Stühlen um den runden Tisch herum und genießen eine herzhafte Mahlzeit.

Was mich betrifft, so stehe ich an einer Ecke in der Nähe einer Eibe und beobachte diese glückliche Versammlung.

Während ich lächle, umschließt mich eine vertraute Hand von meinem Rücken, und eine Stimme flüstert mir ins Ohr: „Wie geht es dir, du Schöne?"

In dem Moment, in dem ich das höre, drehe ich mich um und schreie vor Überraschung und Aufregung.

"Adam, du hier...ich dachte, du wärst nicht von deiner Reise zurück", sage ich und umarme ihn.

"Nun, ich konnte mich nicht so lange von dir fernhalten", sagt er in seiner charmanten Art und Weise.

"Wirklich", gehe ich ein paar Schritte zurück und schaue in seine Augen, "immer noch flirtend,"

"Nun, ich habe das Recht dazu", antwortet er.

„Ja, das tust du. Willst du woanders hingehen?" Frage ich ihn.

»Ja. Lass uns in ein Restaurant gehen und uns über alle Neuigkeiten informieren,"

Adam ist die Person, die mich dazu gebracht hat, das Leben wieder zu leben. Er lernte mich kennen und früher als ich wissen konnte, hatte ich wieder angefangen zu lächeln. Wir waren ungefähr 7 Monate zusammen, bevor er mir einen Heiratsantrag machte. Nun, was soll ich noch sagen. Er ist meine Verlobte.

Ein Sommertreffen

"Dieses Wochenende, huh", sage ich nachdenklich, während wir in einem Restaurant sitzen.

"Ja", sagt er zu mir, "alle Vorkehrungen sind getroffen. Es bedarf jedoch Ihrer Zustimmung,"

"...Uh huh......" Ich verzögere wissentlich meine Antwort.

"Nimm dir so viel Zeit wie möglich", sagt er und ärgert mich, "aber ich gehe nicht mit leeren Händen,"

Darüber lache ich und sage: „Na gut. Also Sonntag ist es,"

"Jawohl,"

»Aber zieh doch was Schönes an, sonst laufe ich vom Altar weg«, verspotte ich ihn.

»Das lasse ich nicht zu. Nicht, wenn ich dich blendend in diesem weißen Kleid sehe ", antwortet er mit Humor.

Wir teilen beide unsere Momente, und es stellt sich heraus, dass es ein schöner Tag ist. Wir machen einige Touren durch die Stadt und entscheiden, was wir am Hochzeitstag tun und was nicht. Die leichten Gespräche, das gute Essen und der freie Geist des Reisens machen unsere kleine Reise sehr hell.

Und so gewöhnen wir uns in den nächsten Tagen immer in Erwartung des Wochenendes an unser Arbeitsleben.

Wenn mich jemand in diesem Moment nach meinen Gefühlen fragen würde, könnte ich zuversichtlich sagen:

„Ja, ich bin im Leben weitergezogen. Weitergezogen von Christoff. Und ich bin glücklich,"

Doch welche Macht hat ein dürftiger Mensch über die Zukunft, und so war es in der Woche vor der Verlobung, dass das Schicksal sein Rad drehte und die Welt auf mich stürzte.

Meine Assistentin hatte E.Hugo nicht treffen können. Daher hatte es kein Interview gegeben. Aber an diesem Freitag hatte ich einen Anruf von der Autorin selbst erhalten, die mich einlud, nach Hewlett zu kommen. Sie wollte ihre unbeabsichtigten Verzögerungen ausgleichen.

Ich hatte ihre Einladung angenommen und war noch am selben Tag zu ihr gegangen, und das war unser Interview.

Die Dame war mittleren Alters, sah aber sehr hübsch aus. Sie hatte ein attraktives Auftreten und sprach mit Eleganz.

"Es tut mir leid für die häufigen Verzögerungen, die du ertragen musstest. Es ist nur so, dass eine Familienangelegenheit frühzeitig Aufmerksamkeit erfordert,"

"Ich verstehe. Also, Frau Hugo, was war die Inspiration für Ihr Buch?"

"Meine Liebe, Waltzing Hearts ist eine echte Geschichte. Es ist aus den eigenen Memoiren einer Person geschrieben,"

"Wirklich... Aber warum hast du es dann nicht beendet?" Fragte ich neugierig

„Weil es nicht meine Geschichte ist. Die Personen, die Sie in diesem Buch gelesen haben, existieren. Und genau in dem Moment, in dem wir sprechen, sind sie da draußen in der realen Welt. Und es ist meine Überzeugung, dass diese beiden sterngekreuzten Liebenden sich treffen werden. Aber wann wird das geschehen, dass nur das Schicksal entscheiden kann... Siehst du, ich bin nur ein Förderband"

"Okay...Aber in deiner Geschichte liebt der Junge das Mädchen, warum erzählt er es ihr dann nicht?"

„Das kann ich leider nicht preisgeben. Ich versprach dieser Person, das Geheimnis zurückzuhalten. Ich hoffe, du verstehst,"

»Okay, Frau Hugo. Das sollte gut gehen ", sagte ich aufsteigend, „Danke, dass du uns die Zeit gegeben hast,"

"Das Vergnügen ist mein", schüttelte sie mir die Hände, woraufhin ich ihr Zuhause verließ.

Es war später Nachmittag, und eine leichte Brise hatte die Stadt in ihre Arme geschlossen. Der Himmel sah wolkenlos aus, erleuchtet von den hellen Sternen und dem leuchtenden Mond. Ich fuhr vom Interview nach Hause, entlang der Hawking Hills, und ging den Hang hinunter zur Kreuzung, die etwas vor mir lag. Die Straße war frei, und soweit ich sehen konnte, gab es keine Probleme. Aber dann ist es passiert.

Plötzlich sprang etwas vor mein Auto und ich bremste mit aller Kraft. Ein quietschendes Geräusch brach in der Luft aus und das Auto hielt an. Ich trat sofort zurück, öffnete die Tür und eilte nach vorne.

Dort begrüßte mich eine vertraute Kreatur. Obwohl es schon lange her war, dass ich sie gesehen hatte, konnte ich Luce immer noch erkennen und sie war unverletzt oder vielmehr so aufgeregt, dass sie nicht aufhören konnte, mit dem Schwanz zu wedeln. Sie sprang auf mich zu und wir fielen auf den Bürgersteig neben dem Gras.

Sie leckte immer wieder mein Gesicht und ich konnte sie nicht aufhalten. Dann eilte eine weibliche Stimme herein und sagte: "Geht es dir gut?"

Ich schaute auf und sah eine junge Dame neben uns stehen.

»Ja, mir geht es gut«, sagte ich und zog mich hoch.

"Es tut mir so leid. Sie zog sich aus meinem Griff und rannte auf das Auto zu."

"Macht nichts. Aber wo hast du diesen Spaniel gefunden?"

"Ich habe Luce nicht gefunden. Eine Person gab es mir, um mich darum zu kümmern. Übrigens, warum hat sie dich geleckt? Kennst du sie?«

"Ja, sie gehörte einer meiner Freundinnen,"

"....Moment, bist du ein Freund von Isen Hughes", fragte sie neugierig.

"Ja, ich bin Lisa,"

"Du... bist... Lisa Sparks «, rief sie überrascht.

"Ja", sagte ich und tätschelte Luce den Kopf, "aber wer bist du?"

„Ich bin Evelyn. Evelyn Hugo,"

Dieser Name traf einen Akkord in der Erinnerung.

»Warte. Du bist E.Hugo. Aber ich habe die Dame gerade bei ihr zu Hause getroffen «, sagte ich verwirrt.

,, Das ist meine Assistentin. Siehst du, mir geht es in Interviews nicht gut, also macht sie das für mich. "

"Evelyn...", fragte ich, "kennst du zufällig August?"

"Ja", sagte sie erfreut ,"ist er auch hierher gekommen?"

"Nein. Aber ich dachte, Isen kümmert sich um Luce,"

"Isen, Mama, ist derjenige, der mich adoptiert hat,"

"Er ist verheiratet?"

"Ja...warum kommst du nicht mit uns zu uns nach Hause?"

"Tut mir leid, dass ich das nicht kann. Ich muss gehen."

"Bitte", bestand sie darauf und Luce zu zerrte an meinem Kleid.

»Okay. Auf den Rücksitz springen ", sagte ich zu ihnen und wir waren weg.

"Also kehren wir in dasselbe Zuhause zurück, denke ich", fragte ich Eve.

»Nein. Das ist nur ein Scheinbüro «, sagte sie, »ich wohne woanders. Ich zeige dir den Ort..... Ich bin sicher, Mutter und Vater werden sich freuen, dich zu sehen. "

Während ich fuhr, unterhielten wir uns über viele Dinge. Eine davon war diese,

"Du bist so jung. Wie hast du die Geschichte geschrieben?" Fragte ich.

"Ich wette, meine Assistentin hat dir gesagt, dass es echt ist", sagte sie.

"Aber...wie kann so etwas real sein. Ich meine, warum sollte diese Person in dieser Geschichte ihre Liebe loslassen? "

"Vielleicht liegt es daran, dass er sie liebt, dass er nicht will, dass sie bei ihm ist", sagte sie mit feierlicher Stimme.

Herbstsaison

Ich fuhr durch eine Reihe von Straßen, bevor wir vor einem hübschen Haus standen. Als wir eintraten, strahlte ein süßer Duft aus und ich sagte:

"Ich wette, deine Mutter hält dieses Haus so ordentlich und sauber,"

"Ja..... Da ist sie. Mama, schau mal, wer hier ist?« , sagte Eve.

Eine hübsche Dame kam aus der Küche und begrüßte mich.

»Du, eine Freundin von Isen?«, fragte sie überrascht.

"Ja,"

»Wunderbar, setzen Sie sich«, sagte sie und zeigte auf das Sofa.

Sie brachte mir eine Tasse Tee und wir fingen an zu reden.

"Wann hast du Isen geheiratet?" Fragte ich sie.

"Vor 4 Jahren. Wir haben uns hier in Hewlett kennengelernt und uns dann verliebt. "

»Das ist süß«, sagte ich lächelnd.

Sie erhielt das Kompliment mit Anmut und sagte zögernd

"Weißt du, meine Liebe, Isen erzählte Eva die Geschichte und sie mochte sie so sehr, dass sie sie aufschrieb. Ihre Arbeit wurde anerkannt und sie wurde eine prominente Schriftstellerin. Dann kam sie hierher nach Hewlett und hat sich eingelebt. "

"Was ist mit Shaira?" Fragte ich.

„Nach Christoffs Abreise sind Isen und ich hier eingezogen. Wir besuchen es gelegentlich. Isen ist so begeistert von diesen Kindern, die du kennst. "

"Was macht Isen jetzt?"

"Er arbeitet an den Docks,"

"Das ist schön,"

"Also bleibst du hier in der Stadt?"

"Nein, ich muss zu meiner Hochzeit gehen. Es ist in einer Woche,"

»Das ist schön zu hören«, sagte sie zurückhaltend, als Eve sich in ihr Zimmer zurückzog.

Unser Treffen wurde abgebrochen, als meine Sekretärin anrief und mich über meinen bevorstehenden Flugplan nach Riviera informierte.

"Tut mir leid, ich gehe so eilig,"

"Es ist in Ordnung. Ruf uns an, wenn du wieder hier bist,"

"Das werde ich sicher,"

Ich verließ Isens Haus unentschlossen. Nachdem ich dort reformiert und glücklich gewesen war, kehrte ich jetzt widersprüchlich hierher zurück, denn Christoffs Name war wieder in meinem Leben aufgetaucht. Diese Woche erwies sich als das längste Debakel in meinem Kopf. Nichtsdestotrotz behielt ich die Begeisterung.

Ziemlich bald kam der Hochzeitstag. Und ich saß vor dem Spiegel, als meine Mutter mich dekorierte.

In einem weißen Kleid gekleidet, mit meinen Haaren in Locken und einer roten Rose, die mein Tempelhaar krönte, sah ich hübsch aus. Aber mein Gesicht hatte all sein Lächeln verloren.

Meine Logik funktionierte nicht mehr. Ich hatte keine Worte, um zu beschreiben, wie ich mich fühlte.

»Du siehst aus wie ein Engel, Lisa«, sagte meine Mutter.

Ich antwortete nicht und fühlte mich taub.

Gerade dann läutete die Türklingel und was als nächstes folgte, änderte meine ganze Geschichte.

"Sie heiratet heute", sagte Destiny zu Luck.

"Es gibt nichts, was wir tun können", antwortete Luck.

"Doch die Liebe in ihrem Herzen glüht vor Hoffnung", intervenierte der Schöpfer, "deshalb habe ich eine einfache Aufgabe für dich Glück -

Gehen Sie zu dieser Kreuzung hinunter und sagen Sie einfach links."

"Eine einfache Linke wird alles richtig machen?"

"Ja, das wird es,"

Und so verkleidete sich Luck als verlorener Reisender und wartete darauf, die Anweisung des Schöpfers auszuführen.

Ein blaues Auto, das von einer Frau mittleren Alters gefahren wurde, blieb vor einem Schild stehen, in dessen Nähe er stand.

"Mister, können Sie mir sagen, wo der Aurora-Palast ist", fragte eine weibliche Stimme.

"Sicher, hier links abbiegen, und du wirst es die Straße runter finden,"

»Danke«, antwortete die Dame, bevor sie ging.

»Wohin führt sie dieser Weg nun?«, überlegte Luck.

Das blaue Auto blieb vor dem Eingang des Hochzeitsortes stehen, als die Frau ihr Geschenk und ihren Blumenstrauß in den Händen hielt und hereinkam, um die Braut zu treffen.

»Entschuldigen Sie, könnten Sie mir sagen, wo das Brautzimmer ist?«, fragte sie ein kleines Mädchen.

"Rechts in Richtung des linken Korridors", antwortete sie mit süßer Stimme.

Die Schritte der Frau signalisierten eine Gezeitenänderung, als sie an die Tür klopfte.

Meine Mutter öffnete es und empfing den Strauß mit äußerster Höflichkeit, bevor die Frau nach der Braut fragte.

"Sie ist hier drin", antwortete die Mutter.

Ich drehte mich um, um diese Stimme zu treffen, die unser Universum verändern würde.

»Charloette«, rief die Frau überrascht, »mein Gott. Du bist es in der Tat,"

Überrascht von der Anrede meines Namens schien ich perplex zu sein.

Nichtsdestotrotz fuhr sie fort: "Meine Güte. Adam heiratet dich. Das ist super,"

In diesem Moment. Da war ich mir wirklich nicht so sicher. Ich brauchte Klarheit, als meine Mutter nachdenklich erschien: „Mein Name ist Lisa. Lisa Sparks. Du musst mich mit einer anderen Person verwechselt haben."

Daraufhin antwortete die Frau: „Auf keinen Fall. Du warst die erste Person, die einen griechischen Namen auf die Rückseite deiner Taille tätowiert hatte. Ich erinnere mich deutlich an dich. Erinnerst du dich nicht?"

Ihre Erzählung erinnerte mich an Charloettes Tätowierung aus Christoffs Tagebuch, bevor ich sie meiner Mutter zur Erklärung übergab. Nur sie konnte dieses Chaos aufklären.

Sie saß auf einem Stuhl, um ihre Nerven zu beruhigen, trank ein Glas Wasser und sagte in einem definitiven Ton: "Ich fürchtete, dieser Tag könnte kommen. Aber bevor ich etwas verrate, versprich mir, dass du ruhig bleibst."

"Das tue ich,"

„Na gut. Ihr richtiger Name ist Charloette Whitman. Sie waren vor einigen Jahren in einen Unfall verwickelt, nach dem Sie an einer retrograden Amnesie litten. Damals warst du mit Christopher Myers verlobt,"

Dabei hielt sie inne, ließ eine Träne aus und fuhr fort: „Seine Beschäftigung brachte dein Leben in Gefahr, weshalb ich ihn aus deinem Leben gehen ließ. Ihre gesamte Vorgeschichte wurde gelöscht und Sie erhielten einen neuen Namen von Lisa Sparks,"

"Aber irgendwie bin ich in Shaira auf ihn gestoßen. Seine Großmutter schickte mir sein Tagebuch. Darin ist Charloette sein Liebesinteresse. Sie ist es, die das griechische Tattoo hat «, fragte ich vehement.

"Sie war diejenige, die dir das Tagebuch bis August weitergab. Zu sehen, wie du wieder Gefühle für ihn entwickelst, hat sie dazu gebracht."

"Was ist mit dem Tattoo?"

"Ich habe es nach diesem Unfall durch Laser entfernen lassen,"

"Dann war ich das Mädchen von Charring Cross,"

"Richtig, Liebes. Christopher und ihr wart Freunde aus Kindertagen. Während du zur ausländischen Ausbildung aufgebrochen bist, fand er Arbeit bei den Barrows. Bei deiner Rückkehr wurden diese Gefühle, die du füreinander hattest, wieder entfacht. Aber der Vorfall am Charring Cross führte zu den Bombenanschlägen vom 29. März an der Riviera. Als ich das sah, hielt ich es für das Beste, Christopher im Stich zu lassen. "

"Warum hast du das alles getan?"

"Es ist, weil ich dich liebe. Ich will eine glänzende, sichere Zukunft für dich. "

"Auch wenn es auf Kosten der kompromittierenden Liebe geht,"

"Wisse, dass dies für eine Mutter die oberste Priorität ihrer Tochter ist,"

Dieses Gespräch mit meiner Mutter verunsicherte meinen Willen. Nie zuvor hatte ich gefühlt, wie meine Identität auseinandergerissen wurde, nur um den Mann zu finden, den ich liebe, mich zurück zu lieben. Mein Herz konnte seinen Sturz nicht akzeptieren, und heute sehnte ich mich nach seiner Berührung.

Wie konnte ich vorankommen, wenn ich wusste, was er tat, aus Liebe zu mir.

Winterfrost

Die Brautjungfer folgt mir nach hinten, während ich auf dem roten Teppich vorrücke. Ich schaue sicher weiter, aber nicht, wo Adam steht. Denn meine Vergangenheit entzündet sich wieder vor meinen Augen. Bei jedem Schritt, den ich mache, dringt „sein" Gesicht in meinen Kopf ein. Diese Worte, diese Momente, die ich mit ihm verbracht habe, toben wie ein Sturm in mir.

Endlich schaffe ich es zum Altar, wo der Priester die Hymne sagt, und dann fangen wir an, unsere Gelübde auszutauschen.

Jetzt bin ich an der Reihe, aber ich habe kaum die Stimme, und es bricht in ein Schluchzen aus. Meine Augen können die Tränen nicht mehr zurückhalten, aber ich versuche mein Bestes.

„Ich…nehme…dieses Gelübde…", stottere ich.

Adam erkennt, dass ich weine und alle auf mich schauen. Zwischendurch unterbricht er.

"Pater, kann ich einen Moment mit ihr verbringen", fragt er ihn.

Dann hält er mich an der Hand und führt mich dann hinter der Bühne zu einem Haus. Als wir gehen, flüstern die Leute ihre Verwirrung, und einige versuchen sogar, uns zurückzurufen. Adam hört jedoch niemandem zu.

Öffne die Tür, in die er mich führt, und schließe sie dann…

"……Du weinst Lisa. Was ist los?", fragt er mit zärtlicher Stimme.

„Es ist Christoff…" Sage ich mit gebrochener Stimme und erzähle ihm alles.

Er hört aufmerksam zu, wie er es immer tut, und wenn ich fertig bin, fragt er nur eine Sache.

»Liebst du ihn?«

"…Ja,"

»Dann lass uns gehen«, sagt er.

"Aber das Volk..." Frage ich.

"Die Leute...sie werden eine Weile darüber reden und es vergessen. Was zählt, ist, woran du glaubst?" Sagt er durchsetzungsfähig.

Dann hält er meine Hand und führt mich durch die Hintertür, wo sein Auto steht.

"Geh schnell rein", sagt er, "wir besuchen Hewlett,"

Und so tue ich es, und wir beide verlassen die Hochzeit und lassen das Publikum verwirrt und wimmernd zurück.

Nach einer langen Reise kommen wir endlich in Hewlett an. Adam fährt mit dem Auto die Hawking Hills hinauf, während ich einfach aus der Fensterscheibe starre. Die Dämmerung ist stark gefallen und der Himmel schien nie konfliktreicher zu sein. Es ist ein unerklärlicher Farbton von Rot und Orange.

Wir halten sein Auto vor dem Weidentor an, gehen den mit Kies gesäumten Kopfsteinpflasterweg hinauf und wären ohne die intensive Musik, die die Luft mit unsichtbarer Traurigkeit erfüllte, in Isens Haus eingetreten.

Ich gehe nach rechts, in Richtung des Hinterhofs, mit Adam, der mir folgt, und sehe Evelyn auf einer erhöhten Plattform stehen, wie sie eine Gruppe von Schülern orchestriert, von denen jeder auf einem kleinen schwarzen Schreibtisch sitzt und eine Geige spielt.

Es scheint ein Spektakel für sich zu sein. Die Lichter, die die Eibe schmücken, leuchten brillant und die Musik dringt direkt in dein Herz. Es erzählt eine Geschichte des Schmerzes, doch die subtilen Beats wecken immer wieder neue Hoffnungen.

Sie bemerkt, dass ich in der Nähe der Wand stehe und auf halbem Weg stehen bleibt. Ihre Augen werden traurig und sie bittet einen Kommilitonen, weiter zu orchestrieren.

Sie geht in einem sanften Schritt auf mich zu und steht vor mir.

"Lisa....Schön, dich hier zu sehen. Bitte komm rein ", sagt sie und führt uns hinein.

Dort sitzen wir auf dem Doppelsofa mit Evelyn vor uns.

"Vater ist auf einer Reise...", sagt sie, aber ich unterbreche sie

»Tu nicht mehr so, als ob?« Sage ich feierlich.

»So tun?«, verhält sie sich unschuldig.

"Ja...meine Mutter hat mir alles erzählt,"

Diese Worte brechen schließlich ihren Willen, als sie ihre Augen schließt und versucht, sich zu komponieren

»Charloette richtig«, wendet sich Evelyn schließlich an sie.

"Wenn du uns sehen kannst, dann musst du erkennen, dass wir gerade unsere eigene Hochzeit abgestürzt haben, damit Lisa hier Christoff sehen kann. Bitte sag uns die Wahrheit ", sagt Adam .

"Okay...aber verzeih mir zuerst, dass ich mich zurückgehalten habe", sagt sie.

"Ich verstehe, warum du es getan hast", antworte ich und tröste sie.

„Ehrlich gesagt weiß ich nicht, ob Christoff lebt oder nicht. Aber ich habe diesen Notizblock meines Vaters, in den er eine Notiz in seiner Handschrift geschrieben hat -

„Ich bin der glücklichste Mensch der Welt. Es gibt Menschen, die sich um mich kümmern. Und da ist Charloette, die sich zu sehr darum kümmert. Sie hat ein Leben vor sich und ich werde da nicht als Hindernis stehen,"

»Das klingt genau wie er«, sagte ich zu ihr.

"Also, was wirst du tun?", fragte sie uns.

"Wir wissen es nicht", fügte Adam hinzu,"ich meine, er könnte überall auf dieser Welt sein. Wir dachten, du wüsstest, wo er ist?"

"Nein, das tue ich nicht", antwortete sie, "er hat uns nie kontaktiert."

Sie sagt die Wahrheit und es gibt keine weiteren Informationen, die wir dort bekommen können

Wir danken ihr für ihre Hilfe und verlassen Hewlett, so wie wir gekommen waren. Ahnungslos.

Mein Wunsch, ihn zu sehen, flackert jedoch nicht ein bisschen. Ich bin zuversichtlich, dass er lebt und ich ihn finden werde. Es muss einen Grund geben, warum der Tätowierer in unsere Hochzeit eingegriffen hat.

Eine Sackgasse

Wir reisten nach Shaira, nachdem wir Hewlett verlassen hatten. Dort versuchten wir, so viel wie möglich über Christoff zu sammeln, aber leider hatte seitdem niemand mehr von ihm gehört.

Ohne offensichtliche Hinweise waren wir gezwungen, an die Riviera zurückzukehren.

Seitdem war eine Woche vergangen, in der ich jeder Spur gefolgt war, die ich über ihn erhielt. Aber sie alle entpuppten sich als reine Spekulation.

Mit jedem Augenblick schwinden meine Hoffnungen, die einst so stark waren. Ich konnte mich nicht auf meine Arbeit konzentrieren. Jedes Mal, wenn ich allein war, schwebte sein Gesicht vor mir. Aber als ich versuchte, ihn zu erreichen, verdorrte er wie tauender Schnee.

Und so wurde mein Leben elend und der Winter schien ewig.

Es war ein Sonntagabend, als ich auf dem Sofa lag und Christoffs letzte Worte las, die Evelyn in ihrem Buch zitiert hatte.

"Ich bin zu egoistisch, um meinen Schmerz zu teilen,"

"Ja, das bist du,"

"Ich bin zu arrogant, um bemitleidet zu werden,"

"Das weiß ich,"

"Zu dumm, um das Mädchen, das sich in mich verliebt hat, zu fragen:"Warum habe ich mich in diesen Idioten verliebt?"

"Aber hier liegst du falsch. Du bist sicher dumm. Aber wie hätte ich mich nicht in dich verlieben können? Du bist mein Leben, Christoff. Ohne dich bin ich unvollständig. Bitte komm zurück,"

"Bitte..."

Ich weine weiter, bevor ich schluchzend einschlafe.

Herzschläge

Ein Handy klingelt in einer Bar in Curacao, während Männer immer wieder Wodka-Shots in die Kehle schlucken. Die Leute grooven immer wieder zu karibischer Musik, während eine melancholische Figur um die Ecke sitzt. Ihre Strickjacke aus Netzstoff hängt ungebunden über ihrem weißen Smock-Oberteil und den mit Blumen bestickten Jeans-Shorts, während ihre nasse Haut bei schwachem Licht weiter glitzert.

"Ich war spät in der Nacht schwimmen", sagt Quentin und setzt sich in einen Stuhl neben sie.

"Die meisten sind auf und feiern, aber die Jungfrau unter uns ist mürrisch. Es muss schwer gewesen sein, sich der Einsamkeit zu stellen,"

"Im Gegenteil, ich habe jemanden gefunden, der mich als die Frau ansehen konnte, die ich bin."

"Er ist ein netter Kerl", stimmte er zu, "es ist ein Bündel Freude, wenn er in der Nähe ist,"

"Sicher ist es das,"

»Ich will ihn treffen«, schlug Quin vor.

"Ja. Lassen Sie uns unserer Gruppe beitreten,"

Als wir die Bar verließen, drehte Allison sicherlich die Köpfe, als wir am Strand ankamen.

"Du würdest das Eis bei jedem Mann schmelzen", ergänzte er, "Ich frage mich, warum du da drin düster gesessen hast?"

"Konnte keinen finden, für den es sich zu schmelzen lohnt", lächelte sie lächelnd.

Auf dem kalten Sand zu gehen, während er durch unsere nackten Füße streichelte, fühlte sich lebendiger an als das Fest im Inneren. So eine magische Nacht durfte man sich nicht entgehen lassen. Vollmond vor dem Hintergrund des Sternenhimmels mit einer sanften Meeresbrise, die Ihr Haar entfaltet, machte Sie lang. Sehnen Sie sich nach einem Begleiter, mit dem Sie Ihr Herz teilen können und der besser ist als unsere seelenvolle Gruppe, die sich um das Lagerfeuer kauerte.

Mit ihrem lebhaften Geplänkel nahm Quin seinen Platz neben Nora ein, während Joyce neben Diego saß.

"Es ist ein Wunder, dass wir alle am Leben sind", sagte Joyce.

"Der Mann, der uns herausholt, würde keine Seele zurücklassen", bemerkte Diego

"Es ist eine Mission, die ich sicherlich nicht wiederholen möchte", schloss sich Jeffrey mit den Getränken an.

"Darauf kannst du wetten", sagte Stephen, "ich meine, dass dieser verrückte Kanonensohn Angel Falls hinuntergefallen ist, um unversehrt herauszukommen,"

»Und er hat Yuvisko gerettet«, fügte Cara hinzu.

»Ich frage mich immer noch, wie er das gemacht hat?«, fragte Alice.

"Äh huh", Quin suchte Aufmerksamkeit, "Erlaube mir zu erklären,"

"Er verlangsamte sich selbst die Wasserfälle, dank Jeffreys Erfindung des Greifhakens. Gekoppelt mit den geladenen Sohlen seiner Schuhe setzte Christoff Aufwind in das elektromagnetische Feld ein, das ich von unten mit den kreisförmigen Scheiben, die auf dem Wasser schwammen, angelegt hatte. Nichtsdestotrotz packte Yuvisko komplizierte Materie, als sie mit beträchtlicher Geschwindigkeit durch die Oberfläche fiel. Der Rest der Flucht erfolgte durch das unterirdische Höhlensystem, das Jeffrey für uns geplant hatte. Trotz dieser Sicherheitsmaßnahmen brauchten sie einen Monat, um sich von diesen gebrochenen Rippen zu erholen. Da hat uns das Glück aufgeleuchtet,"

"Das ist in solchen Situationen so selten. Ich muss Jeff das Verdienst zollen «, sagte Diego und schüttelte Jeffs Hand fest.

Auch Alice saß unter uns und witzelte Geschichten über ihre vergangenen Jahre. Jeder, der dort saß, hatte eine Geschichte, eine Geschichte zu erzählen, aber die, deren Geschichte mich wirklich interessierte, war falsch, angezeigt durch den freien Platz zwischen Jeffrey und Evans.

»Auf der Suche nach Christoff«, sagte Stephen, der sich an Cara schmiegte.

"Ja,"

"Er ist auf dem Pier", antwortete Zico, der in den Marshmallows verkohlte, als eine köstliche Aura unsere Sinne mit süßem Vergnügen erfüllte.

Als ich mich umschaute, bemerkte ich eine vertraute Gestalt, die auf den Docks saß. Als ich aufstand, verabschiedete ich mich von der Gruppe und machte mich auf den Weg zum Holzpier. Ich versuchte mein Bestes, mich so stetig wie möglich zu nähern, aber seine Sinne waren scharf. Er erkannte sofort meine flinken Schritte und drehte sich zu mir um.

»Bogenschütze, was führt dich hierher?«, sagte Christoff.

"Ich könnte dich dasselbe fragen", antwortete ich

"Es sind die Meereswellen, die gegen die Felsen prallen. Sie erinnern mich an einen bestimmten Menschen,"

»Die Dame an den Angel Falls, nehme ich an«, sagte ich, auf dem Dock sitzend und meine Beine überhängend, wie er es tat.

»Sie heißt Charloette«, antwortete er nostalgisch.

"Muss eine besondere Frau gewesen sein,"

"Du konntest dir nicht einmal vorstellen, wie viel,"

"Eigentlich kann ich das. Wenn es dich zwingt, diesen Fall zu nehmen, muss es eine leidenschaftliche Liebe gewesen sein, wahr genug, um dafür zu sterben,"

"Gute Schlussfolgerung, die du machst,"

"Also, was ist passiert?"

"Es ist eine lange Geschichte,"

"Hey, es ist Silvester. Wir haben viel Zeit. Willst du es über diese Einsamkeit teilen, die du hegst?"

„Was interessiert dich?"

"Wirklich, ich würde gerne den Jungen in dem Mann kennenlernen,"

"Er ist größtenteils ein zurückhaltender Kerl,"

"Sie ist ein lebendes Kabel eines Mädchens. Sexy ist nicht heiß genug, um dieses funkelnde Herz zu beschreiben. Sie ist die Treue, die meiner Seele zugesagt wurde", zitierte ich aus seiner Arbeit.

"Du hast den Entwurf gelesen,"

"Ich würde gerne ihre Hintergrundgeschichte kennen,"

Christoff schien zunächst widerwillig zu sein, aber als er fortfuhr, faszinierte mich seine faszinierende Geschichte bis in die Knochen.

„Charloette und ich waren Freunde aus Kindertagen. Wir wuchsen zusammen bei den Little Angels auf, bis sie im zarten Alter von sieben Jahren adoptiert wurde, während ich mich weiterhin um die täglichen Aufgaben des Waisenhauses kümmerte. Es war ein Sommertreffen, während ich bei den Barrows arbeitete, dass unsere Beziehung wiederbelebt wurde. Wir klickten direkt von der Stelle, an der wir gegangen waren, aber wie es das Schicksal wollte, zwang uns der Vorfall in Charring Cross, uns zu trennen. Die Auswirkungen waren weitreichend.

Joyce Scarlett, Hilfe für Diego de la Vega war gefangen genommen und in den Barrows in Untersuchungshaft gehalten worden. An einem schwülen Nachmittag erhielt mein Kollege Jeff einen anonymen Anruf, in dem er mich um meine sofortige Aufmerksamkeit bat. Es war die Stimme von John. Er gab mir einen Hinweis auf die bevorstehenden Explosionen, die kurz bevorstanden.

"Jeff ruft unsere Agenten an, die in den südlichen Vororten stationiert sind, und sagt ihnen, sie sollen den Parkplatz in der Nähe des Prideaux Cafe räumen", ich engagierte schnell meine Informationen, um das Bombengelände zu räumen.

"Die St. John's Cathedral und die Gilmore-Brunnen folgten, als das Notfallteam alle Menschen von dort evakuierte,"

Nun wurde all dies bei Telefonaten koordiniert. Wir mussten den Anschein erwecken, dass wir auf der Verliererseite standen. Anstatt die Sprengstoffe zu entschärfen, lassen wir sie los und sichern das Leben der Bürger.

Das nächste war das Hopewell Hospital. Ich rief meinen Freund Nicholas an, der wiederum half, das Krankenhaus über das unterirdische Tunnelsystem der Stadt zu evakuieren. Es erwies sich als schwierig. Nichtsdestotrotz wurde es mit Hilfe von Trisha und ihrem medizinischen Personal rechtzeitig erledigt.

Die St. John's Cathedral und die Little Angels wurden von Johannes selbst betreut. Es hat mir geholfen, den Mangel an Zeit zu berücksichtigen, als Jeffrey die Barrows neben Joyce evakuierte.

Die 10-minütige Hebelwirkung erwies sich als ausschlaggebend. Doch der Vorfall auf dem Metropolitan Square hat unser Leben verändert. Ein Lastwagen überholte ein Auto an der Kreuzung, als der Sprengstoff losging, als das hintere Ende des Fahrzeugs gegen die Motorhaube prallte. Der angegurtete Fahrer war verletzt und blutig. So auch die Frau, die auf seinem Seitensitz saß. Das war der Rückschlag meines Lebens.

Ich erreichte ihren Weg zu spät, als Regen herabströmte und Blut auf die Straße tropfte. Der Rettungswagen streckte sich von den Opfern ab, als ich ihren Blick erhaschte. Ich fiel auf die Knie und sah zu, wie eine verletzte Charloette und mein Kumpel Hosse zum nächsten Krankenhaus gebracht wurden.

"Es ist wegen ihrer Verwicklung mit dir passiert", legte Charloettes Mutter wütend die Last auf mich. Ich stand jedoch taub und wartete auf Neuigkeiten aus dem Operationssaal. Nach einer anstrengenden Nacht brachte der Morgen einige gute Nachrichten.

»Hosse ist ins Koma gerutscht«, sagte der Arzt, »inzwischen hat Charloettes Kopfverletzung im präfrontalen Kortex sie bewusstlos gehalten. Ihre Vitalwerte sind stabilisiert. Die Blutung wurde gestoppt. Jetzt bleibt nur noch, ihnen die Zeit zu geben, sich zu erholen."

Charloette erlangte nach einem Intervall von 18 Tagen wieder das Bewusstsein. Zerbrechlich und schwach konnte sie sich nicht an ihren Namen und ihre Identität erinnern.

"Ich kann Ihnen nicht versichern, dass die Erinnerung zurückkehren würde. Es ist retrograde Amnesie. Manchmal gewinnt man sie nie wieder zurück,"

Ihre Mutter hielt es für angebracht, sie in ein renommiertes Krankenhaus zu verlegen, als wir dort saßen und diskutierten.

"Du bist sicher, dass du das tun willst", fragte sie mich.

»Ja. Bring sie weg«, sagte ich fest und hohl.

Sie bekam ihre neue Identität als Lisa Sparks, als die Barrows alle Erinnerungen an ihr früheres Leben löschten. Das Tattoo wurde gelöscht und ich verschwand aus ihrem Leben.

Die Nachwirkungen in den Nachrichten lasen 51 Leben wurden verloren, um die Vertuschung der Identitätsänderung zu verbergen und die Sicherheit der Gruppe zu gewährleisten. Nachdem das Waisenhaus zerstört war, suchten wir nach einem sicheren Zufluchtsort. Nicholas half dabei, uns nach Shaira zu verlegen, während Hosse in ein städtisches Krankenhaus verlegt wurde, so dass Isabell ihn regelmäßig besuchen konnte.

Meine Schuld zwang mich, von den Barrows zurückzutreten und mich zurückzuziehen und auf Informationen des Genies zu warten. Wie es Tradition war, wurde John verleugnet und zum Sündenbock für die größte Sicherheitslücke an der Riviera gemacht.

Ich beendete ein Stück der Erzählung, während Allie aufmerksam zuhörte. In der Mitte hielt ich inne, um ihr Gesicht zu betrachten, das gegen das Mondlicht schimmerte, während sie meine Hand hielt und mich tröstete.

»Hat sich Hosse nicht vom Koma erholt?«, fragte sie.

"Nein", sagte ich, "Isabell bleibt in Kontakt und informiert mich über seine Gesundheit."

"Sie ist eine starke Frau,"

„Ausdauer ist ein mächtiges Kaliber, das sie gemeistert hat", stimmte ich zu.

»Was ist mit Charloette?«

"Charloette traf mich in Shaira, wie du aus der Geschichte gelesen haben musst. Wir trennten uns während dieses Besuchs von einem freundschaftlichen Begriff, bei dem sie sich ihrer Identität nicht bewusst war. Ihr Gedächtnis hatte sich nicht erholt. Doch das Schicksal in Angel Falls war anders geplant. "

"In deiner Geschichte spielt sich Joyce als Antagonistin ab?"

„Der eigentliche Antagonist war die Idee der Brüder, Polaris einzusetzen. Es hätte die Menschheit versklavt. Sie half uns, aus Liebe zu Diego, als sie mir den Stiftantrieb weitergab, als sie mich in der Hogan-Fabrik küsste. "

"Ist es das gleiche Datenlaufwerk, das Sie Hosse Relay an Isabell in Avenue Falls hatten?"

»Es enthält Charloettes Erinnerungen. Aber es ist verschlüsselt. Es ist ein Passwort, das nur Hosse bekannt ist,"

"Ist das der Grund, warum du deine Eskapade in Angel Falls geplant hast?"

„Charloette hat jedes Recht, im Leben weiterzumachen. Ich werde nicht als Hindernis vor ihr stehen,"

Die Nacht wurde auf dem Pier kälter, als auch Allie sich um sich selbst öffnete.

»Ich weiß, wie du dich fühlst«, sagte sie.

„Seit Max gestorben ist, lebe ich ein Vagabundenleben. Das war, bis du mich für das Polaris-Projekt rekrutiert hast,"

"Warum hast du zugestimmt?"

"Die Frau in der Frau zu finden, die ich geworden bin, ist eine seltene Erkenntnis für einen Mann", brach Allie ihr Schweigen, "unter deinem groben Vorwand habe ich einen echten Begleiter gefunden,"

"Danke dafür,"

"Weißt du, zuerst habe ich mich gefragt, wer einen Kerl wie dich entkommen lassen würde?", sagte sie zu mir, "Aber jetzt merke ich, dass es nicht ihre Schuld war,"

"Charloette ist ein Juwel einer Frau. Und das Herz will, was es will. Kann jetzt keine Kontrolle über seinen Takt haben,"

"Du bist ein offener Kerl, Christopher,"

"Und du eine tolle Frau,"

Zwischenspiel

Es ist Montagmorgen, als ich mit dem Geräusch eines Weckers aufwache. Ich stehe auf und versuche mein Bestes, um optimistisch zu sein. Um mich zu überzeugen: „Ja, heute ist der Glückstag. An dem Tag, an dem ich ihn treffe,"

Danach mache ich ein dürftiges Frühstück und nach dem Essen gehe ich mit meinem Auto ins Büro.

Es ist nur eine Autostunde, bis ich mich wieder in meiner Kabine befinde.

Aber anstatt zu arbeiten, stehe ich einfach in der Nähe des Glases und starre weiter auf die Skylines.

Während ich regungslos da stehe, ertönt ein Klopfen an der Tür, und ich drehe mich um, um James, meinen Assistenten, hereinkommen zu sehen.

Er setzt sich hinter den Schreibtisch und zeigt mir die Unterlagen. Ich versuche mein Bestes, um sie zu analysieren, aber dann stellt er mir die seltsamste Frage:

»Woher kennst du diesen Kerl?«, sagt er und nimmt Christoffs Bild von meinem Schreibtisch.

»Kennst du ihn?« Frage ich eifrig, wenn ich auf halbem Weg stehen bleibe.

»Ja. Sie sehen, meine Frau, die an der Addison-Krankheit leidet, besuchte einmal während einer Reise das Krankenhaus in Yorkshire, als sich ihr Gesundheitszustand verschlechterte. Damals traf ich diesen Mann."

"Wann war das?" Ich sprang eifrig auf.

"Vor etwa 4 Monaten", kam in seiner Antwort.

In diesem Moment erneuerte sich ein Funke in mir, als ich mit Elan sprach.

"Kannst du mir den Standort des Krankenhauses mitteilen?"

Kaum hatte er es getan, begab ich mich auf meine Heimreise.

"Christoff", sagte Isabell über das Handy, "Hosse's Finger, sie sind heute umgezogen,"

"Er erlangt das Bewusstsein wieder. Das sind wunderbare Neuigkeiten ", antwortete er.

"Ich habe die Ärzte angerufen, sie stellen seine Genesung fest,"

"Ist noch jemand bei dir?"

"Nein. Ich bin nur hier draußen,"

„Ich werde Trisha und unsere Freunde informieren. Du bleibst bei ihm,"

Isabell brach fast in ein Schluchzen aus, denn Hosse hatte ihm die Augen geöffnet.

"Oh mein Gott! Er ist wach «, rief Isabell glücklich.

Selbst ich konnte meine Emotionen nicht zurückhalten. Das lange Warten hatte bei so vielen von uns einen hohen Tribut gefordert. Als ich auf die Knie fiel, war ich frei von Bedauern, als Tränen des Glücks in Nostalgie herauskamen.

"Isa", sprach Hosse schwach.

"Du warst lange im Koma,"

"Es ist schön, dich ab und zu weinen zu sehen,"

"Du hast keine Ahnung, wie sehr ich dich schlagen will, weil ich so lange warten musste,"

"Das kannst du jederzeit machen, Schatz,"

Hosse hatte seinen Sinn für Humor bewahrt, als er beobachtend fragte: "Mit wem hast du am Handy gesprochen?"

"Wer außer deinem Bruder Christoff!"

"Wie geht es dem Kerl?"

„Es ist viel passiert. Ich helfe dir, aufzuholen. Ruhen Sie sich vorerst aus,"

Sie sagen, Wunder passieren nicht einfach so. Es braucht das Zusammenkommen des gesamten Universums, um das Unmögliche möglich zu machen. Das war die Geschichte und die Umstände, die Charloette in das Krankenhaus führten, in dem Hosse wieder erwacht war.

Als sie hereinkam, fragte sie die Rezeptionistin und hielt Christoffs Bild hervor.

"Fräulein, erkennen Sie diese Person, die er vor ein paar Monaten hier besucht hat?"

"Die Dame sah es sich eine Minute lang an, bevor sie sich an ihr Gespräch mit Christoff erinnerte,"

"Ja, das hat er,"

"Könnten Sie mir sagen, wen er besuchte?"

"Das Krankenhaus erlaubt keine Weitergabe von Patientendaten, Madam,"

"Bitte, es ist eine dringende Angelegenheit", bat sie immer wieder, bis sie nachgab.

"Es ist ein Mann namens Hosse Jean Hoffman. Er ist in Zimmer 306,"

Sie ging die Treppe hinauf, bevor sie abrupt zum Stehen kam, als sie Isabell vor der Tür stehen sah.

»Charloette, was machst du hier?«, erkundigte sich Isa.

»Christoff, er lebt, nicht wahr?«, sprach sie unverblümt.

»Das ist er«, gestand sie.

"Warum verstecken, wenn ich dich das erste Mal gefragt habe?"

"Es ist, weil ihr eine vergessene Geschichte habt,"

Das Team von Ärzten und Krankenschwestern unterbrach unser Gespräch, als sie mit Isabell über Hosses Gesundheit sprachen.

„Er ist ein optimistischer Mensch. Sollte sich gut erholen. Bitte stellen Sie sicher, dass er sich keinem emotionalen Zwang unterzieht ", sagte der leitende Arzt.

Als sie hörte, wie sich diese Charloette beruhigte, führte Isabell sie in den Raum, in dem ihr Mann schlief.

Charloette sah Hosse zum ersten Mal seit diesem Unfall. Es war nur natürlich, dass sie seinen Bruder nicht erkannte.

»Charl, wo ist Christoff?«, fragte Hosse.

»Sie kann sich nicht an dich erinnern«, erklärte Isabell.

»Das Baby?« Hosse drückte seine Besorgnis aus.

„Sie hat den Absturz nicht überlebt", erzählt Isabell von der traurigen Wendung in unserem Leben.

Diese Worte schockierten die beiden. Hosse konnte nicht glauben, in welchem Zustand sich seine Freunde befanden, Charloette dagegen schrie bitterlich, als sie nun den Grund für Christoffs Verschwinden aus ihrem Leben verstand.

"Christoff und Charloette. Ihr beide wart zu dieser Zeit verlobt. Meine Entbindung war im Hopewell-Krankenhaus fällig, das ihr beide besucht habt ", sagte Isabell, " Charloetteselbst war zwei Monate mit einem Baby zusammen. Es war dann das unglückliche Ereignis eingetreten. Ihr wurdet beide in das nächstgelegene Krankenhaus gebracht. Du bist ins Koma gefallen, während Charloettes Baby bei der Ankunft für tot erklärt wurde. Nachdem deine Erinnerungen verschwunden waren, ließ Christoffs Schuldgefühle ihn alle seine Erinnerungen aus deinem Leben löschen und gehen. Deine Mutter war bei dieser Entscheidung von zentraler Bedeutung. "

Isabells Erzählung erschütterte Charloette bis ins Mark, während Hosse versuchte, das Ende des Puzzles in seinem Kopf zu lösen.

"Isa, zurück an den Avenue Falls habe ich einen in deine Manteltasche gesteckt. Hast du das Kleid noch bei dir?«, fragte Hosse.

"Ich habe einen gefunden und ihn zu Hause aufbewahrt. Es wurde mit einem Passwort verschlüsselt ", antwortete Isabell.

"Soweit ich mich erinnern kann, war Charloette mit einem Baby", verriet Hosse, "Wer hat dir vom Tod des Mädchens erzählt?"

»Es war Charloettes Mutter«, sagte Isa.

„Alle anderen, die damals bei dir waren", fragte Hosse Isabell

„Alle unsere Freunde hatten sich im Krankenhaus versammelt. Vielleicht würden sie es wissen."

"Mein Zustand lässt mich nicht gehen, aber wenn du jemanden bitten könntest, das Datenlaufwerk Charloette hierher zu bringen, könnte sie vielleicht in der Lage sein, ihre Erinnerungen wiederzuerlangen,"

Isa erkannte den Ernst der Situation und wählte sofort Trishas Nummer und bat sie, das Datenlaufwerk nach Yorkshire zu bringen.

"Ich bin auf dem Weg", versicherte Trisha

Das Warten auf ihre Ankunft war angespannt. Isa war verwirrt, Charloette lag verwirrt da, während Hosse ruhig blieb. Nach einer mühsamen zweistündigen Wartezeit öffnete sich die Tür, als Trisha eintrat.

Unsere erwartungsvollen Blicke müssen sie erschreckt haben, aber sie blieb cool und antwortete -

"Ich habe das Datenlaufwerk mitgebracht, nach dem du gefragt hast. Hier, nimm das,"

Hosse nahm den Laptop aus seiner Tasche und schaltete ihn ein, bevor er das Datenlaufwerk anschloss und es mit Christoffs Passwort entschlüsselte, das er von Herzen gehört hatte.

»Ich glaube, du hast das Recht, zuerst davon zu erfahren«, sagte Hosse und übergab Charloette den Computer.

Erinnerungen neu entfacht

Die ersten Strahlen der Morgensonne zierten mein Gesicht, als ich mich auf Christoffs Schultern stützte. Er war noch wach und starrte auf das Tal, das draußen stand. Isen hingegen war nirgends zu sehen.

Ich neigte meinen Kopf zur Seite und das erregte seine Aufmerksamkeit.

"Guten Morgen", begrüßte er mit einem Lächeln.

"Dieses Lächeln steht dir gut", antwortete ich.

"Natürlich tut es das. Hier, nimm das ", sagte er und reichte mir eine Tasse

"Latte. Wusstest du nicht, dass sie diese in Zügen servieren?" Sagte ich überrascht.

"Nein, es ist aus dem Café des Bahnhofs. Wir sind jetzt bei Tiara. Isen will sich die Beine vertreten. Es ist ein 20-minütiger Stopp,"

"Nun, dann gehen wir raus und schließen uns ihm an", antwortete ich und zog Christoff mit mir heraus.

Als wir auf der Plattform gingen, fühlte sich die Morgenbrise beruhigend an. Die Kulisse des roten Himmels, der die zerklüfteten Hügel überragt, verlieh dieser einsamen Station einen rustikalen Charme. Trotzdem blieb mein Freund zurückhaltend.

"Danke, dass du gekommen bist", flüsterte ich in Gedanken und sah ihn an.

Aber im nächsten Moment, als ich einen Schluck vom Latte nahm, blieb er stehen und drehte sich zu mir um und sagte:

"Hast du etwas gesagt?"

Diese Geste erwischte mich unbemerkt und mit der Tasse immer noch in meinem Mund starrte ich nur auf seine neugierigen Augen. Einen Moment wusste ich nicht, wie ich reagieren sollte, aber als er mit den Fingern vor meinem Gesicht schnippte, schluckte ich schnell den Schluck hinunter und antwortete dumm,

"Du bist eine Art Telepath"

"Scheiße, was habe ich gesagt", schalt ich mich im Nachhinein.

Christoffs Reaktion war jedoch eine des Lachens. Er trat schnell einen Schritt zurück und machte ein Foto mit seinem Handy.

"Das wird den Rahmen sprengen", kommentierte er schelmisch.

"Was ist so lustig?" Fragte ich hochmütig.

"Dieser Schnurrbart passt zu dir, Watson", kicherte er zurück.

"Hoppla", dachte ich, als mich ein Riegel traf. Trotzdem reagierte ich schnell, indem ich den Schaum einleckte.

"Zeig es mir", befahl ich, aber Christoff war schon weg.

In dem Moment, in dem es mir erschien, fing ich an, ihn zu jagen.

"Christoff, du Sackloch, gib es mir", verfluchte ich beim Laufen.

"Nein, ich werde es auf Foolsbook posten", verspottete er zurückblickend.

Ein paar Schritte weiter stand Isen und trank Kaffee, als Christoff ihm um den Rücken ging.

"Kumpel, was ist los?" Sagte Isen und versuchte, auf ihn zurückzublicken.

"Stillstand Isen", sagte ein animierter Christoff

und hielt ihn an den Schultern.

"Charloette?" Fragte Isen verwirrt, als ich auf ihn zueilte.

"Halte dich aus diesem Isen heraus", erwiderte ich.

"Whoah", antwortete er und streckte seinen Arm aus, um Christoff zu schützen, als ich versuchte, um ihn herumzugehen.

"Ich weiß nicht, was los ist. Aber so verhalten sich zwei Erwachsene nicht ", antwortete er.

"Sag dir das, wenn du nicht nüchtern bist", rüttelte ich zurück.

"Ja, er ist nüchtern. Das ist eine dauerhaft vorübergehende Sache", neckte Christoff, als er sein Handy hinter Isens Rücken baumelte und mein schnurrbartiges Bild zur Schau stellte.

Dieser Kommentar seines offensichtlich verärgerten Isen und er beschloss daher, die Rolle des weisen Mittelsmanns nicht mehr zu spielen.

"Gib es mir", antwortete ich stürzend.

Und im nächsten Moment trat Isen zwischen uns, während ich auf Christoff stürzte, als er mich vor dem Sturz abpolsterte.

"Puh! Wäre eine Verschwendung von verdammt gutem Kaffee gewesen ", sagte Isen, trank einen Schluck und ließ uns auf der Plattform liegen.

"Autsch", antwortete Christoff schmerzhaft, als ich gegen ihn stürzte.

Mit meinen Haaren, die immer noch sein Gesicht verstrickten, bewegte ich meinen rechten Arm zu seiner Zelle, die in seiner linken Handfläche lag, und packte sie, als ich versuchte, aufzustehen. Aber er ließ es nicht kampflos los.

"Nicht so leicht, Charloette", sagte er und zog mich an meinem Handgelenk herunter, als ich wieder hinfiel.

"Verfluche Christoff", sagte ich animiert, bevor ich sein Gesicht wieder konfrontierte.

Für einen Moment verhakten sich unsere Blicke.

"Lass los", sagte ich mit zitternder Stimme. Aber er schüttelte sanft den Kopf und machte ein rätselhaftes Lächeln. Mir wurde klar, dass es ein „Nein" war

Dabei wurden meine Wangen offensichtlich nervös, bevor der Pfiff des Zuges uns zurück in die Realität unterbrach.

Er ließ meine Handgelenke los, als ich die Zelle nahm und zurück in den Zug ging.

Dort saß ich am Fenster und versuchte, Sinn zu finden, bevor Isen zu mir sagte

"Warum sagst du es ihm nicht?"

Schon der Gedanke an eine Liebesbeziehung mit diesem Kerl lässt mich immer seine Wahrnehmung zwischen Freundschaft und Liebe kennenlernen, die uns beide überbrückt.

"Isen, es muss von seiner Seite kommen", antwortete ich.

"Er wird es nie sagen, selbst wenn er es tut. So ist er,"

"Ich schätze, dann muss ich nur auf den richtigen Zeitpunkt warten", sagte ich und beendete das Gespräch.

Es war eines der mehreren Videos, die auf dem Datenlaufwerk gespeichert waren. Einer nach dem anderen, als ich alles beobachtete, begann ein nervtötendes Gefühl mein Herz zu befluten, als ich die Verbindung erkannte, die wir teilten.

Das letzte Video wurde von Newman Reeds aufgenommen. Darin wurde mir klar, dass die Inspiration von Polaris von mir kam. Er sprach mich als ihre Tochter an, bevor er seine letzten Worte sagte,

"Ich weiß, dass du mir die Schuld für alles gibst, was dir in der Vergangenheit passiert ist. Deshalb habe ich Polaris erfunden, um mit meiner Tochter in Kontakt zu bleiben. Der Mann, mit dem ich dich gesehen habe, war derjenige, dem ich mein Lebenswerk anvertraut habe. Du bist der liebste Schatz, den ich jemals haben könnte. Das ist mein Geschenk an dich,"

Damit endete das Video, als ich weiter auf den Monitor starrte.

„Wohin führt uns das?" Fragte mich Hosse.

»Wo auch immer Christoff ist«, antwortete ich.

Phoenix Soul

"Wenn zwei Menschen sich aufrichtig lieben, dann würde sogar der Himmel auf sie lächeln. Für diejenigen, die von Herzen lieben, schreibe ihr eigenes Schicksal. "

So war unsere Geschichte, dass sich die Sterne ausrichteten, um unser Schicksal zu ändern.

Christoff war so kompliziert in jedermanns Leben eingewoben, dass seine Abwesenheit nach Angel Falls eine riesige Leere hinterließ. Ich liebte ihn mehr, als ich wusste, und er drückte es weniger aus, als er es tat. Doch das Schicksal hat uns in eine Verbindung gebracht, und zum Glück haben wir uns in der Vergangenheit verlobt.

Ich kämpfte immer noch mit der Schuld, die ihn dazu brachte, mich zu verlassen, und fuhr nachts durch Springton Borough. Entschlossen, Wiedergutmachung zu leisten, griff ich in Richtung Star-Crossed Lake.

"Dort wirst du ihn finden", hatte Isabell gesagt.

Der Ort wurde von den unzähligen Sternen erleuchtet, die an der roten Skyline glitzerten. Eine von Heide bedeckte Landschaft, die von auftauenden Schneetropfen bedeckt war, die die Grashalme hinuntertröpfelten. Mit Löwenzahn gefütterte rote Rosen verstärkten seine Schönheit, während ein kleiner Fußweg, der in Richtung des glitzernden blauen Sees führte, inmitten von Wirbeln lag und Sie einlud, in den hereinströmenden Frühling einzutauchen.

Ich stieg aus dem Fahrzeug und ging diesen Weg hinunter. Überall hörte ich Vögel eine Melodie singen, die von den rosa Bougainvillea-Bäumen ausging, die überall verstreut lagen. Ich war ziemlich weit fortgeschritten, als eine Musik, so auffallend warm, so melodisch, dass sie sogar die Bäume in ihrer Melodie flattern ließ, in meine Ohren brach.

Ich begann schneller zu gehen, denn ich erkannte die vertraute Melodie. Als ich rannte, wurde die Musik lauter. Mein Herz schlug immer schneller und schließlich stand Christoff vor dem Seeufer gegen den mondhellen Himmel und spielte seine Geige.

Der See bewegte sich in seinem eigenen Tempo und die Vögel sangen. Dazwischen spielte er die Melodie der Nachtigall.

Die Synchronisation war so perfekt und doch so unnatürlich wie Feuer und Eis, dass sie mich für immer beeindruckte. Jeder Akkord drückte ein Gefühl aus, und ich konnte Christoff völlig vertieft sehen.

Ich wurde langsamer und kam zum Stillstand. Alle seine Emotionen zu hören und zu fühlen, die die Melodie vermittelte. Sogar die Natur schien verzaubert, denn das Strahlen der funkelnden Sterne war unter dem Deckmantel der schwankenden schwarzen Wolken verschwunden, die zu schwer waren und sich nicht mehr halten konnten. Und so fielen Regentropfen auf die warme Erde, die vor Trauer in die Luft stürmten.

Schließlich, als er anhielt, fiel eine laute Stille über die Umgebung. Alles hörte auf, selbst die Zeit.

»Christoff«, rief ich ihm zu.

In dem Moment, in dem er meine Stimme hörte, glitt seine Geige aus seinem Griff. Es fiel mit einem Schlag herunter, als er sich umdrehte und regungslos in meine Richtung schaute.

Der Himmel kannte den Konflikt in unseren Herzen. So lange hatte Destiny ihre Karten ausgespielt. Aber jetzt blieb nichts mehr zwischen uns.

Nur er und ich standen . Er hielt seine Emotionen zurück. Es war offensichtlich. Und ich konnte ihn nicht länger warten lassen.

Ich ging in leichten Schritten auf ihn zu und stand ihm gegenüber.

»Ich bin hier…Christopher«, sagte ich schließlich.

„…Charloette…was bist du…"

"hier zu tun", sagte ich, ihn zu vervollständigen.

"Ja…s", sagte er mit widersprüchlicher Stimme.

Sein Verhalten schien normal, aber seine Augen verrieten alles. Er weinte innerlich. Und das konnte ich sehen, selbst als wir beide in diesem kalten Regen nass durchnässt waren.

"Warum hast du mir nicht die Wahrheit gesagt?" Fragte ich.

"....Ich wollte nicht, dass dich die Schuld belastet...Und ich glaube immer noch, dass du gehen solltest... jetzt... Es ist die beste Wahl für dich,"

Dabei überwältigten mich meine Emotionen. Ich ließ all meine Qualen los und hob meine Hand, ich schlug ihn hart auf die rechte Seite.

Das hat noch nie so wehgetan. Nein, nicht die Ohrfeige, sondern seine Liebe.

Das Geräusch hallte in der Stille wider, die nur durch meine schluchzende und erstickende Stimme unterbrochen wurde.

"Du Narr... denk nie wieder daran..." Ich sagte, ich hielt sein Gesicht fest, als ich mich zu ihm beugte, bis sich unsere Köpfe berührten.

"Du vervollständigst mich, Christoff, deine Liebe... macht mein Leben lebenswert...", sagte ich, als Tränen aus meinen Augen auf sein Gesicht tropften.

Er schwieg jedoch, als sein warmer Atem an meinem kalten Gesicht vorbeizog, und ich sagte es schließlich mit einem traurigen Lächeln.

"Weißt du was... Ich bin vielleicht die erste Person auf der Welt, die jemals einen Kerl geschlagen hat und ihm dann das erzählt...

Ich... liebe dich, Christoff. Ich habe es immer getan und werde es immer tun. "

Diese 3 immer sehnsüchtigen Worte riefen schließlich eine Antwort von ihm hervor und er wischte die Tränen meines Gesichts ab und sprach in demütigen Tönen.

"Charl... liebe mich nicht so sehr..."

».....kann nicht anders«, schrie ich.

Es war dann zum zweiten Mal im Leben, dass er meine Haare wieder an mein Ohr streichelte. Dann neigte er seinen Kopf nach vorne und küsste mich schließlich auf meine Lippen.

So warm und liebevoll war diese dumme Liebe, dass wir, selbst wenn es regnete, unter dem Nachthimmel standen...Eingebettet in die Arme der anderen, umarmt, ohne jemals loslassen zu wollen.

Epilog

Die Musik wird gespielt, während ich den Gang entlang gehe und Evelyn mir als meine Brautjungfer folgt.

Dort auf dem Altar wartet Christoff auf mich.

Als ich über den roten Teppich gehe, sehe ich die vertrauten Gesichter auf dem Rasen stehen. Sie sehen mich alle an und lächeln, als ich an ihnen vorbeigehe.

Ich mache mich auf den Weg nach oben und da stehen wir beide. Der Priester sagt sein Ritual und die Zeit kommt, wo wir unsere Ringe austauschen.

Ich gebe ihm zuerst den Ring, aber er hat keinen.

»Du hast den Ring vergessen«, rufe ich.

"Nein...nein, warte einfach ein bisschen", sagt er.

Zwei Minuten stehe ich da, als ein Auto direkt vor mir hält. Der Trauzeuge steigt aus dem schwarzen Auto und geht auf uns zu und gibt Christoff den Ring.

"Hier, bitte", sagt er und gibt ihm den Ring.

»Gott sei Dank hast du es rechtzeitig im August hierher geschafft«, sagt Christoff zu ihm.

August kümmert sich jedoch nicht um die Verspätung. Er schaut Evelyn einfach weiter an und lächelt. Wenn ich auf meine Seite schaue, merke ich, dass die Reaktion gegenseitig ist.

Und so findet die Zeremonie statt und der Pater sagt schließlich: "Du darfst jetzt die Braut küssen,"

Da flüstert sich Christoff etwas ins Ohr.

»Padre. Darf ich ", sage ich demütig.

"O! Das habe ich vergessen. Du darfst den Bräutigam küssen «, sagt er und dreht sich zu mir um.

Ich lächle und küsse Christopher, während die Zuschauer einfach lachen und uns anfeuern.

»Du weißt, dass sie lachen«, sage ich zu ihm.

"Sie sind wahrscheinlich eifersüchtig", sagt er und wir beide küssen uns.

Von da an beginnt die Hochzeit und jeder genießt es, im Rhythmus seines Herzens Walzer zu tanzen.

Egal wie sehr man sich aufgrund der Probleme des Lebens herabgesetzt fühlt, unsere Freunde, unsere Familie, alle unsere Lieben, sie helfen uns, aufzustehen. Es ist ihre Liebe, die unser nicht so perfektes Leben so verdammt schön macht.

Und deshalb ist diese Geschichte nicht beendet, es sei denn, ich erzähle das Schicksal meiner Lieben. Hier fange ich an.

Meine Freundin Alison fand bei unserer Hochzeit eine Lebensgefährtin. Sie und Adam sind jetzt glücklich verheiratet. Sie sind ein schönes Paar, genau wie Isa und Hosse, die derzeit ihr zweites Kind erwarten.

Apropos Paare…August und Evelyn haben ihre romantische Geschichte neu entfacht. Die beiden gehen jetzt miteinander aus.

Trisha gelang es schließlich, ihr eigenes Krankenhaus zu bauen. Diese edle Tat wurde durch die Hilfe meines Rum-Topf-Kumpels Isen und Jeffrey ermöglicht.

Sehen Sie, das Rum-Pot Inn, das Isabell Isen nach Hosses Rückkehr schenkte, wurde durch eine kleine Investition von Jeffrey in das begehrteste Essensziel der Welt erweitert.

Was Charloette und mich betrifft, sind wir mehr als glücklich, uns um Jiva und Jaan zu kümmern, die derzeit mit Luces Welpen Lena, Lit und Pip spielen.

Ja, Luce hat einen Begleiter gefunden und lebt mit uns in unserem neuen Zuhause in Shaira. Endlich… Ich bin sicher… Großmutter würde sich sehr freuen, über uns und unsere kleinen Engel zu wachen.

Und so sage ich Lebewohl, meine Freunde, in der Hoffnung, dass ihr euch daran erinnert, dass

"Es gibt einen Grund für alles. Und wenn Sie es finden,

Möge der Frühling in dein Leben eindringen, wie er es in unserem getan hat."

www.ingramcontent.com/pod-product-compliance
Lightning Source LLC
LaVergne TN
LVHW091637070526
838199LV00044B/1105